Ute

Julia Neumann

In den Fängen der Schuld

W0364952

Julia Neumann

In den Fängen der Schuld

Ein Israel-Krimi

PIPER

Mehr über unsere Autoren und Bücher:
www.piper.de

ISBN 978-3-492-50270-2
© 2019 Piper Verlag GmbH, München
Redaktion: Franz Leipold
Covergestaltung: Traumstoff Buchdesign traumstoff.at
Covermotiv: Bilder unter Lizenzierung von Shutterstock.com genutzt
Printed in Germany

1.

1946

Seine früheste Kindheitserinnerung waren die Hände eines fremden Mannes, der ihn fest in seinem Arm hielt, während das wackelige Beiboot durch die stürmische See auf Haifa zusteuerte. Ganz ruhig war es auf dem Boot, obwohl sich die vielen Menschen dicht auf den Holzplanken zusammendrängten. Wie aus dem Nichts brach eine hohe Welle im Dunkel der Nacht über sie herein. Eliah schluckte Wasser und hätte am liebsten geweint, so sehr überraschte ihn der salzige Geschmack. Er wollte zu seiner Mutter, aber sie war nicht mehr da. Er war allein. Der fremde Mann zog ihn fester an sich. Und zeigte auf ein Licht am Ufer. Einen Stern. Einen Davidstern aus Feuer. Er drückte Eliah einen Kuss auf die Stirn.

»Wir sind da.«

2.

März 2019 – Freitag

Das Letzte, was der alte Mann sah, bevor die Faust auf seiner Nase landete, war das Hakenkreuz auf dem Unterarm seines Angreifers. Dann prallte er auf die schmutzigen Fliesen der Herrentoilette neben einer abgerissenen Kondomwerbung der Bundeszentrale für gesundheitliche Aufklärung. Er rang nach Luft und sog die stechende Mischung aus Urin und WC-Steinen in seine Lungen. Im nächsten Moment traten auch schon schwarze Springerstiefel gegen seinen Brustkasten. Er hörte das Knacken seiner Rippen, gleich darauf spürte er den stechenden Schmerz.

Von draußen klang das Grölen Dutzender rauer Kehlen in den kleinen Raum: »Immer vorwärts, Energie, wir wollen euch siegen sehen! Immer vorwärts, Energie, du wirst niemals untergehen.«

Dann wurde alles schwarz.

3.

Morelli saß an seinem ordentlich aufgeräumten Schreibtisch in seinem PVC-grauen Büro und schloss die Akte »Sieglinde Reißner«, eine friedlich im Schlaf verstorbene Rentnerin. Die letzten Monate hatte er ausschließlich mit natürlichen Todesursachen zu tun gehabt. Als er vor ungefähr zehn Jahren seine Ausbildung bei der Polizei begonnen hatte, hatte er sich das noch ganz anders vorgestellt. Aber mittlerweile konnte er bestens mit dem langweiligen Alltag eines Kommissars im Morddezernat leben. Bei einem seiner letzten Fälle in Düsseldorf hatte ihm ein russischer Schläger die Nase gebrochen, und er wäre fast erschossen worden, wenn seine Kollegin ihn nicht gerettet hätte. So etwas brauchte er nicht jeden Tag. Nein, im Gegenteil: Seitdem er in Köln wohnte, zog er fast jeden Abend um die Häuser und war deswegen dankbar, tagsüber nur Akten hin und her schieben zu müssen. Noch fünf Minuten bis zum Feierabend. Er räumte die Akte weg. Noch vier Minuten. Sein Blick schweifte von der großen Uhr über der Tür zum Fenster hinaus auf den Himmel, der nach einem strahlend blauen Tag langsam dunkel wurde. Aus seinem Büro in der siebten Etage des neuen Polizeihochhauses in Köln-Kalk hatte er einen fantastisch weiten Blick. Nur leider nicht auf den Dom, sondern auf die andere Seite, das Industriegebiet, die Autobahn und die Bahngleise. Aber die Sicht würde vermutlich mit steigendem Dienstgrad besser werden.

»Ich hoffe, du hast keine anderen Pläne, du verbringst den Abend nämlich mit mir.«

Morelli fuhr herum. Er hatte seine Kollegin Ina Seidler gar nicht hereinkommen hören.

»Nein, das passt bestens!«, antwortete er, auch wenn das eigentlich nicht stimmte. Er hatte heute Abend Karten für die Live Music Hall, aber seine beiden Kumpels konnten bei Weitem nicht mit seiner attraktiven Kollegin mithalten.

»Wo wollen wir denn hin?«, fragte Morelli, bemüht, seine Überraschung zu verbergen. Ina war zwei Jahre älter als er und die sympathischste Kollegin, die er je gehabt hatte. Die schönste sowieso. Sie war definitiv der größte Pluspunkt an seiner neuen Stelle. Neben den Frikadellen in der Cafeteria vielleicht. Er hatte sich schon häufig vorgenommen, sie einmal zum Abendessen einzuladen, bis jetzt aber nicht den Mut dazu gefasst. Einen Korb zu riskieren, wenn man eventuell die nächsten dreißig Jahre zusammenarbeiten musste, wollte wohl überlegt sein. Deswegen wunderte es Morelli jetzt auch umso mehr, dass Ina so tat, als sei es das Selbstverständlichste der Welt, den Feierabend miteinander zu verbringen.

»In die Altstadt«, antwortete Ina.

»In die Altstadt?« Den einzigen Vorteil, den die Kölner Altstadt in Morellis Augen besaß, war, dass sie Touristen und Umländer aus dem Rest der Stadt fernhielt. Es wunderte ihn, dass Ina mit ihm ausgerechnet dorthin wollte.

»Wollen wir nicht lieber ins belgische Viertel? Da hat ein neuer Inder aufgemacht«, fragte er betont cool. Er kannte den Laden zwar nur aus Erzählungen, aber er konnte Ina wohl kaum zu dem Thai-Imbiss oder in die Dönerbude mitnehmen, in denen er normalerweise zu Abend aß.

»Nur hat sich unser Opfer leider in der Altstadt zusammenschlagen lassen. Willst du fahren?« Sie warf ihm den Autoschlüssel zu und verließ das Zimmer, aber Morelli konnte auch von hinten ihr breites Grinsen erahnen.

Zehn Minuten später fuhren sie im Schritttempo mit Blaulicht in die Fußgängerzone der Kölner Altstadt. Mehr als zwanzig Stundenkilometer ließen die engen Gassen zwischen den kleinen bunten Häusern nicht zu. Eine Gruppe Cottbusfans drängte sich vor dem *Kölsch!* und begaffte Morelli und seine blonde Kollegin, als sie aus ihrem Wagen stiegen. Der ausklingende Winter meldete sich nach einem Tag erster Frühlingswärme mit voller Wucht zurück, und Morelli bereute es, dass er heute Morgen so voreilig zu seinem ungefütterten Parka gegriffen hatte, statt noch einmal die warme Winterjacke anzuziehen. Er guckte zu den Fußballfans, von denen auffällig viele einen kahlrasierten Schädel hatten. Super, Nazis – seine Lieblingsarschlöcher.

»Wusstest du das?«, fragte er Ina. Seit der HoGeSa*-Demonstration im Herbst 2014, bei der es zu Straßenschlachten zwischen Hooligans und der Polizei gekommen war, und den Ausschreitungen in der Silvesternacht 2015 versetzte alles, was mit Flüchtlingen oder Rechtsradikalen zu tun hatte, jeden Polizisten der Stadt in Alarmbereitschaft.

Ina schüttelte den Kopf. »Haben die Kollegen vergessen zu erwähnen«, erklärte sie angespannt und griff nach ihrem Handy. »Seidler hier. Schicken Sie mir noch drei Wagen Unterstützung.« Sie hörte einen Moment geduldig zu, dann unterbrach sie ihren Gesprächspartner. »Ja, mir ist durchaus bewusst, dass heute ein erhöhter Bedarf wegen des Drittligaspiels herrscht. Trotzdem. Wir brauchen sie dringender!«

Sie drängten sich durch die Fußballfans zum Eingang. »Verdacht auf Schädelfraktur, gebrochene Nase und mehrere gebrochene Rippen«, erklärte der Streifenpolizist, der sie zu Hilfe gerufen hatte, als sie endlich in der nach Bier und Männerschweiß stinkenden Kneipe standen.

Morelli schaute ihn überrascht an. »Kann mir mal einer erklären, warum wir überhaupt hier sind? Ich dachte, der Typ ist tot. Seit wann werden wir zu Fußballschlägereien gerufen?«, wollte er wissen.

Ina gab dem uniformierten Beamten ein Zeichen zu antworten.

»Hier«, er hielt Morelli seine Aufzeichnungen zu den Personalien des Opfers hin. »Eliah Silbermann. Geboren 01.10.1942. Wohnhaft in Jerusalem.«

* Hooligans gegen Salafisten

Morelli begriff. »Sie meinen, er ist ein Jude?«

Der Kollege nickte.

»Davon müssen wir erst einmal ausgehen«, pflichtete Ina ihm bei.

Ein jüdisches Opfer und ein Täter aus der Hooliganszene.

»Das ist nicht gut …«, sagte Morelli.

4.

Sie hatten die Kneipe abgesperrt, und jeder, der raus wollte, musste seine Personalien abgeben. Vor der Herrentoilette hatten die Kollegen Flatterband angebracht; die verbliebenen Cottbusser waren deshalb gezwungen, die Damentoilette zu benutzen, was ihre Stimmung nicht gerade verbesserte. Sie waren nach Köln gekommen, um ins Stadion zu gehen, und nicht um den Anpfiff des Spiels auf der Großleinwand einer dreckigen Kaschemme zu sehen. Aber es war klar, dass die meisten von ihnen es noch nicht einmal zur zweiten Halbzeit ins Stadion schaffen würden. Das eins zu null für Fortuna Köln kurz nach Anpfiff wurde mit einem lauten Murren und unflätigen Schimpfwörtern kommentiert. Morelli hoffte, dass Köln nicht gerade heute Abend ein Tor nach dem anderen schoss – sie waren viel zu wenige Polizisten. Wenn die Hooligans wirklich wollten, hatten seine Kollegen und er keine Chance, sie in der Kneipe zu halten. Sie würden von ihnen überrannt werden.

Er hatte von einem der Kellner den Tipp bekommen, dass sich zwei der besonders massigen Glatzköpfe den ganzen Nachmittag neben den Toiletten an einem Stehtisch aufgehalten hatten. Er winkte die Männer aus der Schlange, die sich vor dem Ausgang gebildet hatte. Sie protestierten, weil sie ihren Platz nicht aufgeben wollten, und blieben einfach stehen. Morelli wünschte sich, er hätte heute wenigstens einen Wollpulli statt des Kapuzenshirts angezogen. Er war nicht sonderlich groß und wurde meistens für einen Studenten gehalten. Legere Kleidung und die Tatsache, dass sein letzter Friseurbesuch schon einige Monate zurücklag, machten das nicht besser. Er versuchte, möglichst souverän zu den beiden Fußballfans hochzuschauen.

»Wenn Sie meine Fragen beantworten, sorge ich dafür, dass Sie danach direkt raus dürfen.«

Das zog. Bereitwillig traten die beiden aus der Schlange. Morelli nahm ihre Personalien auf und zückte dann sein Notizbuch. »Haben Sie gesehen, wer nach dem alten Herrn in die Toilette gegangen ist?«

Die beiden schauten sich an, und es schien, als würden sie einen unausgesprochenen Pakt schließen.

»Was soll der Scheiß? Wir wollen ins Stadion, Mann!«, erklärte der Kleinere, der Morelli immer noch um einen Kopf überragte.

»Dann beantworten Sie einfach meine Fragen.«

Aber daran schienen sie kein Interesse zu haben. »Hier stinkt es irgendwie nach Knoblauch.«

Ina, die in der Zwischenzeit die Personalien von drei Männern am Nebentisch aufnahm, schaute zu ihnen herüber. Die Lasagne seiner Mutter, deren Rest er heute in der Mittagspause gegessen hatte, erschien vor Morellis innerem Auge. Er widerstand dem Drang, seinen Atem zu kontrollieren. Aber als er das fleischige Grinsen des größeren Prolls sah, begriff er, dass er sich das sparen konnte.

»Der Kanake kapiert es nicht. Zieh ab.«

Morelli sah Inas fragenden Blick und spürte, wie das Adrenalin in ihm hochstieg. Und ein Gefühl der Wehrlosigkeit. Da half es auch nichts, dass er bei der Polizei war.

»Wir können unser Gespräch auch auf dem Revier fortsetzen, dann könnt ihr eure Eintrittskarten aber auch direkt in euer Poesiealbum kleben«, versuchte er so lässig wie möglich zu kontern.

Die beiden Glatzköpfe schauten auf ihn herunter.

»Da musst du aber erst mal deinen großen Bruder holen.«

»Und jetzt geh woanders spielen.«

Die beiden drängelten sich zurück in die Schlange. »Und für so was zahlen wir Steuergelder.«

Morelli schaute den zwei Glatzen nach. Abgetragene Jeans und Springerstiefel. Fehlende Zähne, schmutzige Kapuzenpullis. Unwahrscheinlich, dass ihre Steuergelder sein Gehalt finanzierten.

Ina trat zu ihm. »Brauchst du Hilfe?«

Zu Morellis Leidwesen hatten die zwei Hooligans anscheinend verdammt gute Ohren. Grinsend drehten sie sich zu ihm um. »Jetzt will sich der Itaker auch noch von Blondie helfen lassen«, grölte der Kleinere. Die umstehenden Cottbusser kriegten sich vor Lachen gar nicht mehr ein.

Morelli schaute zu Ina, schüttelte den Kopf und steckte seinen Notizblock weg. Die Skinheads lachten immer noch dreckig, als er an ihnen vorbei auf die Straße ging. Das Lachen verstummte allerdings schlagartig, als Morelli mit den beiden größten der uniformierten Kollegen zurückkam.

»Meine großen Brüder«, erklärte er. Dann gab er den Beamten ein Zeichen, die beiden Fußballfans mitzunehmen. »Ihr wolltet doch unbedingt raus.« Zufrieden lauschte er ihrem immer leiser werdenden Protest, als sie draußen in den Polizeibulli geschoben wurden. Er liebte seinen Job.

Ina lächelte ihn an. »Groß hat angerufen. Eliah Silbermann ist jetzt vernehmungsfähig. Ich kann das machen, wenn du mit deinen neuen Freunden aufs Revier willst.«

Morelli schüttelte zufrieden den Kopf. »Die haben Zeit.«

5.

Morelli lief über den Gang der Uniklinik, sein Handy fest gegen sein Ohr gedrückt. Offene Türen gaben den Blick auf graue Gesichter in gelbweißer Bettwäsche frei. Der Geruch von Desinfektionsmitteln und Krankheit beherrschte die abgestandene Luft.

»Das dauert hier heute etwas länger. Leg mir die Karte an der Abendkasse zurück. Wenn ich halbwegs durchkomme, dann bin ich kurz nach neun in der Life Music Hall«, erklärte er seinem Kumpel Kai. Mit schnellen Schritten ging er auf Zimmer 305 zu, in dem Eliah Silbermann lag. Er klopfte an, und ein schwaches »Ja« drang aus dem Raum. Vorsichtig öffnete er die Tür und blickte zum Bett.

Ein dicker Verband spannte sich quer über die Nase des alten Mannes, dunkle Blutergüsse hatten sich unter seinen Augen gebildet. Sein Körper zeichnete sich kaum unter der Decke ab, so schmächtig war er. Morelli konnte von der Tür aus hören, dass es ihm Schwierigkeiten bereitete zu atmen.

»Guten Abend, ich bin Kriminalkommissar Marius Morelli. Ich arbeite für die Kölner Kriminalpolizei. Fühlen Sie sich dazu in der Lage, mir ein paar Fragen zu dem Überfall zu beantworten?«

Der Mann schaute ihn müde an und nickte.

Morelli zog sich einen Besucherstuhl heran und setzte sich in das Blickfeld des Liegenden. »Können Sie sich daran erinnern, was passiert ist?«

Wieder nickte der Mann. Er hatte noch kein Wort gesagt. Vielleicht bereitete ihm das Sprechen Schmerzen, überlegte Morelli. Bei der Vorstellung, dass einer der feigen Schläger im Fußballtrikot den schmächtigen Alten so zugerichtet hatte, stieg heiße Wut in ihm auf.

»War es ein Angreifer oder mehrere?«, fragte er sanft. Er wusste, dass Opferbefragungen häufig sehr schmerzhaft für die Betroffenen waren, und wollte sein Gegenüber nicht mehr als nötig belasten.

»Einer«, hauchte der Alte rau.

Morelli machte sich eine Notiz. »Wie hat er ausgesehen?«

Der Mann atmete ein paarmal vorsichtig ein und aus, dann erklärte er unter großer Anstrengung: »Glatze.«

»Einer der Fußballhooligans?«

Silbermann nickte erneut. Seine Lider schienen schwer zu werden, aber Morelli konnte ihn noch nicht schlafen lassen.

»Ist Ihnen sonst irgendetwas aufgefallen? Größe, Augenfarbe, besondere Kennzeichen?«

Silbermann schüttelte den Kopf. Plötzlich stockte er. »Ein Hakenkreuz. Auf seinem Unterarm«, flüsterte er langsam.

Jetzt erst fiel Morelli ein kaum hörbarer Akzent in dem Deutsch des Mannes auf. Nein, es war kein Akzent, seine Sprachmelodie klang einfach nur ein wenig anders. Herber. Er seufzte. Es hatte keinen Sinn, drum herumzureden. »Glauben Sie, dass die Tat einen antisemitischen Hintergrund hat?«

Silbermann schaute ihn verwundert an. »Weil ich Jude bin?«, wieder kam die Antwort seltsam verzögert, als müsse er sich erst einmal überwinden zu reden.

Morelli nickte.

»Woher soll er das gewusst haben?«

Das war eine gute Frage. Morelli zuckte mit den Schultern. »Hat er irgendetwas zu Ihnen gesagt?«

Silbermann schüttelte den Kopf.

»Er hat einfach nur zugeschlagen?«

Silbermann nickte, legte eine Hand auf seine schmerzenden Rippen und schloss die Augen.

Morelli sah, dass er dringend Ruhe brauchte. »Das reicht vermutlich fürs Erste. Ich komme morgen wieder.« Er stand auf und steckte sein Notizbuch in seine Jackentasche. Dann zögerte er. »Kann ich noch etwas für Sie tun?« Vielleicht war es der gemeinsame Feind, aber Morelli fühlte sich dem Mann irgendwie verbunden.

Der Alte schüttelte seinen Kopf, ehe ihm doch noch etwas einfiel. Seine Augen öffneten sich wieder und richteten sich auf den Schrank. »Mein Tallit.«

Morelli folgte seinem Blick und öffnete die schmale Spindtür, hinter der die Kleider des alten Herrn lagen. Fragend schaute er zum Bett.

»Weißes Hemd, Gebetsfäden.«

Morelli zog ein ärmelloses Kleidungsstück hervor, das aus einem länglichen Stück beigefarbenen Baumwollstoffs bestand; es wies eine Öffnung für den Kopf und geknotete Fäden an den vier Ecken auf. Scheinbar hatte Silbermann es wie ein Unterhemd unter seinem Anzug getragen.

»Sind Sie sicher?«, fragte Morelli und zeigte ihm die Blutflecke, die die Vorderseite des Kleidungsstücks rotbraun gefärbt hatten.

Aber die schienen ihn nicht abzuschrecken. »Würden Sie mir helfen?«

Vorsichtig zog Morelli den Tallit über Silbermanns Krankenhauskittel, bemüht, nicht gegen seine Rippen zu stoßen. Sein Geruch erinnerte ihn an seinen Großvater, irgendwie holzig, und es war ihm unangenehm, in die Privatsphäre des alten Mannes einzudringen. Es war unprofessionell, einem Opfer so nahe zu kommen, das wusste er. Aber der Mann brauchte Hilfe, und er war nun einmal hier. Erleichtert trat er einen Schritt zurück, als er seine Aufgabe erledigt hatte.

»Danke.« Silbermann sank kraftlos in sein Kissen.

Wieder schoss Morelli das Bild eines Hooligans durch den Kopf, der auf sein wehrloses Opfer eintrat. Was ging bloß in diesen Männern vor? Woher kam all der Hass, der sie dazu brachte, einen so viel Schwächeren krankenhausreif oder sogar totzuschlagen?

»Was haben Sie überhaupt in der Kneipe gemacht?«, fiel es ihm ein. Nach allem, was er gesehen hatte, war der Alte schließlich völlig fehl am Platz im *Kölsch!* gewesen. Silbermanns Blick wirkte desorientiert. Er dachte lange über die Frage nach. »Toilette«, antwortete er schließlich. Dann schloss er die Augen.

»Jetzt erholen Sie sich erst mal. Hier sind Sie sicher«, erklärte Morelli. Er wusste nicht, ob der Mann ihn überhaupt noch gehört hatte. Reglos und bleich lag er in seinem Bett. Es fiel ihm schwer, ihn allein zu lassen, aber seine Arbeit hier war getan. Vorsichtig legte er dem Verletzten den Notrufknopf mit dem Krankenschwesternsymbol darauf neben die Hand, bevor er das Zimmer verließ und leise die Tür hinter sich schloss.

Morelli ging in Gedanken zu seinem Dienstwagen, den er in einer der hübschen Seitenstraßen der Uniklinik abgestellt hatte. Lindenthal war eins der wenigen Viertel Kölns, dessen Altbauten den Zweiten Weltkrieg zu großen Teilen unbeschadet überstanden hatten. Die Pflanzen in den Vorgärten machten einen gepflegten Eindruck, ebenso wie die massigen SUVs, die in den Einfahrten standen. Hinter den Fenstern brannten warm die Lichter, Familien saßen beim Abendessen. Der Anblick brachte Morelli auf eine Idee.

Er griff zu seinem Handy. »Könnt ihr nachprüfen, ob der Mann irgendwelche Angehörigen hat? … Ich weiß, dass das nicht zu meinen Aufgaben gehört, aber ich kann ihn nicht einfach in diesem Zustand alleine da liegen lassen.« Er ärgerte sich, dass er Silbermann nicht gleich selbst gefragt hatte, ob er jemanden verständigen sollte.

Er stieg in den silbernen VW Passat der Kripo Köln. Da surrte sein Handy. »Ina«, verkündete das Display.

»Wir sind durch. Ich hab auch deine Freunde befragt. Waren keine große Hilfe. Aber stocksauer, dass sie das Spiel verpasst haben.«

»Hatte einer von ihnen zufällig ein Hakenkreuz auf dem Unterarm?«

»Nein.«

Schade, das wäre auch zu schön gewesen. Aber vermutlich hatte der Täter die Kneipe schon längst verlassen, bevor die Polizei eingetroffen war.

»Danke Ina, du hast was gut bei mir.« Sie war definitiv seine Lieblingskollegin. Halb neun. Er drückte aufs Gas und nahm einige Ampeln bei Dunkelgelb. Die Straßen waren leer, der Feierabendverkehr vorbei, in Rekordzeit hatte er es zurück nach Köln-Kalk geschafft. Er bog gerade auf den Parkplatz des Präsidiums ein, als der Rückruf aus der Zentrale kam. Eliah Silbermann hatte einen Enkel, Oz Silbermann, Mitte zwanzig, der unter derselben Adresse wie sein Großvater in Köln-Lindenthal gemeldet war. Keine fünfhundert Meter von der Uniklinik entfernt. Verdammt, da kam er gerade her. Morelli ließ sich die Telefonnummern geben. Doch der Enkel ging weder auf dem Festnetz noch auf seinem Handy dran. Er schaute auf seine Uhr. Lindenthal lag nicht direkt auf seinem Weg, war aber auch kein großer Umweg. Er würde es noch rechtzeitig zur Hauptband schaffen, wenn er Oz Silbermann kurz Bescheid sagte. Sollte in seinem Haus Licht brennen, würde er klingeln, entschied er, als er sein Schloss loskettete und auf sein Fahrrad stieg.

6.

Das Licht brannte tatsächlich. Fünf Minuten, dachte sich Morelli. Ein Lied weniger. Das war ihm die Vorstellung, dass Eliah Silbermann heute Nacht nicht allein in seinem Krankenzimmer liegen musste, sondern jemand Vertrautes seine Hand hielt, definitiv wert. Er stellte sein Rad vor dem schmiedeeisernen Zaun des Vorgartens ab und betrachtete die hübsche stuckverzierte Stadtvilla aus der Gründerzeit. Hier hatte sich in den letzten hundert Jahren wenig verändert. Knorrige Bäume auf den Bürgersteigen überragten die kleine Einbahnstraße, deren Pflastersteine noch nicht durch Asphalt ersetzt worden waren. Eine natürliche Verkehrsberuhigung, die dafür sorgte, dass hier niemand entlangfuhr, der das nicht unbedingt musste. Morelli konnte die blätterlosen Bäume des Stadtwalds am Ende der Straße im Schein einer Laterne erkennen. Lindenthal war eine der besten Wohnlagen Kölns.

Eine Messingtafel neben dem Gartentor verkündete schlicht: Silbermann-Stiftung. Morelli ging durch den akkurat bepflanzten Vorgarten und stieg die wenigen Stufen zum Eingang hinauf. Ein Klingelschild verriet, dass die Stiftung das gesamte Erdgeschoss des Gebäudes einnahm. Rein routinemäßig registrierte er die aufwendige Alarmanlage, die Türen und Fenster des Hauses sicherte. Er klingelte. Aber er hörte weder Schritte, noch konnte er eine Bewegung hinter den erleuchteten Erkerfenstern wahrnehmen. Er klingelte erneut. Nichts. Morelli seufzte. Einen Versuch war es wert gewesen. Er schrieb »Bitte rufen Sie mich an« auf eine Visitenkarte und wollte sie durch den Briefkastenschlitz in der Tür werfen. Da bemerkte er, dass die Tür gar nicht verschlossen, sondern nur angelehnt war. Seltsam. Wer bestückte sein Haus mit solch einer teuren Alarmanlage und ließ dann die Haustür offen stehen? Vorsichtig drückte er sie auf.

»Hallo?«, rief er in das dunkle Treppenhaus. Eine geschwungene Holztreppe führte hinauf in die erste Etage. Unter der Treppe befand sich der Eingang des Stiftungsbüros. Die Bürotür war geöffnet, ein schwacher Lichtstrahl fiel durch den Rahmen. Da war etwas. Auf der Türschwelle. Morelli brauchte einen Moment, bis sich seine Augen an die Dunkelheit gewöhnt hatten. War das eine Hand? Er machte ein paar Schritte in den Eingangsbereich hinein und tatsächlich, da lag ein regloser Körper. Ein junger Mann, ungefähr in seinem Alter. Das musste Oz Silbermann sein. Er hatte durch eine klaffende Kopfwunde viel Blut verloren. Sein dunkles Haar glänzte feucht im schwachen Licht. Morelli eilte zu ihm und ging in die Hocke, um seinen Puls zu ertasten. Er spürte sofort, dass er zu spät gekommen war. Die Haut fühlte sich bereits kalt an. Morellis eigener Puls dagegen raste. An Tote war er gewöhnt, aber so unerwartet über das Opfer eines Mordes zu stolpern war etwas anderes, als zu einem Tatort gerufen zu werden, an dem es bereits vor Streifenpolizisten wimmelte. Im nächsten Moment hörte ein Geräusch hinter sich und schoss hoch. Der Umriss einer dunklen Gestalt zeichnete sich in der Haustür ab.

»Kriminalkommissar Morelli, Kripo Köln. Meine Kollegen sind unterwegs«, log er mit fester Stimme.

Die Gestalt im Eingang hob die Hand. War sein Gegenüber bewaffnet? Wenn er mit einem Hechtsprung über die Leiche in das Büro der Stiftung sprang, wäre er außerhalb der Schusslinie. Das würde ihm wertvolle Sekunden verschaffen, überlegte er. Zu spät. Die Gestalt hob die Hand noch ein Stück höher – und drückte den Lichtschalter. Die Deckenbeleuchtung flammte auf, und Morelli erkannte, dass es sich bei seinem Gegenüber um einen alten Mann mit dichten grauen Haaren und breiten, ebenfalls grauen Augenbrauen handelte, der ihn fragend anblickte. Erleichtert atmete er auf.

»Ich bin ein Nachbar. Vor ein paar Wochen haben Vandalen das Haus hier beschmiert. Seitdem passen wir ein wenig auf…«

Er verstummte. Sein Blick war auf den Boden zu Morellis Füßen geglitten. Erschrocken hielt er sich die Hand vor den Mund. Erst jetzt, im hellen Licht des Treppenhauses, erkannte Morelli, dass er mitten in einer Blutlache stand, die sich um die Leiche herum ausgebreitet hatte.

7.

Morelli stand vor dem Krankenzimmer und atmete tief durch.

Es war das erste Mal, dass er jemandem die Nachricht über den gewaltsamen Tod eines nahen Verwandten überbringen musste. Er fühlte sich elendig. Vorsichtig klopfte er an.

»Sie?«, fragte Eliah Silbermann überrascht, als Morelli in sein Zimmer kam.

Er trat an sein Bett. »Es geht um Ihren Enkel, Oz Silbermann.«

»Was ist mit ihm?«, fragte Silbermann, seine Stimme ein ängstliches Flüstern. Es war kurz vor zwölf, lange nach der Zeit für Anstandsbesuche der Polizei.

Morelli schluckte, suchte nach den richtigen Worten und wünschte, jemand anderes würde diese Aufgabe für ihn übernehmen. Er holte noch einmal tief Luft. »Herr Silbermann. Ich muss Ihnen leider mitteilen, dass Ihr Enkel, Oz Silbermann, heute Abend verstorben ist.«

Silbermann stieß einen unkontrollierten Laut aus und stöhnte sofort qualvoll auf. Seine freie Hand glitt zu seinen gebrochenen Rippen, offensichtlich verursachte sein Schluchzen einen heftigen Schmerz in seinem Brustkorb. Vergeblich versuchte er, das Weinen zu unterdrücken. Morelli konnte das Leid des Mannes fast körperlich spüren. Er griff nach der Hand des Alten. Sie war knochig und braun gefleckt. »Ruhig. Ganz ruhig«, flüsterte er. Es war unerträglich für ihn, den Mann in seinem Kummer zu sehen und nichts dagegen tun zu können. Er schloss die Augen und zwang sich, tief und ruhig zu atmen. Gerade überlegte er, ob er eine Krankenschwester rufen und nach einem Beruhigungsmittel fragen sollte, als die Schluchzer langsam abebbten.

»Was ist passiert?«, fragte Silbermann mit brüchiger Stimme, den Blick auf die Zimmerdecke gerichtet.

»Er wurde erschlagen ... in seinem Büro.« Morelli schaute zu Boden. »Er hat nicht gelitten. Vielleicht hat er gar nichts mitbekommen«, erklärte er und ignorierte dabei die Tatsache, dass sie eine zehn Meter lange Blutspur vom Schreibtisch des Enkels über den gesamten Flur bis hin zur Eingangstür der Stiftung gefunden hatten.

Silbermann schloss die Augen. Tränen quollen unter seinen Lidern hervor. Eine Weile saßen beide stumm da. Hand in Hand. Silbermann schlug die Augen auf und drehte sich zu dem Kommissar. »Er war meine ganze Familie.«

Morelli hielt dem Blick der geröteten Augen stand. Er spürte, wie ihm sein Mitgefühl die Kehle zuschnürte. Er hätte dem Mann so gerne geholfen, aber er fühlte sich vollkommen machtlos angesichts des Schmerzes, den dieser fühlen musste. »Es tut mir so schrecklich leid, Herr Silbermann.«

Noch in derselben Nacht wurde die Mordkommission »Silbermann« gegründet. Es war weit nach Mitternacht, als sich die Kommissare nach der ersten Tatortbegehung im Präsidium einfanden. Die meisten Etagen des modernen Polizeihochhauses lagen im Dunkeln, nur der Flur des ersten Kommissariats und der Konferenzraum in der neunten Etage waren beleuchtet. Außer Morelli und Ina gehörten noch Torben Stein, Morellis einziger offen schwuler Kollege, und Christine Krüger zum Team. Christine Krüger war das genaue Gegenteil von Torben Stein. Während er sich stets modisch und körperbetont kleidete, wirkte sie klein und farblos und trug einen ständig herauswachsenden Kurzhaarschnitt, selbst wenn sie gerade vom Friseur kam. Mit Automatenkaffee bewaffnet, hatten die Mitglieder der Mordkommission an dem großen Konferenztisch Platz genommen; die breite Fensterfront gab eine grandiose Sicht auf die Lichter des nächtlichen Kölns frei. Aber niemand hatte jetzt einen Blick für den Dom übrig. Mit einer Mischung aus Adrenalin und Müdigkeit kämpften sie sich durch die wenigen Fakten, die sie bis jetzt hatten. Kriminalhauptkommissar Groß hatte sich als Einziger gar nicht erst hingesetzt, sondern lief neben dem Besprechungstisch auf und ab.

»Das ist dünn, das ist verdammt dünn«, urteilte er, nachdem seine Mitarbeiter ihre Erkenntnisse vorgetragen hatten. »Stein, du verständigst noch heute Nacht den Verfassungsschutz; ich will, dass sie immer über alles informiert sind, was wir herausfinden. Wenn der Täter aus der rechtsextremen Szene kommt, können die uns vielleicht weiterhelfen.«

Dann sah er seine vier Kommissare einen nach dem anderen eindringlich an. »Wir müssen Stillschweigen über die Ermittlungen bewahren. Zu niemandem ein Wort. Auch nicht zu euren Haustieren. Ein jüdisches Opfer und ein potenzieller Täter aus dem Neonazimilieu – damit sitzen wir hier auf einem Pulverfass. Das braucht nicht viel, um in die Luft zu gehen.«

Aber den Hinweis hätte er sich sparen können. Das war ihnen auch so schon klar gewesen.

»Sagt euren Partnern, sofern ihr noch welche habt, dass sie das Wochenende ohne euch auskommen müssen. Das hier hat absolute Priorität.« Mit diesen Worten entließ er seine Mitarbeiter.

Müde schaute Morelli auf sein Handy. 01.40 Uhr. Er sah, dass er drei Anrufe von seinen Freunden verpasst hatte. Das Konzert, das hatte er völlig vergessen.

8.

Samstag

Nach vier Stunden Schlaf hatte sich Morelli aus dem Bett gequält. Er stand vor der Villa der Stiftung und wartete auf Jael Breuer, die Sekretärin von Oz Silbermann. Im Halbschlaf hatte er am Morgen wieder zu seinem Parka gegriffen; er fror erbärmlich. Er wusste nicht, ob es an seinem Schlafmangel lag oder ob die Temperatur an diesem Morgen wirklich so niedrig war. Aber irgendwie schien die Sonne trotz des strahlend blauen Himmels heute überhaupt keine Wärme zu produzieren. Als er eine zerbrechliche, grau gelockte Dame aus einem Taxi steigen sah, die ihren dicken Wollmantel gegen die Kälte eng um sich schlang, wusste Morelli sofort, dass es sich um Frau Breuer handeln musste. Sie zitterte am ganzen Körper, aber auch bei ihr schien die Kälte nicht von außen zu kommen.

»Ich kann das nicht glauben. Das kann einfach nicht wahr sein«, wiederholte sie immer wieder. Ihre Augen glänzten abwesend, und Morelli vermutete, dass sie etwas zur Beruhigung genommen hatte. »Frau Breuer, Sie würden uns sehr helfen, wenn Sie uns durch die Räumlichkeiten der Stiftung führen und nachsehen könnten, ob etwas fehlt.«

Sie starrte ihn einen Moment lang an, und Morelli fragte sich, ob sie ihn verstanden hatte. Dann nickte sie und schaute in ihre altmodische Lederhandtasche. »Oh nein, ich hab den Schlüssel vergessen.«

»Kein Problem, die Türen sind offen«, beruhigte Morelli sie.

Wieder nickte Jael Breuer. »Gut. Gut.« Die Dame stand völlig neben sich. Wie alt war sie wohl? Fünfundsechzig? Siebzig?

Morelli seufzte und nickte dem Streifenbeamten zu, der vor dem Haus postiert war.

Jael Breuer begann bedrohlich zu zittern, als sie die Blutspuren ihres jungen Chefs auf dem Steinfußboden des Treppenhauses bemerkte.

Instinktiv wich sie zurück. »Ist das sein Blut?« Tränen liefen ihre Wangen herunter. »Oz. Der arme Oz«, sie verfiel ins Hebräische. Morelli hatte den Eindruck, dass sie betete. Er wartete, bis sie fertig war.

»Wir gehen jetzt gemeinsam an der Stelle vorbei«, erklärte er freundlich und ergriff ihren Arm. »Sie schauen einfach immer nur zu mir, und ich passe auf, dass sie nirgendwo dagegen laufen. In Ordnung?«

Jael Breuer nickte. Vorsichtig passierten sie den Blutfleck. Die Kollegen der Spurensicherung traten respektvoll zur Seite. Der Boden im Flur war mit Folien abgedeckt, und Morelli war froh, denn dadurch erschien das Blut darunter nicht ganz so wirklich. Er sorgte dafür, dass Jael Breuer sicher auf einem der Trittbretter zu stehen kam, die eine Verunreinigung der Spuren verhindern sollten. Vorsichtig arbeiteten sie sich von Brett zu Brett vor.

»Herr Silbermann hat die Stiftung erst vor wenigen Wochen auf Oz übertragen«, sagte Jael Breuer und blieb stehen. Sie wollte auf einmal zurück zur Tür. »Ich muss zu ihm. Ihm muss es fürchterlich gehen.«

»Er ist nicht zu Hause«, erwiderte Morelli. Er wusste inzwischen, dass Eliah Silbermann in der ersten Etage und sein Enkel Oz im Dachgeschoss darüber wohnten. Die Kollegen von der Spusi hatten keine Einbruchsspuren an den beiden Privatwohnungen finden können, würden sich aber noch in der Wohnung des Todesopfers umsehen müssen.

»Er liegt im Krankenhaus«, fügte er unvorsichtigerweise hinzu.

Jael Breuer drehte sich auf dem Absatz um und wäre fast von ihrem Trittbrett gefallen, wenn Morelli sie nicht festgehalten hätte.

»Was ist mit ihm? In welchem Krankenhaus liegt er? Rufen Sie mir ein Taxi.«

»Frau Breuer, wir brauchen Ihre Hilfe. Dringend. Wir haben leider niemand anderen, der uns sagen kann, ob etwas gestohlen wurde.«

Aber er stieß auf taube Ohren.

»Ich muss zu ihm!« Sie versuchte, sich aus seinem Griff zu winden.

Wenn er jetzt losließ, würde sie der Länge nach hinfallen. So sanft wie möglich hielt Morelli sie fest. »Jede Minute, die wir auf wichtige Informationen warten, bedeutet einen weiteren Vorsprung für den Täter. Frau Breuer, wollen Sie das?«

Ihre Gegenwehr ließ nach.

»Wenn Sie uns helfen, sorge ich dafür, dass meine Kollegen Sie sofort danach in die Uniklinik fahren«, versprach er. Das schien sie endlich zu überzeugen.

Jael Breuer ging als Erstes in ihr eigenes kleines Büro, wo sie ihren Wollmantel ordentlich auf einen Bügel an einen Kleiderständer hängte. Morelli fiel auf, dass sie trotz ihres aufgewühlten Zustands tadellos gekleidet war. Ein wenig altmodisch vielleicht, in einem langen Rock und einem passenden Blazer mit hochgeschlossener Bluse, aber einwandfrei.

»Wenn Sie sich jetzt in den Räumlichkeiten umschauen könnten und mir sagen würden, ob Ihnen etwas auffällt?«, bat Morelli die Dame. »Fehlt irgendetwas, ist etwas anders als sonst?«

Langsam ging die Sekretärin von Raum zu Raum, schaute in das Besprechungszimmer, das von einem massiven dunklen Holztisch dominiert wurde. In die altmodische Teeküche. In die Gästetoilette. »Nein, es ist alles wie immer.«

Dann nahm sie sichtlich ihren Mut zusammen und betrat den Raum des Stiftungsleiters. Hier war der Boden vollständig mit Folie abgeklebt worden. Es sah so aus, als wollte jemand renovieren und hätte dabei nur vergessen, die Möbel abzudecken. Ein schöner, verschnörkelter Schreibtisch aus dunklem Holz mit einem passenden halbhohen Schränkchen für die Akten ragte vor dem Fenster aus den Plastikplanen hervor. Ihm gegenüber an der Wand stand eine zierliche, mit hellem Samt bezogene Biedermeiersitzgruppe. Bis auf die ungewöhnliche Bodenbedeckung hätte das Zimmer genauso auch schon vor hundert Jahren aussehen können, einzig einige Aktenordner und ein teurer Laptop auf dem Schreibtisch störten das Bild. Morelli warf einen Blick auf die Papiere, an denen Oz zuletzt gearbeitet hatte, die auf einem Stapel neben seinem Laptop lagen. Aber sie waren in hebräischen Schriftzeichen verfasst. Sie mussten alles übersetzen lassen. Das würde dauern.

Pflichtbewusst schloss Jael Breuer alle Fächer des Schränkchens erst auf und dann wieder zu. Alle Akten standen an ihrem Platz.

»Nein, es ist nichts gestohlen worden«, erklärte sie.

Morelli führte sie zum Sofa, auf dem sie sich dankbar niederließ. Sein Blick wanderte zu einem aufwendig gerahmten Gemälde über der Sitzgruppe. Eine große helle Mauer inmitten einer alten Stadt, darüber eine blaue Moschee mit einer goldenen Kuppel. Das mussten die Klagemauer und der Tempelberg sein.

»Können Sie sich vorstellen, wer einen Grund dafür gehabt hätte, Oz Silbermann etwas antun zu wollen?«, fragte Morelli vorsichtig.

»Oz war der liebenswerteste junge Mann, den Sie sich vorstellen können. Es gibt keinen Grund, warum irgendjemand ihm etwas hätte antun wollen …«, antwortete Jael Breuer, die mit Tränen gefüllten Augen starr auf den abgedeckten Blutfleck neben dem Schreibtisch gerichtet. Abgesehen vom Hausflur hatten sie hier das meiste Blut gefunden; sie gingen davon aus, dass Oz an seinem Schreibtisch niedergeschlagen wurde und dann in seinem Todeskampf zum Ausgang gerobbt war. Die Spuren waren mehr als deutlich.

Jael Breuer fing wieder an zu schluchzen, aber Morelli blieb keine Wahl, er konnte die Befragung jetzt nicht einfach beenden. »Ich hole Ihnen ein Glas Wasser«, bot er hilfsbereit an.

Im Flur kam er an einem Stapel Prospekte vorbei. Er nahm den obersten und überflog ihn. Der Text rief zu Spenden für die

Silbermann-Stiftung auf, um jungen Familien die Möglichkeit zu bieten, in ein gemeinnütziges Bauprojekt am Rande der antiken Davidsstadt im Osten Jerusalems zu ziehen. Ganz dunkel klingelte es in Morellis Hinterkopf. Irgendwo hatte er einmal etwas über die Davidsstadt gehört. Sie lag in palästinensischem Hoheitsgebiet, wurde aber von ultrareligiösen jüdischen Gruppen für sich beansprucht. Das würde Groß nicht gefallen. Andererseits durften sie keine voreiligen Schlüsse ziehen; sie mussten auch für andere Motive offen bleiben und durften sich nicht nur auf einen antisemitischen Hintergrund konzentrieren. Er betrachtete den Prospekt in seiner Hand. Veruntreuung von Spendengeldern zum Beispiel, schoss es ihm durch den Kopf.

»Können Sie mir etwas über die Finanzen der Stiftung sagen, Frau Breuer?«, fragte Morelli, nachdem er das Wasserglas auf dem niedrigen Tischchen vor der Sofagruppe abgestellt hatte.

»Sie stehen darauf.«

Was sollte das denn jetzt heißen? Die Dame deutete auf den Boden.

»Wir verwahren unser Bargeld im Safe, unter Ihren Füßen.«

Morelli schaute überrascht nach unten, konnte aber in dem dunklen Holzparkett unter der Folie nichts erkennen.

»Der Mechanismus zum Öffnen liegt unter dem Teppich.«

So hatte er seine Frage gar nicht gemeint, aber ein Blick in den Safe konnte schließlich nicht schaden. Er nahm sich ein paar Einweghandschuhe aus der Tasche der Spurensicherer, hob vorsichtig die Plastikfolie an und schlug den handgeknüpften Perserteppich zur Seite. Man sah sofort, dass eine Leiste des Parketts ein wenig abgewetzt war. Er drückte auf die Stelle, und wie von Geisterhand schwang ein Stück des Fußbodens nach oben. Unter der quadratischen Öffnung erschien ein moderner Safe.

»Kennen Sie die Kombination?«

»14–0–5–1948. Das Gründungsdatum Israels.«

Morelli tippte die Zahlen ein, und ein Klicken zeigte ihm an, dass die Nummer stimmte. Er öffnete die schwere Stahltür – der Safe war leer.

Jael Breuer war erstaunlich flink aufgesprungen und starrte fassungslos in das dunkle Loch. »Das kann nicht sein. Ich hab gestern noch gesehen, wie Oz das Geld aufgefüllt hat. Wir achten immer darauf, dass wir am Anfang des Monats 20 000 Euro in bar im Haus haben. Für eventuelle Notfälle.«

»Was denn für Notfälle?«, fragte Morelli überrascht.

»Man weiß ja nie«, erklärte Frau Breuer vage. »Falls mal etwas ist. Und man vielleicht das Land verlassen muss.«

»Was hat Oz Silbermann denn für Geschäfte gemacht, wenn er damit rechnete, kurzfristig das Land verlassen zu müssen?«, hakte Morelli erstaunt nach und konnte sein Misstrauen nur schwer verbergen. Definitiv sollten sie nach anderen Motiven Ausschau halten.

Die Sekretärin strafte ihn mit einem eiskalten Blick. »Wenn ein Land fast alle Ihre Vorfahren ausgerottet hätte, dann wären Sie auch für alle Eventualitäten gerüstet.«

9.

1948

Inzwischen war der Mann nicht mehr fremd, sondern sein Vater. Adoptivvater eigentlich, aber Eliah dachte kaum noch daran, dass er nicht schon immer zu seinen neuen Eltern gehört hatte. Sie hatten ihn unter Deck des Flüchtlingsbootes, das sie von einem Sammellager in Griechenland bis nach Haifa gebracht hatte, aus den Armen seiner toten Mutter gezogen. Sie hatte mit Eliah ganz oben in einem der Bananenregale gelegen, die ihnen auf der Überfahrt als Stockbetten dienten. Sie musste an Entkräftung gestorben sein. Vielleicht aber auch an einer der vielen Krankheiten, unter denen viele Flüchtlinge nach den Jahren in den Lagern und auf der Straße litten. Niemand wusste, wer sie gewesen war; deswegen hatte man ihren Leichnam schließlich einfach über Bord geworfen.

Eliah selbst konnte sich kaum noch an seine Mutter erinnern. Mittlerweile kamen ihm seine Erinnerungen an die Zeit, bevor er zu seinen neuen Eltern gehörte, wie ein längst vergangener Albtraum vor. Für ihn war der Kibbuz der Garten Eden. Selbst im Winter wurde es nicht richtig kalt, er bekam jeden Tag etwas zu essen und er wünschte sich, dass das Leben immer so bleiben würde, wie es jetzt war.

Rebecca und David Silbermann holten ihn jeden Tag für die drei Stunden aus dem Kinderhaus ab, die Eltern mit ihren Kindern verbringen durften. Eliah war jedes Mal schon ganz aufgeregt, wenn es Nachmittag wurde und nicht mehr lange dauerte, bis die beiden kamen. Viele Kinder, mit denen er zusammen im

Kinderhaus ihres Kibbuz wohnte, waren Waisen, und Eliah spürte ihre neidvollen Blicke, wenn er von seinen Eltern abgeholt wurde. Am Sabbat machten sie manchmal einen Ausflug an den Strand. Seine Eltern saßen dann gemeinsam im Sand und beobachteten ihn dabei, wie er in den warmen Wellen herumplantschte, die ans Ufer schwappten. Oder seine Mutter las ihm aus einem alten deutschen Märchenbuch vor. Aber am liebsten hatte er es, wenn sie einfach gemeinsam auf den wackeligen Stühlen in ihrer Küche saßen und seiner Mutter dabei zusahen, wie sie das Abendessen bereitete. Dann fühlte er sich zu Hause. Das beste Gefühl auf der ganzen Welt!

Seit ein paar Tagen allerdings herrschte im gesamten Kibbuz eine gewisse Unruhe. Alle waren ganz aufgeregt, ja regelrecht aufgedreht. Die Erwachsenen noch mehr als die Kinder. Eliah verstand nicht, warum. Die Unruhe beängstigte ihn, auch wenn er nicht wusste, wieso das so war. Er war enttäuscht, als an diesem Nachmittag nur sein Vater zum Kinderhaus kam.

Seine Mutter bereite mit den anderen Frauen die Feier vor, erklärte David Silbermann – was Eliah nur noch mehr irritierte. Was für eine Feier denn?

Sein Vater lächelte nur, reichte ihm die Hand und ging mit ihm in Richtung der Orangenplantage. Die blühenden Bäume spendeten ihnen ein wenig Schatten, während sie den steilen Hügel erklommen, auch wenn sie nicht viel größer waren als ein Erwachsener. Zwischen den einzelnen Bäumen blieb noch viel Platz, aber seine Mutter hatte ihm erzählt, dass hier in nur wenigen Jahren ein dichter Wald aus Orangenbäumen stehen würde. Sein Vater ging schneller als sonst, und Eliah hatte Mühe, mit ihm Schritt zu halten. Schweiß bildete sich auf seiner Stirn, und er war froh, als sie oben auf dem Hügel ankamen und den frischen kühlen Wind auf ihrer Haut spürten, der hier immer wehte, egal wie heiß es unten im Kibbuz war. Von hier aus konnte er seine ganze kleine Welt überblicken: die weißen Häuser und Zelte ihres Kibbuz, die um den Gemeinschaftsraum am Fuße des Hügels herum errichtet worden waren, den Schuppen mit den Werkzeugen, die sich die Erwachsenen für ihre Arbeit teilten, das Gehege für die Ziegen und die Kornfelder, die sich hinter dem Kibbuz erstreckten. Wenn er sich umdrehte, sah er auf der anderen Seite des Hügels bis zum Meer, über die Granatapfelbäume hinweg, die jetzt rot blühten und im Sommer ebenso rote dicke Früchte trugen. Sein Vater hatte die ganze Zeit über seine Hand gehalten. Jetzt nahm er ihn auf den Arm, obwohl er mit seinen sechs Jahren eigentlich schon zu alt dafür war. Sie schauten auf das blaue Wasser hinaus, das in der Sonne funkelte. Schon häufig waren sie zusammen hier oben gewesen. Sein Vater hatte ihm dann von seiner alten Heimat erzählt. Geschichten aus der Zeit, als er selbst noch ein Kind war und in Köln zur Schule ging. Dann lag immer eine große Wehmut in seiner Stimme. Heute aber erzählte er keine Geschichte, sondern blickte nur schweigend aufs Meer hinaus. Die Sonne schien ihnen warm ins Gesicht. Eliah bildete sich ein, den salzigen Duft des Meeres riechen zu können. Aber immer noch hatte sein Vater kein Wort gesagt. Sie drehten sich um. Nun blickten sie auf die Felder, auf denen die Erwachsenen den ganzen Tag arbeiteten. Eliah war ungeduldig, er wollte wieder heruntergelassen werden und zurück ins Dorf gehen. Er wollte diese ominöse Feier nicht verpassen. Es fiel ihm schwer, auf dem Arm seines Vaters sitzen zu bleiben, aber er spürte, wie wichtig dieser Augenblick für ihn war.

»Niemand wollte uns«, fing sein Vater endlich an zu sprechen. »Die Deutschen nicht, die Polen nicht, und die Russen auch nicht; sie alle wollten uns loswerden. Für sie waren wir keine Menschen, sie haben uns behandelt wie Vieh, wie Ungeziefer.« Eliah war überrascht. Er hatte seinen Vater noch nie so bitter über die Zeit vor dem Kibbuz berichten hören. David Silbermann machte eine Pause, um sich zu sammeln. »Wir sind umgeben von Menschen, die aus ihrer Heimat vertrieben wurden. Aber ab heute haben wir ein eigenes Land. Ab heute gibt es den Staat Israel«, erklärte er feierlich.

Eliah spürte, wie ergriffen sein Vater war. Auch wenn er nicht so recht verstand, warum.

»Wird dann wieder alles anders?«, fragte er ängstlich.

Sein Vater schüttelte beruhigend mit dem Kopf. »Nein, wir werden weiter hier wohnen und unser Land aufbauen. Du wirst ins Kinderhaus gehen und die Abende und Feiertage mit uns verbringen.«

»Gut«, seufzte Eliah erleichtert. Ob das Land nun Palästina oder Israel hieß, war ihm egal. Hauptsache, sein Zuhause blieb sein Zuhause. Er schwieg eine Weile, dann fiel ihm die Feier wieder ein.

»Gehen wir jetzt zu Mama? Vielleicht macht sie ja heute Hamantaschen.« Sein Lieblingsessen, das sie immer an Feiertagen bereitete. Und heute wurde ja schließlich gefeiert.

Sein Vater lächelte, setzte ihn ab und gab ihm einen Klaps.

»Ich bleib noch eine Weile. Geh du schon vor.«

Eliah überlegte, ob er nicht doch lieber bei seinem Vater bleiben sollte, aber schließlich gewann sein Hunger. Voller Vorfreude auf Hamantaschen lief er zwischen den Orangenbäumen hindurch den Hügel hinunter.

Nicht ahnend, dass noch in derselben Nacht sämtliche Nachbarstaaten dem neuen Land den Krieg erklären würden.

10.

Kriminalhauptkommissar Groß hatte einen Anruf vom Innenministerium bekommen mit der Zusicherung, ihm alle nötigen Mittel zur Verfügung zu stellen. Seit Silvester 2015 wartete die Presse nur darauf, dass die Polizei in Köln wieder einmal versagte, und das sollte um jeden Preis verhindert werden. Mit doppelt so vielen Beamten wie normal üblich hatte er die Nachbarschaftsbefragung durchführen lassen. Bisher jedoch ohne Ergebnis, wie er für seine Mitarbeiter zusammenfasste, als sie sich um zehn Uhr im Konferenzraum versammelten. Niemand hatte etwas gesehen. Niemandem war etwas aufgefallen. Falls es gestern Nachmittag in der Stiftung zu einem lauten Kampf gekommen war, so war er unbemerkt geblieben.

Morelli berichtete von den verschwundenen Barreserven und hatte den Eindruck, dass Groß regelrecht frohlockte.

»Vielleicht war es ein gewöhnlicher Raubüberfall. Wer wusste, dass die Stiftung ihre Barbestände zum Monatsanfang hin aufstockt?« Die Hoffnung in seiner Stimme war kaum zu überhören. Alles war ihm lieber als ein antisemitisches Verbrechen.

»Nur Oz Silbermann und seine Sekretärin«, antwortete Morelli. »Und sein Großvater natürlich, aber ich glaube kaum, dass die das Geld genommen haben.«

Groß verzog das Gesicht. »Du hast die Stiftung unter die Lupe genommen«, gab er das Wort an Christine Krüger weiter. Aufgrund ihres abgebrochenen BWL-Studiums wurde sie regelmäßig zurate gezogen, wenn es um wirtschaftliche Zusammenhänge ging. Sie saß aufrecht wie immer, mit parallel gestellten Füßen und geradem Rücken. Die Hände ruhten auf ihren Notizen, die sie jetzt aufschlug. »Silbermann ist ein erfolgreicher Bauunternehmer in Israel. Er baut Wohnprojekte in Ostjerusalem …«

»Ostjerusalem gehört zum Westjordanland. Es geht also um Siedler«, merkte Torben Stein an.

»Genau. Seine Stiftung sammelt Geld, um junge jüdische Familien zu unterstützen, die sich dort eine Wohnung kaufen wollen.«

»Die Stiftung bezahlt also die Wohnungen, die er baut? Ist das legal? Das klingt so, als wirtschafteten sie von der einen in die andere Tasche«, hakte Ina nach und sprach damit auch Morellis Gedanken aus.

Christine Krüger schüttelte abwägend den Kopf. »Ich muss mir das noch genauer anschauen. Aber auf den ersten Blick scheint alles in Ordnung zu sein. Naja. Bis auf die Tatsache, dass solche Siedlungen nach internationalem Völkerrecht als illegal gelten.«

»Aber das stellt in Israel kein großes Problem dar«, warf Stein zynisch ein.

Groß überging die Anmerkung und wandte sich wieder an Morelli. »Hat der Großvater schon etwas zu den Schmierereien an der Stiftung sagen können? Hat es sich dabei um antisemitische Inhalte gehandelt? Hat er irgendeinen Verdacht, wer dahinterstecken könnte?«

Verdammt, Morelli hatte die Schmierereien völlig vergessen. Die Frage hätte ihm bestimmt auch schon die Sekretärin beantworten können.

»Er wird heute Mittag aus dem Krankenhaus entlassen. Ich werde ihn dann dazu befragen«, erklärte er. Sein Handy vibrierte. Seine Mutter. Schnell drückte er den Anruf weg.

»Gibt es schon Neuigkeiten vom Verfassungsschutz?«, fragte Groß Torben Stein.

Der schüttelte den Kopf. »Sie haben mit den Kollegen im Osten Kontakt aufgenommen. Aber die Täterbeschreibung passt auf jeden zweiten in der Cottbusser Hooliganszene. Sie haben ihre V-männer darauf angesetzt und hoffen, dass sie bald Rückmeldung kriegen.«

»Bleib dran.«

Morellis Telefon vibrierte erneut. Wieder seine Mutter. Er drückte sie weg und stellte das Handy aus, als er Groß' tadelnden Blick auf sich spürte.

»Wir müssen in der Sache mit dem größtmöglichen Feingefühl vorgehen«, ermahnte ihr Chef sie erneut. »Das hier kann noch richtig hässlich werden. Vergesst nicht, bis auf Weiteres bleibt die Sache unter Verschluss.«

Auf den Weg zum Parkplatz rief Morelli seine Mutter zurück.

»Isst du heute Abend zu Hause?«, wollte sie von ihm wissen. Wobei sie mit zu Hause natürlich bei ihr in Düsseldorf meinte. »Ich will Saltimbocca machen.«

»Ich werde für ein paar Tage in Köln bleiben müssen«, erklärte Morelli. Er hatte seiner Mutter erzählt, dass er seine Beförderung mit der Versetzung in die Nachbarstadt bezahlen musste. Aber das stimmte nicht. Er war weder befördert worden, noch hatte irgendwer ihn gebeten, nach Köln zu kommen. Er hatte es nur einfach nicht übers Herz gebracht, seiner Mutter zu erzählen, dass er ausziehen wollte. Vor sieben Jahren, als sein Vater starb, hatte Morelli als junger Kommissaranwärter gerade seine erste eigene Wohnung bezogen. Allerdings reichte die Witwenrente seiner Mutter bei Weitem nicht dafür aus, die Miete und die Lebenshaltungskosten für sie und Morellis kleine Geschwister aufzubringen, und so war er wieder zurückgezogen. Aber so sehr er seine Mutter liebte, er hatte es zu Hause nicht mehr ausgehalten und bei seiner letzten Gehaltserhöhung zu einer Notlüge gegriffen. Er wusste genau, dass sie zu stolz war, um Geld von ihm anzunehmen. Deswegen hatte er diese Geschichte erfunden und ihr erzählt, dass er für die Koordinierung der Zusammenarbeit zwischen Köln und Düsseldorf abgestellt worden war und in beiden Städten eine Unterkunft brauchte. Er hatte sein Auto verkauft und war in ein kleines Appartement in Köln-Ehrenfeld gezogen. Auf diese Weise konnte er seiner Mutter Geld für sie und seine kleinen Geschwister geben, ohne dass sie sich schämen musste. Auch wenn das bedeutete, dass er regelmäßig einmal die Nacht in Düsseldorf verbringen musste – was im Endeffekt nicht so schlimm war. Er wusste, dass das ein Klischee war, aber in seinem Fall stimmte es: Niemand kochte so gut wie seine Mutter.

»Gut, dann mache ich die Saltimbocca nächste Woche.«

Morelli seufzte. Er liebte und hasste seine Mutter zugleich dafür, dass sie das gute Essen für die Tage aufsparte, an denen ihr ältester Sohn nach Hause kam. »Ich muss jetzt auflegen, Mama.«

»Ti amo.«

»Ich dich auch.« Morelli stieg in einen der Dienstwagen, die ihnen für Einsätze zur Verfügung standen, und schüttelte das schlechte Gewissen ab, das ihn immer überfiel, wenn er mit seiner Mutter redete.

Eine gute Stunde später half Morelli Eliah Silbermann aus dem Wagen und bot ihm seinen Arm an, als er bemerkte, wie schwach der alte Mann auf den Beinen war. Normalerweise habe er einen Stock, erklärte Silbermann, aber der musste wohl in der Kneipe liegen geblieben sein. Die Schmerzmittel taten ihre Wirkung, Silbermann konnte fast wieder normal atmen, und seine Stimme war kräftiger geworden; trotzdem hatten die Ärzte ihn nur unter Protest und auf eigene Verantwortung gehen lassen. Und wenn Morelli sein zerschundenes Gesicht betrachtete, konnte er ihnen nur recht geben.

Jeder Schritt brauchte eine Ewigkeit. Als weigere sich der Körper des alten Mannes, sich dem Ort zu nähern, an dem sein Enkel ermordet worden war. Der Kommissar spürte, wie sein Atem immer kürzer wurde. Sie machten eine Pause, als sie das Gartentor erreicht hatten.

»Geht es?«

»Danke.«

Jetzt erst fiel Morelli auf, dass ein Teil der Hausfassade neu gestrichen worden war.

»Ihr Nachbar hat mir erzählt, dass jemand vor Kurzem etwas auf ihre Wand geschrieben hat.«

Silbermann schaute ihn bloß verwirrt an. Er schien nicht

zu wissen, von was der Kommissar redete. Dann flackerte eine Erkenntnis durch seine Augen.

»Ich wünschte, man könnte alles mit einem Eimer Farbe ungeschehen machen.«

»Was war denn der Inhalt der Schmierereien?«

Silbermann ließ sich mit der Antwort Zeit. »Ich weiß es nicht mehr.«

»Sie wissen nicht, was an Ihre Wand geschmiert wurde?« Morelli fiel es schwer, das zu glauben. Er schaute Silbermann an, versuchte, in seinem Blick zu lesen. Aber alles, was er sah, war ein alter Mann, der Schwierigkeiten hatte, zu atmen.

»Als Leiter einer jüdischen Stiftung ist man Ärger gewohnt«, erklärte Silbermann langsam und stockend, immer wieder nach Atem ringend.

Das stimmte vermutlich. »Haben Sie Feinde?«, fragte Morelli.

»Feinde? Nein«, er hielt inne. »Aber es gab viele Anfeindungen.«

»Haben Sie irgendeine Vermutung, wer ihren Enkel ermordet haben könnte?«

Silbermann schüttelte langsam den Kopf.

»Gibt es niemanden, der heraussticht, der vielleicht auch schon persönlich mit Ihnen in Kontakt getreten ist?«

»Nein. Niemand.«

Silbermann setzte sich wieder in Bewegung, und Morelli reichte ihm seinen Arm. Sie hatten gerade das Haus erreicht, als ein Wagen auf der Straße hart abbremste. Die Beifahrertür wurde aufgestoßen, und ein Mann mit Vollbart in einer beigegefleckten Armeejacke sprang auf den Bürgersteig. In wenigen Schritten war er bei ihnen. Instinktiv trat Morelli zwischen Silbermann und den Fremden.

»Kölner Stadtanzeiger, Herr Silbermann, darf ich Ihnen ein paar Fragen stellen?«

Die Nachrichtensperre war also durchbrochen worden. Silbermann wehrte ab und schaute hilfesuchend zu dem Kommissar. »Herr Silbermann wird nicht mit Ihnen reden. Wir sagen nichts zu laufenden Ermittlungen«, kam Morelli der unausgesprochenen Bitte nach.

»Was für Ermittlungen denn? Weswegen wird ermittelt?«, wollte der Journalist wissen. Inzwischen war auch sein Kollege mit einer großen Fotokamera zu ihnen gestoßen.

»Na zu dem …«, Morelli unterbrach sich selbst. »Weswegen sind Sie denn hier?«

»Wegen der Ankündigung, dass die Silbermann-Stiftung in Zukunft ihre Häuser in Har Homa an Palästinenser verkaufen wird. Und weswegen sind Sie hier?«

Morelli schaute vom fassungslosen Silbermann zu dem Reporter.

»Kein Kommentar«, würgte er den Mann ab, drehte sich um und schob Silbermann die Stufen zur Haustür hinauf. Er spürte, dass er langsam immer schwächer wurde, und fasste ihn von hinten an beiden Armen. Silbermann reichte ihm den Schlüssel mit zitternden Fingern, und Morelli öffnete die Haustür, ohne ihn loszulassen. Es dauerte eine Ewigkeit, bis sie endlich im Treppenhaus standen.

»Wovon redet er?«, wollte Morelli wissen, nachdem er die Haustür fest hinter ihnen verschlossen hatte.

»Ich hab keine Ahnung«, erklärte Silbermann, weiß wie die Fassade seiner Villa. Kraftlos sank er auf die Stufen seiner Holztreppe.

II.

1958

Israel hatte die Angreifer erfolgreich zurückgeschlagen und sein Gebiet sogar noch vergrößert. Doch das war lange her und schon fast vergessen. Bis in den Kibbuz waren die Kampfhandlungen sowieso nicht vorgedrungen.

Eliah ging voll auf im Pioniergeist. Er liebte das Zusammengehörigkeitsgefühl der Menschen aus aller Welt, Juden, die von überall her nach Israel geflohen waren. Alle gemeinsam arbeiteten sie an einem Ziel: das Beste aus dem Land zu machen, das ihnen zur Verfügung stand. Er konnte es gar nicht erwarten, endlich richtig im Kibbuz mitarbeiten zu dürfen. In den Ferien und zu den Erntezeiten tat er das sowieso schon. Und er war nie glücklicher, als wenn sie alle gemeinsam die Granatapfelernte einbrachten oder die Orangenbäume von ihrer schweren Last befreiten. Männer und Frauen, Hand in Hand. Die Arbeit war hart, aber die Tage vergingen wie im Fluge. Das hier war sein Leben, genau das Leben, das er wollte. Voller Ungeduld sehnte er das Ende der Schulzeit herbei. Was brachte es ihm, den ganzen Tag Mathematik und Physik zu lernen? Auf dem Feld würde er das wohl kaum brauchen. Wieso überließen sie die harte körperliche Arbeit den Alten, weshalb sollte er seine Kraft hier auf der Schulbank verschwenden? Seine Eltern hatten in den letzten Jahren immer mehr graue Haare bekommen. Sein Vater beklagte sich zwar nicht, aber Eliah wusste, dass er unter heftigen Rückenschmerzen litt. Sie hätten ein wenig Ruhe verdient, nicht er. Wann immer es ihm möglich war, versuchte er, ihnen Arbeit abzunehmen. In diesem Punkt unterschied er sich von seinen Freunden. Für sie spielte die Familie keine allzu große Rolle. Sie trafen ihre Eltern, wenn es passte, verbrachten aber die Abende und den größten Teil ihrer Freizeit in den Jugendgruppen. Sich zu sehr an die Familie zu klammern galt als rückständig, nicht im Sinne der neuen Gemeinschaft. Die Eltern sollten Zeit haben, sich auf ihre Arbeit zu konzentrieren, und die Kinder frei von alten Mustern aufwachsen. Aber Eliah war es egal, wenn seine Freunde ihn aufzogen. David und Rebecca waren für ihn die wichtigsten Menschen auf der Welt. Und deswegen ließ er weiterhin kein einziges Abendessen mit ihnen ausfallen.

Doch heute Abend fiel es ihm schwer, ruhig am Küchentisch sitzen zu bleiben. Sein Klassenlehrer hatte ihm heute verkündet, dass er ausgewählt worden war, um studieren zu gehen. Eliah hatte abgelehnt, ohne darüber nachzudenken. Sein Leben war der Kibbuz, dafür musste er nicht studieren. Den ganzen Tag hatte er die Bewunderung seiner Freunde für diese Entscheidung gespürt und freute sich jetzt darauf, seinen Eltern davon zu erzählen. Er würde es nach dem Abendessen tun, wenn die Hektik des Tages sich legte; bevor die Ruhe der Nacht einkehrte, das würde der richtige Zeitpunkt sein. Aber es war gar nicht so leicht, so lange mit seinen Neuigkeiten zu warten. Seine Eltern schienen heute ewig zu brauchen, bis sie den Eintopf aus Linsen, Kartoffeln und Möhren ausgelöffelt hatten.

Während sich seine Mutter drinnen um den Abwasch kümmerte, stellte Eliah seinen klapprigen Holzstuhl neben den seines Vaters, der vor ihrer Hütte saß und die milde Abendluft genoss.

»Willst du dich denn heute Abend nicht mit deinen Freunden treffen?«, fragte ihn sein Vater überrascht. Normalerweise ging Eliah mittwochs zu einer Diskussionsgruppe über den Sozialismus, in der seine Freunde und er darüber debattierten, wie sie das Land, das Gott ihnen geschenkt hatte, gestalten wollten. Aber seine Freunde mussten heute warten. Was sollte er seinem Vater antworten? Er hatte sich noch gar nicht richtig entschieden, da platzte es aus ihm heraus.

»Ich wurde für das Stipendium ausgewählt, für die Universität.«

Der Blick seines Vaters, der normalerweise immer irgendwie in die Ferne gerichtet war, fokussierte sich jetzt auf ihn. Er richtete sich auf seinem wackeligen Stuhl auf, sodass dieser unter ihm ächzte.

»Aber ich habe abgelehnt«, verkündete Eliah stolz.

»Du hast abgelehnt?«, fragte sein Vater. Eliah sah den Unglauben in seinen Augen. Aber da war noch etwas anderes. Freude oder Stolz war es nicht.

»Ja. Ich werde nach dem Militärdienst zurückkommen. Zu euch. Zu den Menschen, die ich liebe, zu dem Land, das mich ernährt und meine Heimat ist.«

Jetzt musste er es doch begriffen haben! Gleich würde er ihn loben, ihn in die Arme nehmen. Aber stattdessen bildete sich zwischen David Silbermanns Augenbrauen eine tiefe Falte. Eliah kannte seinen Vater als besonnenen Mann. Noch nie hatte er ihn wütend gesehen. Deswegen traf es ihn jetzt auch vollkommen unvorbereitet, als sein Vater die Stimme erhob.

»Das wirst du nicht«, brauste er auf. »Ich verbiete dir, dass du nach dem Militärdienst hierher zurückkommst.«

Eliah fand vor Überraschung keine Worte. Die Nachbarn schauten verwundert von ihren Terrassen zu ihnen herüber.

»Du wirst die Chance auf ein Studium nicht verschenken.«

»Aber ich will nicht studieren«, fand Eliah schließlich seine Sprache wieder. »Ich will hierbleiben. Im Kibbuz. Ich will das Land aufbauen.«

»Und das gedenkst du mit einer Schaufel und einer Spitzhacke zu tun?«

Ja, genau so hatte er sich das vorgestellt. Jetzt traute er sich aber nicht, das zu sagen. »Ich kann die Menschen im Kibbuz nicht im Stich lassen«, antwortete er stattdessen.

»Wenn du die Chance auf ein Studium verschenkst, dann lässt du nicht nur uns, sondern ganz Israel im Stich«, erklärte David Silbermann.

»David!« Rebecca war aus der Hütte getreten, als sie die laute

Stimme ihres Mannes hörte. Mehr brauchte sie nicht zu sagen, um ihm Einhalt zu gebieten.

David Silbermann stand auf und ging. Er ließ seine Frau und seinen Sohn einfach stehen.

Eliah schossen die Tränen in die Augen. Er zwang sich, sie zurückzuhalten. Seine Mutter legte ihren Arm um ihn, während er seinem Vater fassungslos hinterherschaute. Sie musste inzwischen zu ihm hochlangen, er überragte sie um anderthalb Köpfe.

»Er war ein erfolgreicher Ingenieur in Deutschland«, erklärte sie leise. Eliah brauchte einen Moment, um zu begreifen, dass seine Mutter wirklich von seinem Vater sprach. Er hatte noch nie davon gehört. Irgendwie war er davon ausgegangen, dass sein Vater schon immer in der Landwirtschaft gearbeitet hatte. Alle Geschichten, die er von früher erzählt hatte, gingen nie über die Schulzeit hinaus.

»Er hat viel aufgegeben, als er hierher nach Israel kam.«

»Aber ich brauche kein Studium, um unserem Land zu dienen«, verteidigte sich Eliah.

»Geh ihm nach«, forderte seine Mutter ihn sanft auf.

»Ich werde meine Meinung nicht ändern«, erklärte Eliah. Er wusste, dass sein Vater sich irrte. Dass seine Aufgabe darin bestand, hierher zurückzukommen. Seine Freunde hatten recht. Es war ein Fehler gewesen, sich nicht schon viel früher von seinen Eltern zu lösen. Die patriarchalischen Strukturen der Kleinfamilie mussten durchbrochen werden. Sein Vater konnte ihm gar nichts verbieten!

»Bitte, geh!«, insistierte seine Mutter. Und als er ihren drängenden Blick sah, konnte er sich ihrem Wunsch einfach nicht widersetzen.

Er wusste, wo er seinen Vater finden würde. David Silbermann starrte von ihrem Hügel auf das Mittelmeer hinaus. In die Richtung seiner alten Heimat, vor der sie alle geflohen waren. Für das Auge nicht sichtbar, wie von Zauberhand hinter einem blauen Dunst verborgen. Es tat Eliah mit einem Mal leid, den Mann, dem er alles zu verdanken hatte, so zu enttäuschen.

Er stellte sich hinter ihn, wartete darauf, dass er sich umdrehen und auf ihn einreden würde, dass er versuchen würde, ihn zu überzeugen. Aber nichts geschah. Die Stille war immer schwerer zu ertragen.

»Bist du denn nicht glücklich mit deinem Leben?«, fragte er seinen Vater schließlich mit belegter Stimme. David Silbermann drehte sich zu ihm um und schüttelte mit dem Kopf. Jetzt war er wieder der sanfte Mann, den Eliah kannte, dem er vertraute, den er liebte. Der warme Abendwind zerzauste die wenigen Haare, die ihm noch geblieben waren.

»Ich habe mehr vom Leben bekommen, als ich es zu wünschen gewagt hätte«, erklärte er ernst. »Mit meiner Familie in Frieden zu leben und zu arbeiten, mehr brauche ich nicht.«

Er schaute auf die Felder hinunter, die er mit eigenen Händen geschaffen hatte, das Land, dem er jeden Granatapfel, jedes Korn mit Schweiß abgerungen hatte.

»Aber die Zukunft liegt nicht in der Landwirtschaft. Israel muss mehr leisten als alle anderen, um zu überleben. Und dafür braucht das Land keine Bauern. Wir müssen Städte bauen, Straßen, Fabriken. Das kann ein Bauer nicht. Dafür brauchen wir Ingenieure. Ingenieure einer sicheren Zukunft, die ein Land errichten, in dem auch noch die Kinder unserer Kinder in Sicherheit leben können.«

Auch Eliah schaute auf die Felder des Kibbuz hinunter, auf die kleine Welt, in der er aufgewachsen war. Seine Welt. Tränen schossen ihm in die Augen bei dem Gedanken daran, dass er diesen Ort bald verlassen musste. Diesmal konnte er sie nicht zurückhalten. Er wusste, dass sein Vater recht hatte. Der Aufbau Israels war noch lange nicht abgeschlossen.

12.

Morelli hatte einen Krankenwagen gerufen. Der Notarzt hatte Silbermann untersucht, aber der alte Mann weigerte sich, mit ins Krankenhaus zu kommen. Jetzt saß er immer noch kreidebleich am Schreibtisch seines verstorbenen Enkels und hörte den Anrufbeantworter ab. Seine Sekretärin stand sprachlos neben ihm. Morelli war heilfroh, dass die Spurensicherung die Blutflecke inzwischen blickdicht abgedeckt hatte.

»Wir fordern unser Geld zurück, Sie werden von unserem Anwalt hören«, war noch die freundlichste Variante, in der die Spender der Stiftung ihren Unmut kundtaten.

»Das kann nicht sein. Das darf nicht sein«, murmelte Eliah Silbermann in einem fort vor sich hin. Er fuhr den Computer hoch, und auch dort quoll das Postfach über. Antworten auf eine Pressemitteilung, die am Tag zuvor von Oz Silbermanns Account verschickt worden war.

»Können Sie mir das ausdrucken?«

Morelli ließ sich mit der E-Mail auf dem Sofa nieder. Sie war zweisprachig auf Deutsch und Hebräisch verfasst. »In der Hoffnung auf eine Zukunft des Miteinanders und einen Beginn der Verständigung zwischen Juden und Arabern gibt die Silbermann-Stiftung bekannt, dass sie die Wohneinheiten des Neubaugebietes in der Davidsstadt in Zukunft bevorzugt an arabische Mitbürger verkaufen wird.« Was hatte diese E-Mail zu bedeuten?

»Das kann einfach nicht sein«, Jael Breuer hatte ihre Sprache wieder gefunden.

»Wussten Sie etwas von dieser Pressemitteilung?«, fragte Morelli.

Eliah Silbermann schüttelte fassungslos den Kopf.

»Sie ist eine Fälschung. Oz hätte so etwas nie getan. Es widerspricht allem, wofür die Stiftung steht – allem, wofür wir seit Jahren gearbeitet haben. Wofür er gearbeitet hat«, ergriff Jael Breuer das Wort. Sie bebte vor Empörung.

Eliah Silbermann schaute überrascht auf. »Eine Fälschung ...«

Die Sekretärin fasste ihren ehemaligen Chef bei den Händen. »Natürlich, eine Fälschung. Haben Sie etwa gedacht, dass Ihr Enkel zu so einer Tat fähig wäre?«

Das Leben strömte zurück in den alten Herren. »Nein, natürlich nicht. Das ist die einzig mögliche Erklärung.« Tränen rannen über sein Gesicht.

»Sie müssen ihn gezwungen haben, das zu schreiben, bevor sie ihn umgebracht haben«, fuhr Jael Breuer in fast so etwas wie Eifer fort.

Morelli schaute auf seinen Ausdruck der E-Mail. Sie war tatsächlich gestern Nachmittag kurz vor 17.00 Uhr geschrieben worden. Dem Todeszeitpunkt, den der Pathologe nach dem jetzigen Stand seiner Untersuchungen für wahrscheinlich hielt.

»Haben Sie ihn gefoltert?«, fragte die Sekretärin in Morellis Richtung, allerdings ohne ihre Augen von Silbermann zu lassen. Überhaupt schien sie von einem starken Beschützerinstinkt gegenüber ihrem Chef getrieben zu sein. Seitdem Morelli ihn in das Büro geführt hatte, wich sie nicht mehr von seiner Seite.

»Darauf deutet nichts hin«, erklärte er den beiden. Er würde den Pathologen danach fragen müssen. Vergeblich versuchte er, die neuen Informationen in einen logischen Zusammenhang zu bringen. Eine gefälschte Pressemitteilung zugunsten der Palästinenser? Wie ließ sich das mit ihrem Ansatz vereinbaren, dass der Übergriff auf den Großvater durch einen Skinhead und der Mord an dem Enkel zusammenhingen?

»Wir müssen die Anwälte beauftragen, die Pressemitteilung zu widerrufen«, wandte Breuer sich jetzt an ihren ehemaligen Chef. Der nickte nur ergeben. Jael hatte ihm inzwischen einen neuen Stock gebracht, der jetzt neben ihm am Schreibtisch lehnte und über dessen hölzernen Knauf er immer wieder abwesend mit seinen knöchrigen Händen strich.

Morelli war hin und her gerissen. Er mochte den alten Mann. Aber er wusste nicht, ob das auch für sein Lebenswerk galt. »Was wäre so schlimm daran, die Wohnungen an Palästinenser zu verkaufen?«, fragte er, obwohl er die Antwort kannte. Es ging darum, Fakten zu schaffen, indem man das Westjordanland mit jüdischen Siedlungen bebaute. Niemand glaubte ernsthaft daran, dass diese Gebiete an die Palästinenser zurückgegeben würden, sollte es irgendwann tatsächlich zu einer Zweistaatenlösung kommen. Aber er wollte Silbermanns Version hören.

»Ich bin zu müde, um Ihnen zu antworten«, erklärte Silbermann. Aber Jael Breuer sprang ihm hilfsbereit zur Seite. »Die Grundstücke, auf denen wir gebaut haben, haben Juden gehört. Sie wurden vertrieben. Enteignet. Wir haben das Land zurückgekauft, um dort einen Hort des Friedens zu errichten. Alles vollkommen legal. Palästinenser mitten in eine jüdische Siedlung zu setzen bedeutet Krieg. Steinewerfer, vergitterte Fenster, Scharfschützen – wir haben genug davon.«

Morelli nickte. Auch wenn er die Siedlungen nicht gutheißen konnte. »Wer hätte ein Interesse daran, diese Falschmeldung in die Welt zu setzen?«

Jael Breuer seufzte theatralisch. »Araber, deutsche Sympathisanten, Nazis. Insgeheim freut sich doch jeder, wenn die Juden wieder mal in einem schlechten Licht dastehen.«

»Jael, Sie übertreiben«, schaltete Silbermann sich ein.

»Das tue ich nicht. Und das wissen Sie ganz genau. Das traut sich nur niemand auszusprechen.«

Silbermann wandte sich an Morelli. »Sie übertreibt, aber sie hat recht. Das kann aus jeder Ecke kommen. Wir Juden hatten noch nie viele Freunde. Und das hat sich seit dem Zweiten Weltkrieg auch nicht geändert.«

13.

Vor der Haustür wartete inzwischen eine ganze Reihe von Pressevertretern auf Morelli. Es hatte angefangen zu regnen, aber das störte die Journalisten in ihrer Nordpol-getesteten Outdoor-Kleidung wenig. Wie nicht anders zu erwarten, hatten sie inzwischen von den Nachbarn erfahren, dass Oz Silbermann verstorben war.

»In welche Richtung ermitteln Sie?«, fragte eine nach Pfefferminz riechende rothaarige Journalistin.

»Kein Kommentar.«

Aber die Journalisten ließen sich nicht abschütteln und folgten ihm zu seinem Wagen.

»Oz Silbermanns Großvater ist von Neonazis zusammengeschlagen worden, besteht da ein Zusammenhang?«

»Kein Kommentar.«

Morelli hatte fast sein Auto erreicht. Die Pflastersteine der Straße waren feucht und rutschig. Er musste einen Journalisten beiseiteschieben, der ihm den Weg zur Autotür verstellte. Der Mann blieb jedoch an ihm dran und hielt ihm ein Mikrofon unangenehm nah vors Gesicht.

»Welche Verbindung besteht zwischen diesem antisemitischen Überfall und der Pressemitteilung von gestern?«

»Kein Kommentar.« Morelli spürte, wie das Adrenalin in ihm hochstieg. Er hasste es, bedrängt zu werden.

»Sie müssen doch irgendeinen Ansatz haben, den Sie verfolgen. Was glauben Sie, wer hat Oz Silbermann umgebracht?«, fragte die Pfefferminzreporterin.

»Kein Kommentar!« Es kostete ihn Mühe, die Journalisten, die jetzt direkt bei ihm standen, nicht wegzuschubsen. Er würde den

Teufel tun, sich in diesem heiklen Fall öffentlich zu äußern. Groß würde ihn teeren und federn.

»Können Sie sich denn gar nichts vorstellen?«, provozierte ein überheblich grinsender Journalist, als Morelli die Fahrertür öffnete. Am liebsten hätte Morelli ihm sein Mikrofon aus der Hand geschlagen, aber er beherrschte sich.

»Ich kann mir vieles vorstellen. Es gibt eine ganze Reihe möglicher Motive. Aber Sie werden von mir keine Aussage bekommen, bis es an der Zeit dafür ist.« Morelli stieg in den Wagen und atmete tief durch. Sein Temperament war seine Schwachstelle. Aber er war stolz auf sich. Diesmal hatte er die Kontrolle bewahrt.

»Was hast du bloß getan?«, wurde er von Ina begrüßt, als er das Präsidium betrat. Er schaute sie verständnislos an, und Ina zeigte ihm ihr Smartphone. »Zuständiger Kommissar hat Verständnis für die Mörder des 25-jährigen Oz Silbermann. Zitat: Ich kann mir viele Gründe vorstellen, ihn umzubringen.«

Morelli starrte das Smartphone ungläubig an. »Spinnen die vollkommen?! Das hab ich nicht gesagt.«

»Was hast du denn gesagt?«

Er überlegte. »Ich hab vielleicht so was Ähnliches gesagt, aber ich hab es nicht so gemeint!« Das lief alles fürchterlich schief. Er kannte Groß noch nicht lange, aber er hatte bereits von seinen cholerischen Aussetzern gehört und wenig Lust, sie am eigenen Leib zu erfahren. Nein, das war alles überhaupt nicht gut.

Gemeinsam stiegen sie die Treppe in die zweite Etage hoch. Ina seufzte, als sie den Besprechungsraum erreicht hatten. »Er wird dir den Kopf abreißen.«

Groß' Gesicht war hochrot angelaufen. »Das verstehst du unter ›größtmögliches politisches Feingefühl‹?!«, herrschte er Morelli an.

»Ich hab das so nicht gesagt«, versuchte er, sich unter den mitleidigen Blicken seiner Kollegen zu verteidigen.

»Du hättest am besten einfach die Klappe gehalten.«

Morelli schrie innerlich. Das hatte er schließlich versucht.

Groß warf die Tür hinter sich zu und sah für einen Moment so aus, als würde er am liebsten auch noch den Mülleimer durch den Raum treten.

»Ich hab es euch gesagt, ich hab es mehrmals betont. Verdammte Scheiße, hört hier irgendeiner von euch zu? Wenn wir nicht die Füße stillhalten, rennen die uns die Bude ein. Die ganzen Irren da draußen. Journalisten, Gutmenschen – wenn dann erst mal diese schwachsinnigen Neonazis wieder ihre Demonstrationen anmelden und auf ihrem Heimweg Flüchtlingsheime anzünden und der Rest der Stadt durchdreht und Karnevalslieder für den Weltfrieden singt – das geht alles auf deine Kappe!« Er warf Morelli einen wütenden Blick zu, der diesen einen Schritt zurücktreten ließ. »Hast du eine Vorstellung davon, was das alles kostet? Jede Demo fordert Hunderte, ach was, Tausende von Überstunden. Man sollte dir das alles vom Gehalt abziehen. Jede einzelne Stunde, die deine Kollegen auf der Straße rumstehen müssen, weil du deine vorlaute Klappe nicht halten konntest.«

Keiner von Morellis Kollegen hatte einen Versuch unternommen, Groß' Redefluss zu stoppen. Morelli folgte ihrem Beispiel, sie kannten ihren Chef schließlich schon länger. Nur Christine Krüger nutzte jetzt Groß' Luftholen, um dazwischenzugehen.

»Das reicht, Chef«, erklärte sie mit ihrer gewohnt ruhigen Stimme.

Es wurde vollkommen still im Raum. Groß hielt die Luft an. Konnte ein Mensch tatsächlich platzen? Morelli hatte das bis jetzt immer für eine Redewendung gehalten, war sich aber bei dem dunkelroten, zum Bersten gespannten Gesicht seiner Chefs nicht mehr sicher. Er überlegte, ob der Wulst unter Groß' Jackett eine Pistole oder ein Fettröllchen war. Er würde auf jeden Fall in Deckung gehen, sobald sein Chef sich an die Seite griff. Und Ina, die noch immer neben ihm stand, mitnehmen, überlegte er.

Groß starrte Krüger an. Die Luft entwich aus ihm wie aus einem defekten Luftballon. Ruhe.

»Gut. Setzt euch. Wir haben nicht den ganzen Tag Zeit.« Mit

einem Mal war er wieder völlig sachlich. Als wäre nichts gewesen, ging er zur Tagesordnung über. Und Morellis Kollegen mit ihm.

»Wir haben jetzt drei mögliche Ansätze. Erstens einen Raubüberfall, zweitens einen Mord mit antisemitischem Hintergrund und drittens politische Motive aus dem Umkreis des Nahostkonflikts. Ersteres, denke ich, können wir ausschließen. Es gibt zwar ungewöhnliche Zufälle, aber dass Großvater und Enkel innerhalb von wenigen Stunden Opfer eines Gewaltverbrechens werden, spricht doch eher für ein persönliches Motiv. Gibt es Neuigkeiten zu dem Überfall auf den Großvater?«, wandte Groß sich an Torben Stein, während Morelli ihn immer noch mit offenem Mund anglotzte. Ina hatte sich bereits gesetzt und lächelte ihn freundlich an. Vorsichtig zog Morelli einen Stuhl vor und ließ sich neben ihr nieder.

»Unsere V-Leute haben zwar nichts darüber herausgefunden, wer den Mann verprügelt hat. Einen knapp Achtzigjährigen krankenhausreif zu schlagen ist selbst in deren Kreisen wohl keine Heldentat, mit der man prahlt. Aber Sie haben trotzdem was. Einer ihrer Spezialfälle ist seit dem Fußballspiel nicht mehr aufgetaucht. Jörg Ritter, 23 Jahre alt, arbeitslos, mehrere Vorstrafen wegen Körperverletzung.«

»Nationalsozialistischer Hintergrund?«

»Wie man es nimmt. Hängt gerne mit denen rum und schimpft auf Ausländer, aber kann vermutlich noch nicht mal Hitler buchstabieren. Zitat von unserem Mann aus Cottbus.«

»Sag dem Verfassungsschutz, dass wir inzwischen auch einen palästinensischen Täter für möglich halten. Sie sollen mal recherchieren, ob sie da jemanden für uns haben, der infrage kommt, und nach Querverbindungen zur rechtsextremen Szene schauen.«

»Okay«, erklärte Stein. Aber offensichtlich fühlte er sich nicht sehr wohl mit dieser vagen Ansage.

»Die Pathologie hat sich gemeldet«, erklärte Ina. »Todesursache war ein Schlag mit einem dumpfen Gegenstand. Aber das hatten wir uns ja auch schon gedacht. Sie konnten leider keine genaueren Angaben machen.«

»Gibt es sonstige Verletzungen? Hinweise darauf, dass er gefoltert wurde?«, fragte Morelli nach. Er dachte an die E-Mail und die feste Überzeugung der beiden Israelis, dass sie nur unter Druck entstanden sein konnte.

Ina schüttelte mit dem Kopf. »Aber eine vorgehaltene Pistole hinterlässt keine Spuren …«, schien sie seine Gedanken zu lesen.

Groß' Handy klingelte. Er hörte zu und nickte düster.

»Der Präsi will, dass wir eine Pressekonferenz abhalten. In einer halben Stunde. Wir sollen die Oberhand über die Berichterstattung zurückgewinnen«, erklärte er mit einem düsteren Blick auf Morelli. »Er will, dass du mitkommst und klarstellst, dass weder du noch irgendwer sonst in unserem Team antisemitische Tendenzen hat.«

»Wie bitte?« Morelli war sich nicht sicher, ob er richtig gehört hatte.

»Ich hab dir gesagt, dass die alle spinnen, da musst du jetzt durch«, erklärte Groß mit einer Spur Genugtuung in der Stimme.

Sich öffentlich als Anti-Antisemit großtun, das hatte Morelli gerade noch gefehlt. »Ich muss mich um die gefälschte Pressemitteilung der Stiftung kümmern.«

»Das wirst du auch, und zwar nach der Pressekonferenz«, beendete sein Chef die Diskussion. »Und mach dir Notizen, was du sagen willst. Man kann bei der Presse nicht vorsichtig genug sein.«

Morelli verdrehte die Augen.

»Das ist ein Befehl«, herrschte Groß ihn an, als er Morellis genervten Blick sah. Und Morelli hatte nicht vor, sein Schicksal zweimal an einem Tag herauszufordern.

14.

Das Erste, was Morelli von seinem Platz hinter dem Schreibtisch auf der Bühne des Presseraums aus sah, waren die roten Haare der Pfefferminzreporterin, die für das örtliche Boulevardblatt *Express* arbeitete, wie er inzwischen festgestellt hatte. Sein Gefühl für Gerechtigkeit tobte in ihm. Wieso musste er sich jetzt hier rechtfertigen, wenn sie doch diejenige war, die seine Worte so dreist verdreht und falsch wiedergegeben hatte?

Groß gab die Fakten zu der schweren Körperverletzung an Eliah Silbermann und dem Mord an seinem Enkel Oz Silbermann zum Besten und erklärte, dass sie zu den laufenden Ermittlungen nichts sagen könnten, um mögliche Täter nicht zu warnen. Er hasste die Presse, das war deutlich zu spüren.

»Mein Kollege Marius Morelli möchte jetzt noch eine Erklärung abgeben«, beendete Groß seine Ausführungen.

»Ja, hallo«, meldete sich Morelli und schreckte von seinem Mikrofon zurück, als seine Stimme viel zu laut durch den Raum hallte. Groß deutete auf ein Rädchen am Griff des Mikros, und Morelli stellte die Lautstärke runter. »So, besser jetzt? Gut.« Morelli griff zu dem Stück Papier, auf dem er seine Erklärung vorbereitet hatte. »Also, hiermit erkläre ich, dass ich gegenüber dem Mörder oder den Mördern von Oz Silbermann nicht das geringste Verständnis habe. Anderslautende Zitate entsprechen nicht der Wahrheit. Und Antisemit bin ich auch nicht. Und meine Kollegen auch nicht. So, das war's.« Er legte das Mikrofon nieder, was einen lauten Rumms durch den Raum sendete.

Groß schaute ihn aufgrund der Kürze seines Statements stirnrunzelnd an. Morelli wusste, dass er mit seiner Erklärung nicht zufrieden war. Aber er war schließlich Kommissar, kein Pressesprecher. Groß wandte sich an die Journalisten, bemüht, den Schein zu wahren. »Noch irgendwelche Fragen?«

Ein Reporter hob die Hand. »Morelli – das klingt nicht besonders deutsch.«

»Nein, ich bin Italiener«, entgegnete Morelli und spürte, wie Groß leicht zusammenzuckte. Schließlich arbeitete er bei der deutschen Polizei, war deutscher Beamter. »Äh, nein, ich bin natürlich Deutscher, aber meine Eltern stammen aus Italien.«

»Ist Ihnen das wichtig, Deutscher zu sein?«

»Ich verstehe die Frage nicht.«

»Wieso betonen Sie, dass Sie Deutscher sind?«

»Sie haben mich doch gefragt!« Morelli spürte, wie ihm die Situation entglitt.

»Wie ist Ihre Position in der Palästinenserfrage?«, schaltete sich eine Reporterin ein.

Morelli war nicht blöd. »Ich wüsste nicht, was das hier für eine Rolle spielt.«

»Ein jüdischer Mitbürger wurde ermordet, kurz nachdem er eine Erklärung herausgegeben hat, ein rein jüdisches Wohnprojekt an Palästinenser zu verkaufen – und Sie meinen, dass die Palästinenserfrage keine Rolle in dem Fall spielt?«

»Äh … kein Kommentar!«

»Sie wollen uns Ihre Einstellung also nicht verraten?«

Morelli fühlte sich wie ein Pingpongball, der zwischen den Fragen der Reporter hin und her geschlagen wurde. Hilfesuchend schaute er zu Groß, dessen Gesicht schon wieder ungesund rot wurde.

»Kein Kommentar.«

»Was verheimlichen Sie uns?«

Groß schaltete sich ein. »Sie haben das Statement des Hauptkommissars zur Kenntnis genommen. Ich hoffe, dass …«

»Hat es in Ihrem Präsidium schon häufiger rechtsradikale Ausfälle gegeben?«, wurde er von der Pfefferminzjournalistin unterbrochen.

»Ich bin nicht rechtsradikal!«, platzte es aus Morelli heraus.

»Das reicht. Die Pressekonferenz ist beendet«, erklärte Groß.

Ein Blitzlichtgewitter ging über Morelli nieder, als er den Raum verließ.

»Kommissar Morelli, halten Sie es für gerechtfertigt, dass Israel die Palästinenser okkupiert und hinter einer Mauer wegsperrt?«

»Morelli, was halten Sie vom zunehmenden Antisemitismus in Deutschland?«

»Finden Sie nicht, dass auch Palästinenser ein Recht darauf haben, in Frieden zu leben?«

»Kein Kommentar, kein Kommentar«, das grelle Licht blendete ihn, schützend hob er die Hand vor seine Augen. Er schob sich durch die Journalisten, die ihn weiterhin mit Fragen bedrängten. Er brauchte seinen Chef nicht zu sehen, um zu wissen, dass nur die Anwesenheit der vielen Zeugen mit Kameras ihn davor schützte, ungespitzt in den Boden gerammt zu werden.

15.

»Sieh es einfach positiv: Groß schleppt dich nie wieder mit auf eine Pressekonferenz«, wurde er grinsend von Ina in seinem Büro begrüßt.

Ein schwacher Trost. »Ich will doch einfach nur meinen Job machen.«

Ina lächelte ihn an. »Lass dich nicht unterkriegen. Die sind alle verrückt, ignorier sie einfach.«

»Danke.« Ein guter Kamerad war sie auch noch.

»Das soll ich dir von Stein geben«, meinte Ina und griff zu einem Stück Papier. »Adressen von palästinafreundlichen Organisationen in und um Köln. Er ist schon los, du sollst dir diejenigen vornehmen, die er gelb markiert hat.«

Morelli schaute auf die Liste. Ein deutsch/palästinensischer Freundschaftsverein, ein Palästina-Café, ein Restaurant mit einem palästinensischen Besitzer, ein Supermarkt und ein israelisch/palästinensischer Arbeitskreis der Katholischen Hochschule Köln. Gelb markiert waren der Supermarkt sowie das Palästina-Café. Morelli sah zwar nicht den Sinn darin, wahllos in allen Einrichtungen zu ermitteln, die irgendeine Verbindung mit Palästinensern hatten, aber jetzt war nicht der richtige Zeitpunkt, um die Methoden seines Chefs infrage zu stellen. Er seufzte und machte sich auf den Weg.

Morelli war mit dem Fahrrad ins Agnesviertel gefahren. Das Palästina-Café war im Hinterhof eines heruntergekommenen Altbaus untergebracht. Eines der wenigen Häuser, die in den letzten Jahren nicht kernsaniert worden waren. Die Wände der Einfahrt hatte man mit allen möglichen Plakaten tapeziert; ein alternatives Musikfestival, Aufrufe zu Demonstrationen, aber auch private Kleinanzeigen hingen dort. Babysitter, Spanischunterricht, Gitarre, alles, was die nach links neigenden jungen Akademiker in dem Viertel sich wünschen konnten. Große Teile seiner Jugend hatte er in solchen Hinterhöfen verbracht. Ein Aushang am Palästina-Café verkündete, dass es Sonntag, Dienstag und Donnerstag nachmittags von 14 bis 19 Uhr geöffnet hatte. Er würde morgen zurückkommen müssen.

»Kann ich Ihnen helfen?«

Morelli fuhr herum. Er hatte die Frau gar nicht kommen hören, was vermutlich an den weichen Kreppsohlen ihrer biologisch korrekten Ökoschuhe lag.

»Ich würde gerne mit jemandem vom Palästina-Café sprechen.«

»Die sind erst morgen wieder da.«

»Und wer sind Sie?«

Die Frau hatte ihren Schlüssel herausgekramt und wollte gerade aufschließen, da drehte sie sich misstrauisch zu Morelli um. »Wer sind Sie denn?«

»Entschuldigung, Morelli, Kripo Köln«, sagte er und zog seinen Ausweis hervor.

»Geht es um den Mord an dem Juden?«

Morelli überraschte diese Frage. Wieso zog die Frau so schnell diese Verbindung? Aber heute schienen seine Gedanken ein offenes Buch zu sein.

»Das stand doch im Internet, dass er umgebracht wurde, weil er den Palästinensern Häuser verkauft hat.«

»Verkaufen wollte«, korrigierte Morelli sie und begriff einen Moment zu spät, dass er ihre Ursprungsfrage damit beantwortet hatte. »In welcher Beziehung stehen Sie zu dem Palästina-Café?«

»In gar keiner. Ich leite den Strickzirkel.«

Jetzt erst sah Morelli, dass sie einen Stoffbeutel mit Wolle in ihrem Fahrradkorb hatte, den sie als Tasche benutzte.

»Wir teilen uns den Raum. Mit noch ein paar anderen. Aber samstagnachmittags sind wir immer hier. Das ist eine fürchterliche Geschichte, das mit dem Juden. Aber eins frage ich Sie: Wieso sollte denn jemand vom Palästina-Café was damit zu tun haben, wenn er doch auf ihrer Seite steht? Das macht doch keinen Sinn«, erklärte sie in einem Ton, als sei Morelli ihr begriffsstutziger Sohn, obwohl sie maximal zehn Jahre älter als er war. Morelli hatte nicht vor, ihr zu erzählen, dass sie die Echtheit der Pressemitteilung stark bezweifelten, und ignorierte ihre Frage.

»Können Sie mir sagen, wer für das Palästina-Café verantwortlich ist?«

»Kommen Sie mit rein. Wir haben eine Liste.«

Sie schloss auf, und gemeinsam betraten sie den kleinen Raum. Pressholztische und Plastikstühle waren in kleinen Gruppen auf den knapp dreißig Quadratmetern verteilt. Der Raum war weiß gekachelt, eine kleine Theke stand in der äußersten Ecke. Auf einem Regalbrett dahinter stapelten sich verschiedene bunte Teepackungen.

»Aber das ist ganz typisch für Deutschland. Die jüdische Lobby. Jetzt kriegen die Palästinenser erst mal wieder eins auf die Kappe.«

Wenn der Strickzirkel schon so radikal war, interessierte es Morelli umso mehr, wie die Besucher des Palästinenser-Cafés wohl drauf waren. »Ein junger Mann ist brutal ermordet worden. Wir suchen seinen Mörder. Das hat nichts mit irgendeiner Lobby zu tun.«

Die Frau lachte, und Morelli war überrascht, wie niedlich sie mit einem Mal aussah. Zehn Jahre jünger, mit strahlend blauen Augen. »Das glauben Sie doch selbst nicht.«

Vor zehn Jahren hätte er genau wie sie gedacht. Jetzt wusste er es besser. Es war nicht die Lobby, sondern die Angst vor ihr, die das Denken seines Chefs bestimmte. Die Frau reichte ihm eine Telefonliste. Und Morelli konnte sehen, dass es außer dem Palästina-Café und dem Strickzirkel noch einen Musikclub für Kinder und eine Krabbelgruppe gab, die sich regelmäßig am Morgen in den Räumlichkeiten trafen. Als er in die Spalte der Ansprechpartner wechselte, traute er für einen Moment seinen Augen nicht. Ein gewisser Toto stand mit seiner Handynummer in der Zeile des

Palästina-Cafés. Toto. Morelli hoffte aus ganzem Herzen, dass das nicht *der* Toto war, mit dem er in seiner Düsseldorfer AntiFa-Zeit nächtelang über das Unrecht in der Welt diskutiert hatte. Der Toto, der während seiner gesamten Schulzeit sein bester Freund gewesen war.

16.

Er war es. Das hatte eine schnelle Überprüfung der Telefonnummer ergeben. Aber Toto ging nicht ans Telefon. Gemeldet war Toto unter seinem Geburtsnamen Torsten Keller in Alt-Ehrenfeld, nur zwei Straßen von Morellis Wohnung entfernt. Morelli überlegte, ob er sofort zu ihm fahren sollte, beschloss jedoch, zuerst den palästinensischen Supermarkt zu besuchen. Weil der etwas näher lag, redete er sich ein. Dabei wusste er selbst, dass er die Begegnung mit seinem alten Weggefährten, den er seit zehn Jahren nicht mehr gesehen hatte, so lange wie möglich hinausschieben wollte …

Völlig in Gedanken fuhr Morelli durch die trostlosen Seitenstraßen des Kölner Stadtteils Weidenpesch. Auch wenn das Viertel nur wenige Minuten von dem als Wohn- und Kneipenviertel beliebten Nippes entfernt lag, wechselte in Weidenpesch schlagartig das Stadtbild. Die grauen Wohnblöcke wurden nur selten durch eine dunkle Eckkneipe durchbrochen; ein paar Geschäfte versuchten, ihre preisgünstige Ware an den Mann zu bringen. Darunter der palästinensische Supermarkt. Ein verbeultes gelbes Metallschild über der Ladenfront pries palästinensische Spezialitäten an. Morelli schloss sein Rad an eine Straßenlaterne an und dachte darüber nach, wie widersinnig sein Vorhaben war. Er konnte schließlich nicht einfach in einen Supermarkt gehen und fragen, ob einer der Angestellten zufällig gestern Nachmittag einen Juden totgeschlagen hatte. Oder ob einer ihrer Kunden wie ein Mörder aussah. Sie hatten wirklich rein gar nichts in der Hand. Bevor er sich noch einen geeigneten Einstieg überlegen konnte, wurde er bereits von einem Verkäufer mit dichtem Schnurrbart angesprochen.

»Tomaten, heute ganz billig. Zwei Euro das Kilo.«

Vor dem Geschäft waren Kisten mit buntem Gemüse aufgebaut; die Ware war kunstvoll aufgestapelt und erinnerte in der Tat ein wenig an einen orientalischen Basar.

»Ja, gerne«, antwortete Morelli. »Ein halbes Kilo bitte.«

Der Verkäufer legte sechs fleischige Tomaten in eine Papiertüte, wog sie ab und fügte noch eine Siebte dazu. »Noch etwas?«

»Ich schau mich drinnen ein wenig um, in Ordnung?«

»Natürlich. Schauen Sie. Kostet nichts.«

Der Supermarkt bestand aus einem schmalen Schlauch, in dem das Neonlicht einen harten Kampf gegen die Dunkelheit führte. Säcke mit verschiedenen Hülsenfrüchten standen ordentlich in einem Regal aufgereiht, daneben Gewürze und Konserven mit eingelegten Leckereien. Jeder Zentimeter wurde ausgenutzt, die Regale zogen sich bis unter die niedrige Decke. Lebensmittel in bunten Verpackungen, Kosmetika, Haushaltsbedarf: Hier fand man alles, was man zum Leben brauchte. Im hinteren Teil des Ladens wurden frisches Fleisch und handverpackter Ziegenkäse an einer Kühltheke verkauft. Morelli griff sich einen Korb und langte nach Herzenslust zu. Meistens aß er in der Kantine oder warf abends noch schnell einen Döner ein, bevor er auf die Piste ging. Er kam einfach nie zum Einkaufen, obwohl der Supermarkt bei ihm um die Ecke inzwischen bis Mitternacht geöffnet hatte. Immer noch überlegte er fieberhaft, wie er einen Einstieg in ein Gespräch über die Silbermann-Stiftung finden sollte.

»Sind Sie nicht der Polizist aus den Nachrichten?«, nahm ihm ein jüngerer Verkäufer dieses Problem ab. Jaffir war auf seinem weißen Kittel eingestickt.

»Ja, kann schon sein«, antwortete Morelli.

»Unglaublich, das.«

»Der Mord an Oz Silbermann?«

»Nein, dass sie jetzt auch an Palästinenser verkaufen. Meine Mutter hat geweint, als sie das gehört hat.«

Morelli schaute ihn fragend an.

»Sie will zurück. Nach Hause. Aber in Palästina gibt es einfach keine Zukunft. Sagt mein Vater immer. Aber vielleicht gibt es die ja jetzt doch.«

»Weil die Silbermann-Stiftung Häuser an Palästinenser verkauft?«

»Weil sie uns unser Land zurückgeben.«

»Haben sie es denn gestohlen?«

Der junge Verkäufer lachte. »Was glauben Sie denn, wo sie es her haben? Sie bauen eine Siedlung neben die andere, und das alles auf unserem Gebiet. Die ganze Zeit. Sie dürfen das nicht. Das ist verboten. International und so. Aber das Militär hilft ihnen.«

Er schien sich auszukennen …

»Jaffir, kennen Sie die Silbermann-Stiftung?«

»Ja klar.«

Morelli frohlockte.

»Sind doch überall in den Nachrichten.«

Ein Dämpfer. »Nein, ich meine, kannten Sie die Stiftung, bevor Oz Silbermann ermordet wurde?

»Nein«, gab der junge Verkäufer zu. »Aber die sind doch alle gleich.«

Sie waren inzwischen an der Kasse angekommen. Jaffir setzte sich hinter das Fließband und begann, Morellis Waren einzuscannen.

»Papa, das ist der Polizist aus den Nachrichten«, rief er dem Mann zu, der Morellis Tomaten eingepackt hatte. Der kam darauf freudig strahlend in den Laden und schüttelte Morelli die Hand. Dann wandte er sich an seinen Sohn, der gerade die letzten von Morellis Konserven über den Scanner zog. »Was machst du denn da?« Er griff über das Laufband und drückte eine Tastenkombination in dem Kassenapparat. Die zu zahlende Summe sprang von 33,80 auf 00,00 Euro.

Morelli schaute ihn überrascht an.

»Sie sind unser Freund. Und Helfer. Von Ihnen nehmen wir kein Geld.«

»Das ist sehr freundlich von Ihnen, aber das kann ich nicht annehmen.«

Mahmoud, wie die Aufschrift am Kittel des alten Mannes verriet, packte Morellis Lebensmittel in zwei Tüten.

»Ich bestehe darauf. Wissen Sie, wir Palästinenser haben nicht viele Freunde. Wir müssen uns selber durchschlagen. Wir haben keine Rechte. Und wenn uns mal jemand hilft, dann muss das belohnt werden.«

»Ich bin verbeamtet. Ich darf keine Geschenke im Wert von über zehn Euro annehmen.«

»Dann sind das eben vier Geschenke von mir, meiner Frau, meinem Sohn und seinem Bruder«, erwiderte er und schaute sich um. Dann griff er nach einer Geschenkpackung mit arabischen Süßigkeiten und legte sie auch noch in die Tüten. »Und von meiner Enkelin.«

Langsam kam das Verhalten des Mannes Morelli mehr als wunderlich vor. Wieso wurde er auf einmal so üppig beschenkt? Und wieso ging er so fest davon aus, dass sie Freunde waren? Der Palästinenser holte eine Ausgabe der *Express* hervor, die hinter der Kasse lag. »Geben Sie mir ein Autogramm?« Er hielt dem Kommissar die Schlagzeile des nächsten Tages samt Titelbild entgegen, auf dem er niemand anderen als sich selbst erblickte. Die Hand zum Hitlergruß erhoben. Zumindest erschien es so. Morelli erkannte, dass es sich um ein Foto von der Pressekonferenz am Nachmittag handelte, auf dem er versuchte, seine Augen vor dem Blitzlicht zu schützen. »Antisemitischer Kommissar bestreitet rechtsradikale Gesinnung!«

»Es wird wirklich Zeit, dass einer diesen Juden mal ihre Grenzen setzt«, lächelte ihn der freundliche alte Mann glücklich an.

Nein, nein, nein, dachte Morelli, das durfte einfach nicht wahr sein!

17.

Morelli trat in die Pedale. Er hatte keine Zeit für so einen Mist. Er musste einen Mord aufklären. Sein Blick fiel auf die beiden Plastiktüten an seinem Lenker, die er bei seiner Flucht aus dem Supermarkt offensichtlich reflexartig mitgenommen hatte. Auch das noch. Wenn diese verfluchte Pfefferminzreporterin herausbekam, dass er sich von judenhassenden Palästinensern bestechen ließ, war er vermutlich seinen Job los.

Was für ein Tag! Und jetzt auch noch Toto. Viel zu schnell hatte er das Haus in Alt-Ehrenfeld erreicht. Die Mehrfamilienhäuser wirkten gleichförmig grau in der beginnenden Dunkelheit. Langsam rollte ein Auto nach dem anderen auf der vergeblichen Suche nach einem Parkplatz durch die engen Straßen. Morelli hielt nach einem geeigneten Pfahl Ausschau, um sein Rad anzuschließen, aber auch die waren in Ehrenfeld Mangelware. Er fand schließlich ein freies Parkverbotsschild am Ende der Straße, an der Ecke zur belebten Venloerstraße vor einem Handy-Shop. Neonlicht fiel durch dessen Schaufenster auf den schon mehrfach geflickten Bürgersteig. Alt-Ehrenfeld war nicht wirklich schön, aber bei Studenten und Ausländern aufgrund der halbwegs bezahlbaren Mieten beliebt. Er ließ die Tüten in der Hoffnung, irgendjemand möge sie stehlen, am Lenker hängen und ging zurück in die dunkle Straßenflucht. Nach wenigen Metern hatte er Totos Haus erreicht. Erstaunlich viele Klingelschilder wiesen darauf hin, dass das schmale Mehrfamilienhaus in sehr kleine Apartments aufgeteilt worden war. Es kostete ihn einige Sekunden, sich zu überwinden, dann drückte er auf den Klingelknopf neben dem mit Klebestreifen befestigten Namen Keller. Nichts geschah. Er drückte noch einmal auf die Klingel. Diesmal länger. Und schließlich wurde der Türöffner betätigt. Morelli ging durch das Treppenhaus, vorbei an Kinderwagen, Fahrrädern und einem Rollator. Ein Putzplan am Fuße der Treppe verriet, dass seit Monaten niemand mehr das Treppenhaus gereinigt hatte. Um das festzustellen, hätte man sich das Papier allerdings sparen können. Morelli machte den Fehler, das Geländer anzufassen, zog die Hand aber schnell zurück, als er den schmierig klebrigen Film darauf fühlte.

Er stieg in die dritte Etage hoch und wappnete sich innerlich auf die Begegnung, die jetzt folgen würde. Zwei volle Mülltüten standen neben einer Tür, die einen Spaltbreit geöffnet war. Morelli klopfte an den Türrahmen. »Hallo?«

»Bin sofort da«, rief jemand, und in der Tür erschien eine junge Türkin mit einem Baby auf dem Arm. Morelli war überrascht. Eine Familie zu gründen war das Letzte, was er seinem früheren Freund zugetraut hätte. Aber auf der anderen Seite passte es vielleicht doch. Toto war keinem Abenteuer aus dem Weg gegangen, warum also nicht auch das Abenteuer Nachwuchs wagen.

»Ich würde gerne mit Torsten Keller sprechen.«

»Der ist nicht da.«

»Können Sie mir sagen, wann er zurückkommt?«

»Er wohnt hier nicht mehr«, erklärte die junge Frau freundlich.

»Aber auf dem Klingelschild steht sein Name.«

»Das stimmt. Ich bin noch nicht dazu gekommen, es auszuwechseln. Toto ist vor ein paar Monaten ausgezogen.«

Irgendwie wirkte sie, als hätte sie etwas zu verbergen. »Können Sie mir sagen, wo er jetzt wohnt?«

»Wer sind Sie denn?«, fragte sie misstrauisch. Das Baby auf ihrem Arm wurde ungeduldig und versuchte, sich aus der Umarmung der Mutter zu winden.

Nachdem Morelli sich ausgewiesen hatte, spürte er förmlich, wie die junge Frau dichtmachte.

»Es tut mir leid, ich kann Ihnen nicht sagen, wo Herr Keller jetzt wohnt. Ich bin nur seine Nachmieterin.« Sie log, da war sich

Morelli sicher. Das Baby fing an zu weinen. »Und wenn Sie mich jetzt entschuldigen, meine Tochter braucht etwas zu essen.«

»Können Sie mir die Nummer Ihres Vermieters geben?«

»Nein.«

»Und Sie sind …?« Aber da hatte sich auch schon die Tür hinter den beiden geschlossen.

Als er zurück zu seinem Fahrrad kam, hingen die Tüten noch am Lenker, dafür war sein Vorderlicht verschwunden. Er fluchte. Was für ein Scheißtag! Sein Handy klingelte. Seine Mutter. Er drückte sie weg. Dann erst sah er, dass die WhatsApp-Gruppe seiner Geschwister überquoll. Sofort befiel ihn ein schlechtes Gewissen. Ob etwas passiert war? Aber in der Gruppe tauschten sich seine Brüder und Schwestern nur über die Presseberichte aus. Sie waren stolz, ihren großen Bruder in den Nachrichten zu sehen. Der Inhalt der Artikel schien sie nicht weiter zu interessieren. Wenn doch nur alle so ignorant wie seine kleinen Geschwister wären! Morelli steckte das Handy zurück in seine Jackentasche. Dann zögerte er. Als er frisch nach Köln gezogen war, hatte er sich ein paarmal mit Leni getroffen, einer ehemalige Klassenkameradin, die genau wie er und Toto bei der Antifa aktiv gewesen war. Sie waren gelegentlich miteinander im Bett gewesen, hatten sich dann aber aus den Augen verloren. Morelli hatte festgestellt, dass sein Beruf paradoxerweise eine ungemeine Anziehungskraft auf Frauen aus der linken Szene ausübte. Erst diskutierten sie stundenlang mit ihm, wie er bloß die Drecksarbeit für die konzernfreundliche Regierung machen konnte, und dann konnten sie es gar nicht erwarten, mit ihm in die Kiste zu steigen. Ihm sollte es recht sein. Er hatte nie verstanden, warum Polizisten, deren Aufgabe es war, anderen zu helfen, prinzipiell als rechts abgestempelt wurden. Aber solange ihm das jedes Wochenende eine neue Frau bescherte, würde er sich nicht beschweren. Jetzt war Leni vielleicht seine beste Chance, Totos aktuelle Adresse herauszubekommen. Er suchte nach ihrem Namen im Adressbuch seines Handys und wählte ihre Nummer. Nach dem zweiten Klingeln ging sie dran. Laute

Musik dröhnte aus dem Hintergrund. Er konnte sie kaum verstehen.

»Hast du eine Ahnung, wo Toto inzwischen wohnt?«, brüllte er nach einer schnellen Begrüßung in den Hörer.

»Was?«, bekam er als Antwort.

»Toto, wo Toto wohnt?!«

Ein Piepsen kündigte an, dass sein Handy bald keinen Strom mehr haben würde.

»Was?«

Morelli verzweifelte und wollte es schon fast aufgeben.

»Ich versteh dich nicht, ich bin im ›Café Art‹, komm doch vorbei!«, brüllte Leni in den Hörer.

Morellis Handy verabschiedete sich mit einem letzten Piepsen. Das Café Art war direkt um die Ecke. Ein Bier könnte jetzt nicht schaden, beschloss er.

Wenige Minuten später kämpfte er sich mit einer Flasche Pils in der Hand durch das Gedränge an der Bar. Der Laden war dunkel, niedrige Tische und angesagte Loungemöbel boten den Gästen Platz. Alles fürchterlich unbequem, aber total hip. Nicht gerade ein Restaurant für linke Aktivisten, allerdings arbeitete Leni inzwischen als Lehrerin und brauchte offensichtlich ab und zu einmal ein wenig Luxus. Sie saß zusammen mit ihrer Freundin Annika vor zwei Salaten, jede hatte ein Glas Rotwein in der Hand.

»Oh, hallo«, begrüßte Morelli die beiden überrascht. Annika kannte er noch aus Düsseldorf, auch wenn er einen Moment brauchte, um sie mit zwanzig Kilo mehr auf den Rippen und den kurzen Haaren wiederzuerkennen. Er hatte seit dem Abitur kaum noch etwas mit den Leuten aus der Antifa zu tun gehabt, aber andere waren offensichtlich länger in Kontakt geblieben.

»Ich versteh einfach nicht, wie du so drauf sein kannst«, fuhr Leni ihn zur Begrüßung an.

Jetzt erst sah er, dass ihre Smartphones auf dem Tisch lagen. Offensichtlich hatten die beiden in der Zwischenzeit die Nachrichten gelesen. »Zionistischer Kommissar zeigt kein Verständnis gegenüber der Palästinenserfrage« lautete die Überschrift des linken Nachrichtenblattes, das Leni abonniert hatte.

Morelli schaute ungläubig zu den beiden Frauen hinunter. »Jetzt bin ich schon Antisemit und Zionist gleichzeitig?!«, fragte er verblüfft und unterdrückte ein Lachen.

»Ich finde das überhaupt nicht lustig«, brüllte Annika über die laute *drum 'n' bass* Musik hinweg. »Weißt du, früher warst du echt in Ordnung. Aber wenn man einen Menschen in eine Uniform steckt, dann wird aus ihm ein Schwein.«

Früher hatte er genauso geredet, jetzt gingen ihm diese Floskeln nur noch auf die Nerven. »Ich trag aber gar keine Uniform«, erklärte er provozierend freundlich.

»Du hältst dich wohl für total schlau, was?«, zischte Annika ihn an und verzog ihr Gesicht zu einer missgünstigen Fratze.

»Glaubt mir, das ist alles nur ein blödes Missverständnis, wirklich«, brüllte Morelli. »Ich erklär euch das gerne bei 'nem Bier, wenn alles vorbei ist.« Aber jetzt hatte er weder Zeit noch Lust, ins Detail zu gehen.

»Jetzt baggert der uns auch noch an. Das gibt es ja nicht«, keifte Annika, die mit ihren wallenden Gewändern und dem konsequenten Verzicht auf jegliche Form von Kosmetika ganz sicher nicht in Morellis Beuteschema passte. Aber er würde wohl nicht viele Sympathiepunkte sammeln, wenn er das zu seiner Verteidigung vorbrachte. Hilflos verdrehte Morelli die Augen.

»Seit wann kennen wir uns? Du kannst doch nicht im Ernst glauben, was die Zeitung über mich schreibt. Überhaupt, seit wann glaubst du der Presse?«, versuchte er, an Lenis Verstand zu appellieren. Ein gutes Argument. Er merkte, wie Leni einknickte. Und auch Annika wurde weicher.

»Wieso behaupten die so was über dich?«, wollte Leni wissen.

»Weil es um Israel geht. Um Juden und Palästinenser. Und weil die Presse ihren Verstand im Klo runterspült, sobald sie diese Schlagwörter hört.«

»Welchen Verstand?«, antwortete Leni grinsend. Und Morelli lächelte sie dankbar an.

»Die treiben mich in den Wahnsinn«, seufzte er und konnte dabei spüren, wie er die beiden langsam auf seine Seite zog. Er ließ sich neben Leni auf ihrem rückenlehnenlosen Sitzmöbel nieder. Die laute Musik ging ihm auf die Nerven, die vielen Menschen ebenso. Er wollte nur noch raus und kam deshalb gleich zum Punkt.

»Aber jetzt mal was ganz anderes, hast du Toto in letzter Zeit gesehen? Ich hab irgendwie seine Adresse verloren«, fragte er betont beiläufig.

»Warte, die müsste ich haben.«

Leni scrollte schon in ihrem Handy, als Annika ihr das Teil wegnahm. »Warum willst du die haben?«, fragte sie mit unverhohlener Aggression.

»Äh, naja, weil wir verabredet sind. Sein Handy muss platt sein, ich kann ihn nicht erreichen. Wir wollten uns bei ihm treffen.«

»Toto will sich mit *dir* treffen?!«, hakte Annika nach. Offensichtlich glaubte sie ihm kein Wort.

»Ja, genau, heute Abend«, antwortete Morelli und tat so, als sei es das Natürlichste der Welt.

»Du miese Ratte!« Annika wandte sich an ihre Freundin: »Der Typ verarscht uns. Toto würde sich niemals mit ihm treffen, nach allem, was gewesen ist. Höchstens, um ihm eins in die Fresse zu hauen. Der will an Toto ran wegen der Palästina-Geschichte.«

»Nein, wirklich«, machte Morelli noch einen schwachen Versuch, sich zu verteidigen. Aber er wusste, dass er verloren hatte, als er Lenis Blick sah, in dem die Empörung wieder voll aufgeflammt war.

18.

Völlig geschafft schleppte Morelli die vermaledeiten Einkaufstüten die Treppen hoch in seine kleine Zwei-Zimmer-Wohnung und räumte die Lebensmittel in seine sehr überschaubare Singleküche. Im Wohnzimmer ließ er sich aufs Sofa sinken und steckte sein Handy ans Netz. Ständiges Brummen signalisierte ihm, dass eine Nachricht nach der anderen eingegangen war. Er hatte keine Lust, seine Mailbox abzuhören, und wählte die Nummer seines Chefs.

»Ich muss dich von dem Fall abziehen«, erklärte Groß. »Wir können die negative Berichterstattung nicht länger gebrauchen.«

Seine Energie kehrte mit einem Mal zurück. Morelli sprang von dem Sofa und lief in seinem Wohnzimmer auf und ab. Soweit sein Ladekabel das zuließ.

»Das kannst du nicht machen. Wenn ich abgezogen werde, sieht das so aus, als hätten die Journalisten recht mit ihren Behauptungen.«

»Der Fall ist auch so heikel genug. Wir sind heilfroh, dass sich das Thema rechte Neigungen in der Polizei mit dem Ende der NSU-Affäre wieder gelegt hat. Nach Silvester 2015 können wir uns einfach keine weitere schlechte Presse leisten.«

»Was hat denn Silvester 2015 mit rechten Neigungen bei der Polizei zu tun?«

»Nichts. Aber das spielt heutzutage keine Rolle mehr. Wenn man einmal mit einem dieser Themen in die Aufmerksamkeit des Internets gerät, dann dreht einen dieser digitale Fleischwolf dreimal auf links, und niemand kann sagen, als was man am Ende herauskommt.«

»Das heißt also, ich soll geopfert werden, weil ihr wollt, dass die Presse uns in Ruhe lässt?«

»Korrekt. Ich versprech dir, es wird sich nicht negativ auf deine Karriere auswirken. Intern wird nichts an dir hängen bleiben. Im Gegenteil. Ich sorg persönlich dafür, dass du bei der nächsten Beförderung dabei bist. Du kannst dir frei aussuchen, wo du hin willst.«

Selbst wenn intern nichts hängen blieb – Morelli musste an seine Begegnung mit Leni und Annika denken. »Sorry. Das geht nicht. Ich kann nicht als Nazicop durch mein Leben laufen. Egal, in welcher Gehaltsklasse.«

»Morelli, es ist nicht so, als ob du da wirklich mitzureden hättest.«

Morelli hätte am liebsten die Vase seiner Mutter vom Tisch gepfeffert, die sie ihm zum Einzug geschenkt hatte. Die Pfefferminzreporterin erschien vor seinem inneren Auge. »Euch interessiert es vielleicht nicht, was ich zu sagen habe. Aber das sieht der *Express* vermutlich anders.«

Am anderen Ende der Leitung wurde es still. »Morelli, glaub mir, das willst du nicht«, sagte Groß schließlich, und seine Stimme klang gefährlich ruhig.

»Nein. Das will ich nicht. Aber ihr wollt es noch viel weniger. Wir sehen uns bei der Morgenbesprechung«, erklärte er und legte auf. Wütend schmiss er sein Handy auf das Sofa. Nur um es einen Moment später wieder aufzunehmen. Er hatte schon fast auf »Anrufen« gedrückt, überlegte es sich dann aber doch anders. Es gab Gespräche, die musste man einfach persönlich führen.

19.

Ohne Vorderlicht fuhr Morelli über den lädierten Radweg an der Inneren Kanalstraße entlang nach Lindenthal. Zweimal wäre er fast von einer Wurzel, die den Asphalt durchbrochen hatte, vom Rad katapultiert worden, konnte sich aber jeweils im letzten Moment gerade noch fangen. Wieder hatte er vergessen, seine Winterjacke anzuziehen. Als er zehn Minuten später vor der Silbermann-Villa in Lindenthal vorfuhr, wünschte er sich, er hätte zumindest seine Handschuhe eingepackt. Er konnte seine Finger kaum vom Lenkrad lösen, so steif gefroren waren sie vor Kälte. Im ersten Stock brannte noch Licht, und Morelli klingelte. Es dauerte eine Weile, aber dann knackte die Gegensprechanlage. »Hallo?«

»Herr Silbermann, ich bin es, Kommissar Morelli. Ich würde gerne mit Ihnen sprechen.«

Stille. Morelli überlegte, ob Silbermann ihn nach dem ganzen Mist, den er in der Zeitung über ihn gelesen hatte, überhaupt ins Haus lassen würde. Aber dann ertönte der Türöffner.

»Entschuldigen Sie die späte Störung«, erklärte er, als ihm Silbermann an seiner Wohnungstür in der ersten Etage gegenüberstand. Morelli ahnte, dass er das Hemd mit den Gebetsfäden unter seinem schwarzen Anzug trug, sehen konnte man es aber nicht.

»Gibt es neue Entwicklungen?«

Morelli stutzte einen Moment. Er war so von dem Pressethema besessen, dass er fast vergessen hätte, was seine Hauptaufgabe war. »Nein, wir ermitteln in alle Richtungen. Aber bis jetzt haben wir keine heiße Spur«, erklärte er.

Eliah Silbermann nickte und führte Morelli in sein Wohnzimmer. Die Wohnung war genauso geschnitten wie die Stiftung, und auch die Einrichtung ähnelte derjenigen im Erdgeschoss. Antike dunkle Holzmöbel, geschmackvoll gerahmte abstrakte Gemälde, nur waren hier die Wände rot tapeziert. Mit einer floralen Bordüre auf Schulterhöhe. Morelli fühlte sich Schritt für Schritt beklommener, je tiefer er in Silbermanns Reich eindrang.

»Das Haus hat meinen Großeltern gehört. Ich habe es vor fünf Jahren gekauft, als ich die Stiftung gegründet habe, und es wieder so herrichten lassen, wie es damals ausgesehen hat.«

Im Gegensatz zum Büro gab es in Silbermanns Wohnzimmer einen Kamin. Allerdings brannte darin kein Feuer. Morelli fröstelte. Hier schien es noch kälter zu sein als draußen.

»Warum sind Sie gekommen?«, fragte Silbermann und beobachtete ihn aufmerksam.

»Ich wollte mit Ihnen über die Presse reden.«

»Die Presse?«

»Über das, was dort über mich verbreitet wird. Haben Sie das nicht mitbekommen?«

»Doch natürlich. Mein Nachbar hat es mir erzählt. Setzen Sie sich doch.«

Morelli nahm in einem samtbezogenen Lehnstuhl am Kamin Platz, Silbermann auf dem anderen. »Und das beunruhigt Sie gar nicht? Dass die behaupten, ich sei ein Antisemit?«

Silbermann schaute ihn ungläubig an. Lächelte dann müde. »Sie sind doch kein Antisemit. Sie sind ein lieber Junge. Entschuldigen Sie, das ist mir so rausgerutscht«, er schaute mit seinen klaren blauen Augen direkt in seine. »Glauben Sie etwa, ich weiß nicht, wie hysterisch die Presse reagiert, wenn es um Juden geht?«

Morelli atmete erleichtert auf. Silbermann betrachtete ihn immer noch, dann verzogen sich seine Lippen zu einem traurigen Lächeln.

»Sie sind hierhergekommen, um dafür zu sorgen, dass ich nicht denke, der Mord an meinem Enkel werde von einem Nazi untersucht? Diesmal entschuldige ich mich nicht. Sie sind wirklich ein lieber Junge.«

Morelli war es jetzt schon fast peinlich, dass er persönlich gekommen war. Er räusperte sich. »Gut. Dann hätten wir das ja geklärt. Aber wo ich schon einmal hier bin, kann ich vielleicht die Gelegenheit nutzen, mir die Wohnung ihres Enkels anzuschauen. Manchmal hilft es, wenn man ...«, er stockte, »... sie besser kennenlernt.«

Jetzt verschwand das Lächeln aus Silbermanns Gesicht. »Die Opfer, meinen Sie.«

Und Morelli fühlte sich mit einem Mal völlig fehl am Platz.

20.

1962–1967

Nach seinem Militärdienst bei einer Panzerbrigade, der hauptsächlich aus hartem körperlichem Training und Probefahrten durch die Wüste bestanden hatte, war Eliah nach Tel Aviv gezogen, um dort Bauingenieurwesen zu studieren, wie sein Vater es sich gewünscht hatte. Am frühen Abend setzte der Bus ihn am Hauptbahnhof der israelischen Hauptstadt ab. Eliah war überwältigt von den Lichtern der Nacht. Dort, wo er sein bisheriges Leben verbracht hatte, war es nach Sonnenuntergang bis auf Kerzenlicht dunkel gewesen. In Tel Aviv brannten nicht nur Straßenlaternen, sondern Cafés und Restaurants warfen ihren fröhlichen Schein nach draußen.

Es dauerte lange, bis er sich zu der Adresse des Onkels eines Kibbuzfreundes durchgefragt hatte, immer wieder wurde er von den neuen Eindrücken abgelenkt und kam vom Weg ab. Viel zu spät fand er schließlich die gesuchte Adresse, ein altes, kleines Häuschen an der Grenze zu Jaffa, dem arabischen Teil der Stadt. Sein neuer Vermieter begrüßte ihn herzlich. Sein Freund hatte ihn gewarnt, dass sein Onkel sehr religiös war. Aber Eliah hatte kein Problem damit, dass die Küche koscher war und der Sabbat streng eingehalten werden musste. Im Gegenteil. Die Regeln seines neuen Zuhauses wirkten auf ihn beruhigend inmitten der großen, fremden Stadt. Er bezog sein kleines Zimmer, packte seine wenigen Sachen aus, machte allerdings kein Auge zu, nachdem er ins Bett gegangen war, so aufgeregt war er in der neuen Umgebung. Sein Zimmer bestand aus einem schmalen Bett, dessen dünne Matratze noch ein Stückchen kürzer war als der quietschende Sprungfederrahmen, auf dem sie lag, und einem Regal für Bücher und Kleidung. Ein abgetretener Webteppich lag auf dem Holzboden. Es erinnerte ihn an das Zimmer seiner Eltern, ein beruhigendes Gefühl.

Am nächsten Morgen stand er früh auf und lief durch die Stadt, in der das moderne Leben pulsierte. Er fühlte sich, als wäre er auf einem fremden Planeten gelandet. Weiße Hochhäuser am blauen Mittelmeer, junge Pärchen, die in den Straßencafés auf dem Rothschild-Boulevard saßen und Fruchtsäfte aus Strohhalmen schlürften. Die Männer trugen Sonnenbrillen, die Frauen bunte Kleider, die viel Haut zeigten. Eliah konnte sich nicht sattsehen an den riesigen Stadtvillen im kühlen Bauhausstil und dem unbeschwerten Leben, das aus einer Parallelwelt zu der seines Kibbuz zu stammen schien. Im Kibbuz hatten die Frauen darauf geachtet, Arme und Beine jederzeit zu bedecken, die Tel Aviver dagegen gingen im Mittelmeer baden. Männer und Frauen gemeinsam. In kurzen Hosen und Badeanzügen. An seinem ersten Tag an der Universität setzte er sich neben einen jungen Studenten, der Reden gegen die Sünde schwang, die in dieser Stadt herrschte. Das gesamte Land litt unter ständiger Bedrohung durch seine Nachbarn, wie konnten die Menschen hier jedes Wochenende trinken und feiern, als ginge sie das alles nichts an? Wussten sie die Chance, die Gott dem auserwählten Volk gewährt hatte, nicht zu würdigen? Eliah stimmte seinem Kommilitonen aus vollstem Herzen zu. Er beschloss, sich auf das Studium zu konzentrieren und sich nicht von den Versuchungen der Stadt ablenken zu lassen.

Ein Vorsatz, den er sofort vergaß, als er am Nachmittag in das Vorzimmer seines Professors trat. Dort saß die schönste Frau, die er je gesehen hatte, an einem Schreibtisch und tippte ein handschriftliches Dokument ab. Sie schaute kurz auf und lächelte ihn an. Eliah wusste sofort, dass er diese Frau heiraten würde. Liad musste über den nervös stotternden jungen Mann lachen und nahm ihn in den nächsten Wochen unter ihre Fittiche. Sie stammte genau wie Eliah aus einem Kibbuz und konnte sich noch gut daran erinnern, was für ein Schock es für sie gewesen war, nach Tel Aviv zu ziehen.

Sie war der Schwarm aller Ingenieursstudenten, und Eliah war sich bewusst, dass er sich mächtig ins Zeug legen musste, wenn er so eine Frau beeindrucken wollte. Aber zu seinem Glück sah Liad das anders. Sie war froh, jemanden zu haben, mit dem sie am Strand spazieren gehen konnte, der mit ihr über das Leben philosophierte und dabei ihre Hand hielt. Lange Abende verbrachten sie auf dem Dach des Hauses, in dem sie ein Zimmer gemietet hatte, und betrachteten in trauter Zweisamkeit die Sterne über den Lichtern der Stadt. Die anderen Studenten spekulierten darüber, wie Eliah es wohl angestellt hatte, sie herumzukriegen. Aber Liad erzählte ihm, nachdem sie wieder einmal zusammen gekocht hatten und auf dem Dach saßen, dass es gerade seine Ehrlichkeit und sein völliger Mangel an Chauvinismus und Großtuerei gewesen waren, die sie an ihm so anziehend gefunden hatte. Eliah konnte sein Glück nicht fassen.

Liad war nicht nur die schönste, sondern auch die intelligenteste Frau, die er je getroffen hatte. Sie hatte selber nie studiert, bekam aber bei ihrer Arbeit an der Universität genug mit, um Eliah vor den Prüfungen Nachhilfe zu erteilen. Sie verbrachten jede freie Minute miteinander, sein Zimmer bei seinem ultrareligiösen Vermieter betrat er nur noch zum Schlafen. Sobald er sein Abschlusszeugnis in den Händen hielt, heirateten sie. Er hatte einen Vertrag als Ingenieur in einer florierenden Tel Aviver Baufirma unterschrieben. Die moderne Stadt wuchs unaufhaltsam. Ebenso wie die anderen Orte des schmalen Landstrichs, der den Juden zur Verfügung stand. An Arbeit würde es ihm nicht mangeln. Sie zogen in eine kleine Neubauwohnung in einem Hochhaus mitten in Tel Aviv. Nach wenigen Monaten war Liad schwanger. Und Eliah konnte sich nichts Schöneres vorstellen, als eine eigene Familie zu gründen. Er war so glücklich wie noch nie in seinem Leben.

Ihre Freunde sprachen schon lange darüber, dass es zu einem neuen Krieg mit Ägypten kommen könnte. Aber Eliah war von seinem Glück so überzeugt, dass er sich nicht vorstellen konnte, dass irgendetwas es zerstören könnte. Er blendete die Sorge einfach aus. Er hatte Liad, bald würden sie zu dritt sein, und nichts und niemand konnte ihnen etwas anhaben. Die Radiomeldung, dass Gamal Abdel Nasser, der ägyptische Staatspräsident, die Straße von Tiran hatte schließen lassen und damit Israels Verbindung zum Roten Meer und zum Indischen Ozean abriegelte, machte einen Krieg unausweichlich und riss Eliah aus seinen Träumen. Genau diesen Moment suchte sich Mordechai Silbermann, Eliahs Sohn, aus, um auf die Welt zu kommen. Er hatte es mit der Geburt so eilig, dass sie es nicht einmal ins Krankenhaus schafften. Aber eine Nachbarin, die früher einmal als Hebamme gearbeitet hatte, kam ihnen zu Hilfe. Es war eine Qual für Eliah, die Schreie seiner Frau hinter der geschlossenen Schlafzimmertür zu hören. Dann herrschte mit einem Mal Ruhe, und schließlich war ein leises Quäken zu hören, das ihm durch Mark und Bein ging. Die Hebamme erschien und drückte ihm das kleine Bündel Mensch in einem weißen Handtuch in die Arme, gratulierte ihm und ging zurück ins Schlafzimmer, um sich um Liad zu kümmern. Eliah schaute in die Augen dieses unfassbaren neuen Lebens, die völlig klar zurückblickten, als hätten sie alles Wissen dieser Welt in sich gespeichert. Er war verzaubert, vollkommen ergriffen. Selig. Es dauerte eine Weile, bis das Klingeln des Telefons zu ihm durchdrang.

Er sollte sich bei seinem Stützpunkt melden wie alle anderen Reservisten auch.

Die Vorstellung, sich jetzt von seiner Frau und seinem Sohn trennen zu müssen, zerriss ihn innerlich. Am liebsten hätte er die beiden genommen und sich mit ihnen irgendwo tief in einer Höhle versteckt, in der niemand sie hätte finden können. Mit Tränen in den Augen trat er an Liads Bett, als die Hebamme ihn endlich hineinließ, und überbrachte ihr die schlechte Nachricht. Liad nahm ihn liebevoll in den Arm. Mordechai und sie würden auf ihn warten. Jahwe würde nicht zulassen, dass ihm etwas passiere, erklärte sie voller Zuversicht.

Sie küssten sich, und Eliah stieg in seine Uniform und zog in den Krieg.

Sechs Tage später war der Krieg vorüber. Israel hatte gewonnen und Ägypten, Syrien und Jordanien vernichtend in ihre Schranken gewiesen. Israel kontrollierte jetzt die Golanhöhen, den Gazastreifen, die Sinaihalbinsel, das Westjordanland und Ostjerusalem. Das Land war im Siegestaumel. Soldaten brachen weinend an der Klagemauer zusammen, die zum ersten Mal seit fast zweitausend Jahren wieder in jüdischer Hand war. Ein von Jahwe geschenktes Wunder, da war die Presse sich sicher.

Eliahs Panzerbrigade hatte gegen Ägypten gekämpft und innerhalb von wenigen Stunden die feindlichen Stellungen überrollt. Sie wurden als Helden gefeiert, ihnen hatte Israel den Sieg zu verdanken. Aber Eliah konnte nicht in die Euphorie mit einstimmen. Er hatte gesehen, wie die Panzer um ihn herum von Abwehrgeschützen getroffen und in Brand geraten waren. Wie brennende Kameraden versuchten, aus der Flammenhölle, zu der ihre Fahrzeuge geworden waren, zu entkommen. Er hatte die jungen Männer sterben sehen, mit denen er in den Jahren des Militärdienstes befreundet gewesen war. Sie würden nicht zu ihren Frauen und Familien zurückkehren. Sie waren an der Front verkohlt. Das konnte nicht Jahwes Willen gewesen sein. Und wenn er es doch war, dann konnte das nicht sein Gott sein. Was für ein Gott konnte zulassen, dass der Kampf immer und immer weiterging? Hatte es nicht gereicht, dass Hitler die Juden fast vernichtet hätte? Wieso mussten sie immer wieder kämpfen, um zu überleben? Warum töten, um nicht getötet zu werden?

Nachts wachte er schreiend in seinem Ehebett auf. Das Einzige, was ihn beruhigen konnte, war, den kleinen Mordechai in seinen Armen zu wiegen. Seinen Atem zu hören. Liad hatte Angst, dass er das Baby eines Nachts fallen lassen würde, wenn er mit ihm auf seinem Sessel einschlief. Aber sie ließ ihn gewähren. Der Mann, der aus dem Krieg zurückgekehrt war, war ein anderer als der, den sie geheiratet hatte. Aber es war ihr Mann. Und Eliah war ihr unendlich dankbar dafür.

21.

Morelli schloss die Tür zu Oz Silbermanns Wohnung auf und schaltete das Licht ein. Eliah Silbermann hatte erklärt, dass er nicht mitkommen könne; ihm ging es zu nahe, ins Reich seines Enkels einzudringen. Morelli hatte wieder den Schmerz in seinen Augen gesehen und für den alten Mann noch schnell ein Feuer im Kamin entzündet, dann war er die Treppe hochgestiegen.

Die dritte Etage unterschied sich vollkommen von den ersten beiden. Wohnzimmer und angrenzende Küche waren zu einem sehr großen Raum verbunden worden, Dachschrägen brachten Gemütlichkeit in das stylische Ambiente. Ein riesiges Ecksofa nahm einen Teil des Wohnzimmers ein, gegenüber davon stand eine teure Anlage, eingerahmt von mehreren Regalen mit einer Unmenge an CDs. Morelli ließ seinen Blick über die Sammlung schweifen. Er kannte kaum jemanden, der noch CDs besaß. Aber er musste zugeben, dass Oz den Raum hatte, um sie unterzubringen, und nicht alles auf sein Handy laden musste. Die Küche zeichnete sich durch kühle Edelstahlfronten aus und war um einen Küchenblock herum ausgerichtet. Allerdings sah es nicht so aus, als ob in ihr häufig gekocht worden wäre. Wie im Rest der Wohnung deutete nichts darauf hin, dass sie einmal mit Leben erfüllt gewesen war. Morelli ging weiter ins Schlafzimmer, das ganz in Weiß gehalten war. Obwohl der Raum ausreichend Platz bot, war das Bett überraschend klein, maximal 1,20 Meter breit. Ein Signal, das Oz an Frauen senden wollte? Für eine Nacht seid ihr hier willkommen, aber auf Dauer ist bei mir kein Platz für euch? Was wusste er über Oz' Liebesleben? Rein gar nichts, wenn er es recht bedachte. Anders als sonst gelang es ihm nicht, den toten Körper des jungen Mannes, den er am Vortag gesehen hatte, vor seinem geistigen Auge mit Leben zu füllen. Wer war dieser Oz Silbermann?

Morelli öffnete die Türen des eingebauten Kleiderschranks. Noch nicht einmal ein Drittel des Platzes war ausgefüllt. Anzüge und Hemden, sauber gefaltete T-Shirts, alle weiß, und zwei Pullover. Wenn das hier der Kleiderschrank eines Fünfundzwanzigjährigen war, dann musste er eine verdammt gute Putzfrau haben, schoss es Morelli durch den Kopf, so ordentlich, wie es hier aussah. Was ihn überraschte, war das Fehlen jeglicher persönlicher Gegenstände. Laut Akten lebte Oz seit knapp einem Jahr in dieser Wohnung. Sein Großvater pendelte zwischen Israel und Deutschland hin und her. Er hatte seine Position in seinem Bauunternehmen aufgegeben, verbrachte aber sämtliche Feiertage in seiner Heimat. Oz dagegen hatte keinen Wohnsitz in Israel angegeben. Trotzdem wirkte es nicht, als würde sein Leben jetzt hier stattfinden – kein einziges Foto, keine Postkarte, keine Pinnwand mit Flyern, Merkzetteln oder der Einladung zu einer Party. Bis auf die CDs im Wohnzimmer hätte die Wohnung auch ein Hotelzimmer sein können. Morelli ging zurück und schaute sich die CDs genauer an: Indie-Rock, Grunge und Fusion. Sie hatten fast denselben Musikgeschmack, bis auf einige israelische Bands, die er nicht kannte und deren Namen er nicht lesen konnte. Morelli ging zur Anlage und drückte auf »Play«, um zu sehen, was Oz als Letztes gehört hatte. Eine wunderschön melancholische Musik, vermutlich auf Hebräisch gesungen, drang aus den Lautsprechern. Morelli konnte die Worte zwar nicht verstehen, aber das hier konnte nur ein Liebeslied sein. Da war er sich ganz sicher. Er drückte auf »Eject«, und die CD sprang heraus. Selbst gebrannt. »for you. X«, stand darauf. In einer schönen Handschrift. Eine Frau? Von wem stammte die CD? Hatte Oz doch eine Freundin? Das Badezimmer. Aus eigener Erfahrung wusste Morelli, dass Frauen dort als Erstes ihre Spuren hinterließen. Aber auch hier Fehlanzeige. Ein Duschgel, ein Shampoo, beide für den Mann, Deo, Zahnpasta, Rasierschaum – nichts, was auf eine Frau hindeutete. Nur die absoluten Basics. Irgendwie beschlich Morelli das Gefühl, dass Oz nie richtig in Köln angekommen war.

22.

2017

Hebron. Die Hitze war unerträglich. Der Mai hatte zwar gerade erst begonnen, aber es würde ein heißer Sommer werden, da war Oz sich sicher. Seit vier Stunden stand er zusammen mit seinem Kameraden Jonathan Banin an ihrem Kontrollposten, einer kleinen Plastikhütte, in der ein Röntgenapparat für die Taschenkontrolle untergebracht war. Jonathans helle Haut hatte sich schon rötlich verfärbt, deshalb hatten sie ein Tarnnetz zwischen dem Kontrollposten und einem der leer stehenden Häuser gespannt, um sich ein wenig Schatten zu verschaffen. Ihr Posten befand sich an der Grenze zwischen dem arabischen Teil der Stadt, der unter palästinensischer Kontrolle stand, und dem Teil, in dem sich etwa achthundert jüdische Siedler niedergelassen hatten und der deswegen vom israelischen Militär großräumig abgesperrt worden war. Hebron 1 und Hebron 2 wurden die beiden Teile der Einfachheit halber genannt. Die Straße, die zu ihrem Posten führte, war zum arabischen Teil hin mit Drängelgittern abgesperrt, um einen Puffer zu der pulsierenden arabischen Altstadt zu schaffen, in der sich die Marktstände dicht an dicht drängten. Auf ihrer Seite des Kontrollpostens dagegen herrschte Ruhe. Absolute Ruhe. Kaum zu glauben, dass das hier bis vor zwanzig Jahren die belebteste Einkaufsmeile Hebrons gewesen war. Im Gegensatz zu dem engen Gassengewirr der arabischen Altstadt war die al-Shuhada Straße geradezu ein Boulevard. Schöne zweigeschossige Sandsteinhäuser reihten sich auf der einen Seite der breiten Fahrbahn den Hügel hinauf. Auf der anderen Seite begann hinter einer niedrigen Mauer der weitläufige arabische Friedhof. Nirgends in Hebron hatte man eine derartig freie und weite Sicht, aber die Geschäfte waren verriegelt und verrammelt. Auf den grünen Markisen der geschlossenen Verkaufsstände sammelte sich der Staub. Die Straße schien durch eine Geisterstadt zu führen. Ihr Kommandant Rothbaum wurde nicht müde, ihnen von den »guten alten Zeiten« zu erzählen, als die Stadt während der zweiten Intifada kochte und die israelische Armee für Ruhe sorgte. Den Job hatte sie gründlich erledigt. Ruhiger als tot konnte eine Stadt schließlich nicht sein.

Ein älterer Mann kam die Straße herauf und zeigte seinen Anwohnerausweis. Er gehörte zu den wenigen Arabern, die noch in Hebron 2 ausharrten, und hatte damit das Recht, die Grenze zwischen den beiden Hebrons zu passieren. Den Bewohnern von Hebron 1 war dies nur mit einer Sondererlaubnis möglich.

»Ich versteh einfach nicht, warum die nicht rüberziehen«, sagte Oz, als er dem Mann nachschaute, der sie keines Blickes gewürdigt hatte. Oz hatte die Häuser der Araber gesehen. Fenster und Balkone waren mit Gittern abgeriegelt, die Häuser glichen Käfigen.

»Wenn ein Araber ein Haus an einen Juden verkauft, bringen die anderen Araber ihn um. Kein Witz. Die bleiben nicht aus Überzeugung hier, sondern weil sie nicht anders können«, erklärte Jonathan.

»Wenn die endlich rüberziehen würden, könnten wir die Grenze einfach dichtmachen, dann müssten wir hier nicht in der Hitze herumstehen«, stöhnte Oz.

Jonathan nickte zustimmend. Dann ebbte das Gespräch ab. Es war einfach zu heiß zum Reden. Oz hatte bereits zum dritten Mal auf seine Uhr geschaut, um zu kontrollieren, ob die Zeit wirklich so langsam verging, als eine schwarz verschleierte Frau aus der arabischen Altstadt auf den Posten zukam. Oz kannte sie nicht. Sie wirkte nervös, eingeschüchtert von ihren Waffen. Er bezweifelte, dass sie in Hebron 2 lebte, denn sie schien es nicht gewohnt zu sein, durch die Kontrolle zu gehen. Die Frau hatte ihren Posten erreicht, legte eine Einkaufstüte in das Röntgengerät und hielt Oz einen

Passierschein entgegen. Tatsächlich. Sie hatte eine offizielle Erlaubnis, den arabischen Friedhof zu besuchen. Oz winkte sie durch. Verdammte Hitze. Jonathan ließ sich auf einen der Plastikstühle fallen, die sie neben ihren Kontrollposten gestellt hatten.

»Weck mich, wenn was passiert.«

Aber nicht einmal ein Hund ließ sich während der nächsten Stunde blicken. Oz schwitzte unter seiner schweren Sicherheitsausrüstung. Die Schicht würde nie enden. Nach einer gefühlten Ewigkeit blickte er auf seine Uhr. Jonathan schlief jetzt seit anderthalb Stunden. Er setzte sich neben seinen Kameraden und stieß ihn an.

»Wachwechsel!«

Er war dran, ein wenig auszuruhen.

Murrend richtete sich Jonathan in seinem Stuhl auf.

»Scheißhitze«, schimpfte er.

Noch drei Stunden.

Jonathan musste offensichtlich wieder eingeschlafen sein, denn auf einmal stand Samuel Rothbaum vor ihnen und brüllte sie an. In seinem Schlepptau hatte er zwei Soldatinnen der PR-Abteilung, die einen Ausflug in die Realität unternahmen, damit sie den Schulklassen und ausländischen Journalisten später erzählen konnten, wie es beim Militär zuging. Sie gehörten mit Abstand zu den hübschesten Soldatinnen, die Oz je gesehen hatte. Die eine hatte wunderschöne braune Locken und ein ebenmäßiges, makelloses Gesicht mit großen braunen Augen. Die andere hätte man eher in einem kalifornischen Schönheitswettbewerb erwartet, und nicht unbedingt in einer Uniform der israelischen Armee. Sie war blond und blauäugig und begrüßte ihn mit einem strahlenden Lächeln.

Oz und Jonathan sprangen auf und nahmen Haltung an. Die blonde Soldatin schien die Szene insgeheim zu belustigen. Sie zwinkerte Oz verschwörerisch zu, während Rothbaum sie nach allen Regeln der Kunst zusammenstauchte. »Hier hätte eine ganze Armee Terroristen durchmarschieren können, ohne dass ihr etwas gemerkt hättet.«

Oz schaute sich um. Er sah nur ein paar kleine arabische Kinder, die er bereits kennengelernt hatte, weil sie sich ständig neugierig auf der al-Shuhada Straße herumtrieben. Sie drückten sich jetzt in den Schatten einer der Geschäftsmarkisen an ein Metalltor, um die Szene aus sicherer Distanz zu beobachten. Rothbaum folgte seinem Blick und erriet die dahinterstehenden Gedanken. Er wurde noch wütender. »Das gibt einen Eintrag in eure Akten. Wegen erhöhter Terrorgefahr ist der Übergang ab sofort geschlossen«, erklärte Rothbaum nur knapp und stieg mit den beiden Frauen wieder in den Jeep, mit dem sie gekommen waren.

»Der will sich bloß vor den Mädels aufplustern«, flüsterte Jonathan Oz zu, als Rothbaum die angeblich erhöhte Terrorgefahr an die anderen Posten durchgab. Oz wusste, dass es sich um eine reine Strafaktion für ihn und Jonathan handelte. Shut Downs bedeuteten nämlich mehr Stress für die Soldaten, die die Kontrollpunkte besetzten. Ewige Diskussionen mit genervten Arabern. Er ärgerte sich, dass Rothbaum sie erwischt hatte. Noch zweieinhalb Stunden.

Die alte Frau mit der Sondererlaubnis kam zurück. Und Oz machte ihr in einer Mischung aus Hebräisch, Arabisch und Englisch klar, dass der Kontrollposten geschlossen war. Und dass dies ebenso für alle anderen Kontrollposten galt.

»Wie lange?«, wollte die Frau wissen, aber Oz konnte nur mit den Schultern zucken. Keine Ahnung. Ein paar Stunden? Bis zum Abend? Spätestens morgen früh würde er wieder geöffnet. Länger als eine Nacht wurden diese Blockaden nur aufrechterhalten, wenn es tatsächlich Hinweise auf Anschläge gab. Oz hatte Glück. Die Frau kannte anscheinend das Prozedere und fügte sich in ihr Schicksal. Jonathan flegelte sich wieder auf seinen Plastikstuhl, aber Oz wäre es unhöflich vorgekommen, sich zu setzen, während die alte Frau ein paar Meter weiter in der sengenden Sonne stand. Es war Mittag, die gesamte al-Shuhada Straße bot keinen Flecken Schatten.

Nach einer halben Stunde fragte die Frau erneut, ob sie passieren dürfe. Sie wohne nur zwei Häuser weiter, sagte sie und zeigte auf eins der Altstadthäuser, die im kühlen Schatten der Gasse lagen. Oz schüttelte den Kopf. Er konnte sich heute keinen weiteren Ärger leisten. Sie müsse für ihre Enkel kochen, erklärte sie, mit einem Blick auf das Gemüse in ihrer Einkaufstasche. Oz erklärte, dass es ihm leidtäte, aber er dürfe sie nicht passieren lassen. Die Frau ging zurück an ihren Platz.

»Du bist zu weich«, meinte Jonathan. »Man diskutiert nicht mit den Arabern. Man sagt Ihnen, was sie zu tun haben. Du darfst dich niemals entschuldigen.«

Oz sah, wie die Frau zunehmend unter der Sonne litt. Er überlegte, ob er ihr etwas von seinem Wasser anbieten sollte; nach einem Blick auf Jonathan ließ er den Gedanken allerdings fallen. Als sie eine halbe Stunde später erneut fragte, ob sie passieren dürfe, zeigten ihre Kleider deutliche Schweißflecke.

»Nicht in die Augen schauen«, raunte Jonathan ihm zu. Dann übernahm er die Alte. Sie solle verdammt noch mal warten, bis sie die Grenze wieder aufmachen, erklärte er. Und wies sie grob zurück auf ihren Platz. Noch anderthalb Stunden, überlegte Oz. Für ihn zumindest. Wer wusste schon, wie lange die Frau noch warten musste.

Aber Jonathan hatte sie offensichtlich gründlich eingeschüchtert. Die nächste Stunde wagte sie es nicht mehr, mit ihnen zu reden. Oz bemerkte, wie sie anfing, bedrohlich zu schwanken. Sie konnte sich kaum noch auf den Beinen halten. Oz hoffte, dass sie wenigstens noch seine Wache überstehen würde, bevor sie zusammenbrach. Das tat sie auch. Schuldbewusst warf Oz ihr einen letzten Blick zu, als er in den Jeep stieg, der ihre Ablösung gebracht hatte.

Am nächsten Morgen sah er zu seinem Entsetzen, dass die Alte immer noch an ihrem Platz stand.

»Wir müssen sie durchlassen«, beschwor Oz Jonathan.

Aber der schüttelte den Kopf. »Wenn Rothbaum uns den Wochenendurlaub streicht, reißt meine Freundin mir den Kopf ab«, erklärte er mit einem Blick auf die Überwachungskamera, die auf den Zugang zur Altstadt gerichtet war.

Die Frau hatte keine Kraft mehr, um zu diskutieren. Allerdings hatten die Kameraden von der Nachtschicht Oz und Jonathan schon vorgewarnt, dass sich ihre Verwandten auf der anderen Seite des Kontrollpostens versammelt hatten. Es waren mindestens fünfzehn Mann, die ihr Glück jetzt auch bei ihnen versuchten und aufgeregt auf Oz einredeten. Oz murmelte nur schwach etwas von Terrorgefahr zu seiner Verteidigung, aber Jonathan ging rasch dazwischen.

»Nicht in die Augen schauen, du lernst es nie«, fuhr er Oz an. Dann wies er die Araber rüde an, Abstand zu halten. Als sie seinem Befehl nicht Folge leisteten, schoss er ein paar Mal in die Luft und richtete dann sein Gewehr auf die Männer, die jetzt zurückwichen. »Na also. Geht doch.«

Oz schaute zu der Frau hinüber, die die Szene mit ängstlichen Augen beobachtete.

Die Schüsse hatten Wirkung gezeigt, die Araber waren ein Stück von ihrem Kontrollposten weggerückt, hörten aber nicht auf zu diskutieren. Während Jonathan sich noch mit den Männern stritt, hörte Oz die leise Stimme der Frau hinter sich.

»I need toilet«, fiel es ihr sichtlich schwer, ihm ihre Bedürfnisse zu erklären.

Oz schüttelte den Kopf. Und folgte Jonathans Rat, ihr nicht in die Augen zu schauen. Jonathan hatte recht, so war es leichter.

Eine halbe Stunde später fing die Frau leise an zu weinen, und Oz konnte sehen, wie ein dünnes Rinnsal unter ihrem Umhang herunterlief.

Samuel Rothbaum hatte es am Vortag offensichtlich so sehr genossen, die beiden PR Soldatinnen herumzuführen, dass er heute gleich noch eine Runde mit ihnen drehte. Oz konnte sein Rasierwasser riechen, als er aus dem Wagen sprang. Die blonde Soldatin, die ihm gestern zugezwinkert hatte, folgte seinem Vorgesetzten. Als sie die alte Araberin weinend in ihrem eigenen Urin stehen sah, blickte sie Rothbaum mit entsetzten Augen an.

»Warum lasst ihr die Alte nicht durch?«, brüllte der seine Untergebenen an.

»Der Shut Down, die Terrorgefahr …«, versuchte Oz, sich zu rechtfertigen.

Rothbaum stutze einen Moment. Er hatte den Shut Down offensichtlich völlig vergessen, aber das würde er natürlich vor den Soldatinnen nicht zugeben.

»Lass sie durch«, bellte er. Dann erklärte er Jessica – so hieß die Zwinkersoldatin offensichtlich –, dass sie jetzt in die Kantine fahren würden. Sie gingen zurück zum Jeep, siegen ein und brausten davon.

Oz winkte die alte Frau durch, die beschämt zu Boden schaute, als sie an ihm vorbeihumpelte. Oz war froh darüber. Um nichts in der Welt hätte er ihr noch in die Augen schauen wollen.

23.

Kurz nach elf kam Morelli nach Hause. Aus der Kneipe gegenüber drangen Musik und Gelächter, aber er wollte nur noch ins Bett. Er stand in Boxershorts vor seinem Waschbecken, das schon lange kein Reinigungsmittel mehr gesehen hatte, und putzte sich die Zähne, als es klingelte. Überrascht betätigte er den Öffner. Und zog sich schnell ein T-Shirt über. Wer konnte das noch sein, um diese Uhrzeit? Er hörte schnelle Schritte die Treppe heraufkommen. Nach Frauenfüßen klang das auf jeden Fall nicht.

»Hey«, rief Toto und nahm die letzten Stufen in großen Schritten. Er sah noch genauso aus wie früher: schulterlange Haare, zerschlissene Jeans, dicker Pulli und Mütze auf dem Kopf. Ein schwaches Lächeln umspielte seine Lippen. Aber seine Augen waren älter geworden, erkannte Morelli, als sich ihre Blicke für ein paar Sekunden trafen.

»Lang nicht gesehen.« Morelli hätte ihn am liebsten umarmt, traute sich aber nicht. Sie waren wie Brüder gewesen, damals. Und jetzt wusste er nicht einmal, was er sagen sollte.

Toto nahm ihm das Problem ab. »Hast du Bier da?«

»Komm rein.«

Morelli hatte seine Jeans angezogen. Jetzt saß er mit Toto in seinem Wohnzimmer, als wären die letzten zehn Jahre nie gewesen. Beide eine Flasche Bier in der Hand, Toto auf dem Zweisitzer, Morelli auf einem Stuhl, den er vom Esstisch herangezogen hatte. Toto zündete sich eine Zigarette an und hielt ihm seine Packung Pueblo Zigaretten hin. Morelli hatte vor acht Jahren aufgehört zu rauchen, beschloss aber, dass es jetzt der falsche Moment war, um auf seine Nichtraucherwohnung hinzuweisen. Stattdessen schob er ihm nur den Untersetzer einer Topfpflanze als Aschenbecher hin, ebenfalls ein Geschenk seiner Mutter.

Toto musterte ihn, und Morelli begann, sich unwohl zu fühlen. »Du suchst mich?«

»Du bist der Ansprechpartner vom Palästina-Café.« Morelli merkte, dass das fast wie eine Entschuldigung klang.

»Es geht also um die Silbermann-Stiftung? Und da habt ihr cleveren Bullen euch zusammengesetzt und Jude plus Mord gleich Palästina ausgerechnet?«

Morelli schaute seinen alten Freund an. Er hatte ihm gefehlt. Sein scharfer Verstand, sein Sarkasmus. Er entspannte sich. »So ungefähr. Kanntest du ihn?«

»Ich kannte die Stiftung. Ihn persönlich hab ich nie gesehen. Auch nicht seinen Vorgänger.«

»Und?«

»Was und?«

»Was ist das für eine Stiftung?«

Toto überlegte. »Harmlos. Unterstützt jüdische Siedler, aber soweit ich weiß, haben sie das Land, auf dem sie gebaut haben, legal erworben.«

»Und jetzt scheinen sie ja sogar zu Freunden der Palästinenser geworden zu sein …« Morelli ließ die Frage unausgesprochen.

»Ja«, meinte Toto und fuhr sich durch seine Haare. »Das ist wirklich seltsam.«

»Vielleicht die Frucht eurer jahrelangen Überzeugungsarbeit im Palästina-Café?«, provozierte Morelli ihn mit einem ironischen Lächeln.

Toto musste grinsen. »Ich glaub kaum, dass die ihre Meinung ändern, nur weil wir zusammen Tee trinken.«

Erinnerungen an ihre gemeinsame Zeit stiegen in Morelli auf, an die erhitzten Arbeitsgruppen und den gemeinsamen Kampfgeist, von dem sie damals beseelt gewesen waren. Toto war immer der Erste gewesen, wenn es darum ging, sich für Schwächere einzusetzen. Seine Energie schien damals schier unerschöpflich. Viel war davon anscheinend nicht übrig geblieben. Irgendwie stimmte ihn das traurig. »Warum machst du es dann, wenn du nicht an den Erfolg glaubst?«

»Es geht darum, den Opfern zu zeigen, dass sie nicht allein sind, dass wir auf ihrer Seite stehen.« Selbst aus Toto hatten die Jahre anscheinend einen Realisten gemacht.

»Und, bringt das was?«

Toto zuckte mit den Schultern. »Es nicht zu tun ist aber auch keine Option. Der Meinung warst du übrigens auch mal.«

Der Meinung war er eigentlich immer noch.

»Deswegen bin ich ja auch zur Polizei gegangen.«

Toto lachte zynisch auf. »Genau.«

Sein alter Freund grinste ihn kopfschüttelnd an. Und steckte sich eine neue Zigarette an.

»Kennst du irgendjemanden, der mehr tun würde, als Tee zu trinken, um den Palästinensern zu helfen?«

»Nein.«

Die Antwort war viel zu schnell gekommen. »Blödsinn.«

»Natürlich kenn ich eine Menge Leute, die über Grenzen gehen würden, um Palästina frei zu sehen. Du zum Beispiel, wenn du ein paar tausend Kilometer weiter östlich geboren worden wärst. Aber das bist du zu deinem Glück nicht.«

»Das war nicht meine Frage.« Morelli schaute Toto aufmerksam an.

Der erwiderte den Blick. »Ich weiß nicht, wer Oz Silbermann ermordet hat«, sagte er schließlich.

»Sicher?« Morelli wurde das Gefühl nicht los, dass Toto ihm nicht die Wahrheit sagte.

»Wie gesagt. Er war einer von den guten Bösen. Da gibt es ganz andere Kandidaten.«

Für einen Moment hatte Morelli den Eindruck, dass Toto noch etwas sagen wollte, sich dann aber anders entschied. Stattdessen stand er auf. »Wir sehen uns.«

Dann deuteten nur noch die ausgedrückten Kippen auf dem Untersetzer darauf hin, dass er hier gewesen war. Und Morelli fiel ein, dass er immer noch nicht wusste, wo Toto wohnte.

24.

Sonntag

Morelli hatte noch zwei weitere Flaschen Bier getrunken, nachdem Toto gegangen war. Zu viele Erinnerungen hatte das Treffen mit seinem alten Freund in ihm aufgewühlt.

Er war schließlich auf seinem kleinen Sofa eingeschlafen und wenige Stunden später vom Handyklingeln geweckt worden. Seine Mutter.

Vollkommen aufgewühlt erzählte sie ihm, dass er auf der zweiten Seite in ihrer Morgenzeitung gestanden hatte. Als Nazi. Sie klang so, als wäre sie drauf und dran, ihr Nudelholz einzupacken und sich die zuständigen Journalisten persönlich vorzuknöpfen. Es erforderte Morellis ganzes Verhandlungsgeschick, sie von der Idee abzubringen, den Verleger der Zeitung anzurufen und ihm ihre Meinung zu sagen. Nicht auszudenken, was ein Chefredakteur für Zitate aus seiner Mutter herausquetschen würde. Wenn er schon keine Chance gegen die Presse hatte, dann war seine temperamentvolle Mutter ein gefundenes Fressen für diese Bande.

Geschafft stieg er unter die Dusche und ließ das heiße Wasser über seinen Kopf strömen. Sein Magen revoltierte. Er hatte nicht zu Abend gegessen, deswegen hatte ihn das Bier stärker mitgenommen, als er es gewohnt war. Der Anblick des toten Oz auf dem kalten Boden im Hausflur der Stiftung drängte sich in sein Bewusstsein. Viel zu viele Nebenkriegsschauplätze schoss es ihm durch den Kopf. Toto, die Presse – er musste sich auf den Fall konzentrieren. Alles andere war unwichtig.

Als er gegen acht Uhr den Sitzungssaal des Präsidiums betrat, setzte er sich auf seinen Platz, ohne Groß weiter zu beachten.

»Du siehst übel aus«, meinte Ina und lächelte ihn an.

»Dir auch einen guten Morgen«, seufzte Morelli.

Sie schob ihm ihren Kaffee rüber. »Hier, du brauchst ihn dringender.«

Morelli nahm den Kaffee und schaute Ina nur dankbar an. Womit hatte er so eine Kollegin verdient? Wäre es wohl unpassend, gleich hier vor ihr auf die Knie zu fallen und um ihre Hand anzuhalten?

Groß eröffnete die Sitzung. Er würdigte Morelli keines Blickes. Da er ihn aber wie die anderen aufrief, um die Ergebnisse des Vortages vorzutragen, ging Morelli davon aus, zumindest diese Schlacht vorerst gewonnen zu haben.

Der Verfassungsschutz hatte ihnen nicht weiterhelfen können. Die Silbermann-Stiftung schien nie mit Rechtsradikalen in Kontakt gekommen zu sein und auch umgekehrt für die rechte Szene in Deutschland keine Rolle zu spielen. Es gab zwar einige Palästinenser, die vom Verfassungsschutz beobachtet wurden, weil sie Kontakt zu Neonazis pflegten. Aber nichts deutete darauf hin, dass irgendeiner von ihnen je etwas mit der Silbermann-Stiftung zu tun gehabt hatte. Der Verfassungsschutz hatte es ebenfalls übernommen, die bedrohlichen E-Mails auszuwerten, die Jael Breuer ihnen zur Verfügung gestellt hatte. Dabei wurde festgestellt, dass der Großteil dieser »Drohmails« aus Kritik am Siedlungsbau bestand, allerdings ohne wirklich einen Drohanteil zu enthalten. Die aggressiveren Kandidaten hatten sie unter die Lupe genommen, wobei sich herausgestellt hatte, dass es sich bei ihnen um durchaus gesetzestreue deutsche Mittelschichtler handelte, darunter auffällig viele Lehrer – nicht gerade die Bevölkerungsgruppe, die in ihrer Freizeit Menschen abschlachtete.

Stein war im Palästina Arbeitskreis der katholischen Hochschule, im palästinensischen Restaurant und im israelisch-palästinensischen Freundschaftskreis ebenso erfolglos gewesen. Niemand schien die Silbermann-Stiftung zu kennen. Niemand hatte von auffällig aggressiven Palästinensern zu berichten.

»Aber dafür hat der Arbeitskreis der katholischen Hochschule mir versichert, dass sie für die Seele von Oz Silbermann beten werden«, schloss Stein seinen Bericht ab.

Groß verdrehte die Augen. »So kommen wir nicht weiter. Hat denn niemand ein Motiv?« Er wandte sich an Christine Krüger. »Was hat der Anwalt der Silbermanns gesagt? Gab es in letzter Zeit irgendwelchen Ärger? Was ist mit den Leuten, die eigentlich die Wohnungen in Ostjerusalem kaufen wollten? Haben die Anzahlungen geleistet und sind deswegen sauer? Irgendwas?«

Krüger schüttelte den Kopf. »Nein, da gibt es keine Geschädigten. Die Wohnungen waren noch gar nicht auf dem Markt. Aber ich hab trotzdem was. Schöller, der Anwalt der Silbermanns, hatte am Freitag ein Treffen mit Oz Silbermann. Zum Mittagessen. Dabei haben sie über das Ostjerusalem-Projekt gesprochen, und Oz hat Schöller gebeten, einen Makler einzuschalten, weil die Wohnungen bald fertiggestellt werden und in den Verkauf können. Er hat mit keiner Silbe erwähnt, dass er an Palästinenser verkaufen will. Im Gegenteil. Schöller sollte mit demselben Makler zusammenarbeiten, den er auch sonst immer beauftragt hat. Und der verkauft ausschließlich an Juden.«

»Darf man das überhaupt? Seine Kunden nach Religionszugehörigkeit auswählen?«, warf Ina ein.

»In Israel offensichtlich schon.«

»Es geht eher um die Rasse als um die Religion«, rutschte es Morelli heraus. Er war noch nicht ganz wach, sonst hätte er sich die Bemerkung vermutlich gespart. Alle schauten ihn entsetzt an. »Jetzt tut nicht so. Dem Makler ist es doch egal, ob seine Käufer in die Synagoge gehen oder den Teufel anbeten. Hauptsache, es sind keine Araber.«

»Warum erzählst du das nicht deinen neuen Freunden von der Presse?«, forderte Groß ihn sarkastisch auf.

»Aber er hat doch recht«, versuchte Ina, ihren Kollegen zu verteidigen.

»Das spielt keine Rolle. Krüger hat uns gerade ein starkes Indiz dafür geliefert, dass Oz dazu gezwungen wurde, diese Pressemitteilung herauszugeben. Von seinem Mörder. Mittags beauftragt er seinen Anwalt, die Wohnungen an Juden zu verkaufen, nachmittags hat er seine Meinung geändert. Da hat jemand nachgeholfen. Wir konzentrieren uns von jetzt an auf die Palästinenserspur.«

»Und was sollen wir tun? Durch ganz Köln gehen und jeden Palästinenser fragen, ob er zufällig diese Woche schon jemanden umgebracht hat?«, fragte Stein skeptisch. Er sprach Morelli aus der Seele. Trotzdem hielt er vorsichtshalber die Klappe, denn er wollte Groß' Geduld nicht überstrapazieren.

»Mein Gott, vergesst doch endlich mal diesen ganzen Palästina-Israel-Quatsch. Tut so, als wäre das ein ganz normaler Mord. Spurensicherung, Zeugenaussagen, schaltet einfach mal euren Verstand ein. Ich muss jetzt zum Innenministerium«, erklärte Groß und verließ den Raum.

Morelli und Ina gingen zurück in ihr Büro.

»Ich mach erst mal einen Tee, das hilft beim Denken. Willst du auch einen?«, fragte Ina.

Morelli ließ sich in seinen Schreibtischstuhl fallen. »Ja. Gerne.« Hilfe beim Denken konnte er gebrauchen. Schweigend saßen sie sich fünf Minuten später gegenüber, jeder eine Tasse Tee in der Hand. Während Ina den vorläufigen Bericht der Spurensicherung durchging, schweiften Morellis Gedanken immer wieder zu Toto, wie er am Vorabend auf seinem Sofa gesessen hatte und aussah, als wolle er ihm etwas sagen.

»Und, hilft es schon?« Ina holte ihn aus seinen Gedanken zurück.

Morelli war in seinem Stuhl ganz nach unten gesunken und rappelte sich jetzt auf. »Geht so. Und bei dir?«

»Nee. Nicht wirklich. Vielleicht müssen wir für den mentalen Durchbruch auch noch auf Stufe zwei schalten und Schokolade nachlegen.« Sie griff in ihre Schublade, holte zwei Schokoriegel hervor und warf Morelli einen hinüber. Allerdings ein Stückchen zu hoch, sodass er sich strecken musste, um die Schokolade zu fangen. Was ihm gelang, allerdings zu dem Preis, dass er seinen Tee über sein Hemd kippte.

»Oh, sorry.«

»Kein Problem«, Morelli brachte das Notizheft aus seiner Hemdtasche in Sicherheit und trocknete es mit einem Taschentuch ab, das Ina ihm reichte. Dabei fiel sein Blick auf die erste Seite. Die Schmierereien, von denen Silbermanns Nachbar berichtet hatte. War das vielleicht eine Spur?

25.

Morelli nahm den Dienstwagen, weil es begonnen hatte zu regnen. Die Stadt war feucht und grau, als hätte die Sonne heute einfach vergessen aufzugehen. Aber wenigstens waren die Straßen leer und frei – ein Vorteil der sonntäglichen Ruhe. Er parkte vor der Silbermann-Villa und überlegte, ob er kurz nachschauen sollte, wie es dem alten Herrn ging. Entschloss sich dann aber dagegen und klingelte beim Nachbarn. Der erkannte ihn sofort wieder und schien sich sehr über den Besuch zu freuen.

»Natürlich kann ich mich an die Schmierereien erinnern. Unglaublich war das, und noch dazu am Haus einer jüdischen Stiftung.«

»Können Sie sich auch noch an den Inhalt erinnern?«

Der Mann nickte eifrig. »Deswegen fanden wir das ja alle so schlimm. ›Mörder‹ hat da jemand in großen roten Buchstaben auf das Haus gesprüht.«

»Mörder?« Damit hatte Morelli nicht gerechnet. »Was glauben Sie, haben diejenigen damit gemeint?«

Sein Gegenüber überlegte. »Zu der Zeit gab es wieder heftige Gefechte im Gazastreifen. Vermutlich ging es darum.«

Morelli machte sich Notizen. »War das auch die Meinung von Oz Silbermann?«

»Mit dem hab ich nicht darüber gesprochen. Nur mit seinem Großvater. Und der war der Meinung, dass man den Schmierfinken nicht die Genugtuung gönnen sollte, sich über so etwas aufzuregen. Ein großartiger Mann. Ich weiß nicht, wie er das alles aushält.«

Morelli bedankte sich. »Mörder« … sollte vielleicht doch ein ganz anderes Motiv dahinterstecken? Ein persönliches zum Beispiel, überlegte er, als er wieder vor die Tür trat. Plötzlich nahm er eine Bewegung hinter den Fenstern der Stiftung wahr.

Jael Breuer war gerade damit beschäftigt, das Chaos zu beseitigen, das die Spurensicherung hinterlassen hatte, als er die Büroräume betrat. Morelli fiel auf, dass die Tatortreiniger wenigstens das Blut weggewischt hatten. Jael Breuer stellte den Putzeimer auf den Boden und legte den Lappen, den sie dafür benutzte, um das Fingerabdruckpulver aus dem Büro zu entfernen, ordentlich darüber.

»Warum jemand ›Mörder‹ an unsere Wand gesprüht hat? Weil es in diesem Land immer noch ein geheimer Sport ist, Juden zu diffamieren. Und wenn man es als Gutmenschentum tarnen kann, dann umso besser«, erklärte sie. Heute wirkte sie bei Weitem nicht mehr so zerbrechlich wie gestern. Im Gegenteil, sie machte eher einen kampfbereiten Eindruck.

»Aber warum Mörder? Wer könnte das getan haben? Was könnte er gemeint haben?« Morelli versuchte, mehr aus ihr herauszubekommen als eine Standardantwort.

»Den Gazastreifen? Die Siedlungen? Suchen Sie sich etwas aus.«

»Aber warum Mörder?«, insistierte Morelli. »Ist im Zusammenhang mit ihren Projekten jemals jemand ums Leben gekommen?«

»Junger Mann, ich versichere Ihnen, dass das nicht der Fall ist. Wer auch immer für diese Schmierereien zuständig ist, hatte an dem Tag einfach nichts Besseres zu tun. Das hat übrigens auch Herr Silbermann gesagt. Ich hab ihn gedrängt, den Fall anzuzeigen. Aber er fand es nicht der Mühe wert. Und recht hat er. Da hätten Sie sich vermutlich nie drum gekümmert.«

Morelli musste ihr insgeheim zustimmen.

»Warten Sie mal. Ich glaub, ich hab noch die Dose.«

»Die Dose?«

»Ja, die Sprühdose, die sie dafür benutzt haben. Sie haben sie in die Mülltonne unseres Nachbarn geschmissen, und der hat sie uns gegeben, damit wir sie der Polizei bringen. Wegen der Fingerabdrücke. Ich hab sie noch. Ist schließlich Sondermüll, Farben kann man nicht so einfach im Hausmüll entsorgen.«

Morelli hätte die Frau küssen können. Das könnte ihr Durchbruch sein!

26.

Noch nie hatte Morelli die Spurensicherung so schnell arbeiten sehen. Groß hatte dafür gesorgt, dass die Sprühdose vorgezogen wurde. Der Rausschmiss von gestern schien vergessen. Zwei Stunden später hatten sie einen Namen: Tahire Jacir aus Hebron, die für ein Studentenvisum ihre Fingerabdrücke beim Auswärtigen Amt in Ramallah abgegeben hatte. Dreiundzwanzig Jahre alt und im Rahmen eines Austauschprogramms an der Uni Köln. Die erste richtig heiße Spur. Der Schlafmangel der Nacht war vergessen. Frische Energie durchströmte Morelli. Er betrachtete die Kopie ihres Passes. Das Foto zeigte ein schüchtern blickendes Mädchen mit langen dunklen Haaren. 1,60 Meter groß verriet das Dokument. Sie sah sehr zart aus. Kam sie als Täter überhaupt infrage? War sie stark genug, um Oz Silbermann zu erschlagen? Aber auch wenn sie die Tat nicht selbst begangen hatte, konnte sie sie vielleicht zu den Tätern führen. Gemeldet war Tahire Jacir bei einer verwitweten Tante namens Hani Kusa in Köln Weidenpesch.

Zusammen mit Ina fuhr er zu der Adresse, nur zwei Straßen von dem palästinensischen Supermarkt entfernt, den er am Vortag besucht hatte. Zur Vorsicht hatten sie ihre Waffen eingesteckt. Morelli war es nicht gewöhnt, eine Pistole am Gürtel zu tragen. Er hatte seinen Respekt vor den Dingern nie abgelegt und spürte sie wie eine drohende Gefahr in seinem Rücken, als könnte sie jeden Moment von alleine losgehen. Sie parkten vor einem Hochhausblock aus den Siebzigerjahren mit deprimierend vollgemüllten Balkonen und unzähligen Graffitis an den grauen Wänden. Das Schloss der Eingangstür war kaputt, und so gingen sie direkt durch zu den Aufzügen. Als sie den bestialischen Gestank rochen, der sich beim Öffnen der Schiebetüren ausbreitete, entschlossen sie sich dann aber doch, die Treppe zu nehmen. Voller Tatendrang erklomm Ina ein Stockwerk nach dem anderen, während Morelli bald seine Mühe hatte, mit ihr Schritt zu halten.

»Es ist ein Vorteil, dass wir direkt an die Wohnungstür klopfen können. So hat sie keine Zeit, sich vorzubereiten oder abzuhauen.«

»Genau«, bestätigte Morelli, viel zu sehr außer Atem, um große Reden zu schwingen.

Ein mit PVC belegter Gang führte sie an unzähligen Türen vorbei zu Apartment 832. Morelli klopfte. Sie hörten leise Schritte im Inneren der Wohnung. Dann wurde die Klinke heruntergedrückt. Ängstlich öffnete eine kleine Frau mit Kopftuch einen Spaltbreit die Tür. Erschrocken zuckte sie zurück, als Morelli ihr seinen Ausweis zeigte.

»Frau Kusa, dürfen wir hereinkommen?«, fragte Ina in ihrem freundlichsten Tonfall. Zögerlich trat die Palästinenserin zurück; offensichtlich traute sie sich nicht, der fremden Autorität Widerstand zu leisten.

»Ist ihre Nichte zu Hause?«, setzte Morelli nach und warf einen suchenden Blick in die kleine Küche und durch eine angelehnte Tür in ein altmodisch eingerichtetes, aber ordentlich aufgeräumtes Schlafzimmer.

Hani Kusa schüttelte mit dem Kopf und sah zu Boden, während sie sie in ein Wohnzimmer führte, das mit Teppichen ausgelegt war und trotz der Enge an jeder Wand einem Sofa Platz bot. Das Zimmer war penibel aufgeräumt, die Fransen der bunt gemusterten Teppiche wie mit dem Kamm rechtwinklig ausgerichtet.

»Wissen Sie, wo sie sich aufhält?«

Wieder sah die Frau zu Boden. »Nein.«

Morelli hatte außer dem Schlafzimmer keine weitere Tür gesehen, fragte aber trotzdem. »Können wir ihr Zimmer sehen?«

Die Frau erstarrte. Und schüttelte den Kopf. Dann fing sie an zu weinen. »Ich wusste, dass das nicht gut ist. Dass das Ärger gibt.«

Morelli und Ina schauten sich überrascht an.

»Was ist nicht gut?«, fragte Ina so sanft wie möglich. Die beiden Beamten wagten kaum zu atmen. »Sie wollte nicht bei mir wohnen. Sie wohnt mit anderen Studentinnen zusammen. Nur Frauen«, fügte sie schnell hinzu, offensichtlich auf den Ruf ihrer Nichte bedacht.

»Wann haben Sie Ihre Nichte denn das letzte Mal gesehen?«, platzte es aus Morelli heraus.

Die Tante musste überlegen. »Am Anfang jeden Freitag. Aber dann vor drei Monaten weniger. Viel weniger. Vor vier Wochen vielleicht? Wieso fragen Sie?«

Morelli konnte die Angst in ihrer Stimme hören, beantwortete die Frage aber nicht. »Können Sie uns ihre Adresse geben?«

Die Frau war offensichtlich besorgt, ging aber trotzdem in die Küche und kam kurze Zeit später mit einem in ungelenker Handschrift geschriebenen Zettel zurück, den sie Morelli übergab. Darauf stand eine Adresse in Köln Mühlheim.

»Ist Ihre Nichte politisch aktiv?«

Hani Kusa schaute ihn überrascht an. Und schüttelte den Kopf. »Nein. Sie ist Studentin.«

Als ob das ein Widerspruch wäre.

»Hat sie jemals die Silbermann-Stiftung erwähnt?«, setzte Ina nach.

Wieder schüttelte die Frau den Kopf. Sie wirkte überfordert.

Morelli glaubte ihr. Sie wusste nichts von den Aktivitäten ihrer Nichte. »Vielen Dank für Ihre Hilfe«, erklärte er.

»Hat meine Nichte Probleme?«

Morelli sah die tiefen Sorgenfalten, die sich über die Jahre in das Gesicht der Frau gegraben hatten. »Es geht um eine reine Routinemaßnahme. Machen Sie sich keine Sorgen«, log er.

27.

2017

Oz hatte seine Lektion gelernt. Er schaute Arabern nicht mehr in die Augen und er schlief auch nicht mehr während seiner Wache ein. Abgesehen davon hatte er festgestellt, dass es trotz der lähmend zähen Schichten, die er täglich schieben musste, seine Vorteile hatte, in Hebron stationiert zu sein. Die Frauen standen darauf. Die ersten beiden Jahre seines Wehrdienstes hatte er am Tel Aviver Flughafen verbracht; damals hatte sich das Interesse an ihm in Grenzen gehalten. Jetzt war das anders. Nummer eins waren die Soldaten, die im Gaza gewesen waren. Dicht gefolgt von denen aus Hebron. Er hatte wieder einmal einen erfolgreichen Heimaturlaub hinter sich. Die Erste hatte ihn direkt angesprochen, als er aus dem Bus gestiegen war. Er gehörte zu den Soldaten, die ihre Maschinenpistole mit nach Hause nehmen mussten, weil der Heimweg durch Judäa und Samaria gefährlich war. Dadurch war jedem sofort klar, dass er nicht zu den Wehrdienstleistenden gehörte, die ihre drei Jahre beim Militär damit zubrachten, auf einer Verwaltungsstelle im Büro ihre Eier zu schaukeln. Er hatte durchgefeiert, war mit seinen Freunden nach Tel Aviv gefahren und hatte seinen Spaß gehabt. Seinen Großvater hatte er kaum gesehen, auch wenn er wusste, dass er sich immer auf die Tage mit ihm freute und seine Termine in Deutschland auf seinen Dienstplan abstimmte.

Aber jetzt war Oz wieder in Hebron. Zehn Tage endloser, drückend heißer Langeweile lagen vor ihm. Wenigstens fegte heute ein leichter Wind über die al-Shuhada Straße. Er beneidete seine Kollegen, die oben in Tel Rumeida Dienst schoben. Tel Rumeida war eines der Wohngebiete jüdischer Siedler, die die Soldaten als Dank für ihren Schutz mit Grillgut und frischen Getränken versorgten. Davon konnte Oz nur träumen, als er einen Schluck aus seiner lauwarmen Wasserflasche nahm.

»Hast du schon gehört?«, fragte ihn Jonathan, nachdem sie ihre Wochenenderlebnisse ausgetauscht hatten. »Rothbaum hat diese Jessica abgeschleppt. Die heiße PR-Tussi.«

Private Beziehungen zwischen Vorgesetzten und Untergebenen wurden zwar nicht gerne gesehen, aber nicht umsonst galt das Militär als Israels Heiratsmarkt Nummer eins.

»Sie hat sich freiwillig für Hebron gemeldet«, erklärte Jonathan. Es gab eine kleine Einheit von Soldatinnen in Hebron, die zwar nicht für den normalen Dienst eingeteilt wurden, aber kamen, wenn es Ärger mit Siedlerinnen gab, die nicht von den männlichen Soldaten angefasst werden durften.

»Viel zu schön für ihn«, urteilte Oz. Er konnte sich noch gut an ihr honigblondes Haar und ihr freches Lächeln erinnern.

»Frauen stehen eben auf Männer mit Macht«, erklärte Jonathan gähnend.

Da hörten sie plötzlich Gebrüll. Eine kleine Gruppe von arabischen Kindern wurde von Siedlerkindern die al-Shuhada Straße heruntergejagt.

»Verhaftet sie, verhaftet sie«, brüllte eine israelische Siedlermammi. Sie zeigte hysterisch auf Abu, einen fünfjährigen Jungen, der ständig auf der al-Shuhada Straße herumlungerte. »Er wollte meinen Sohn ermorden. Mit einem Stein«, schrie die Frau.

Jonathan und Oz traten zwischen die Fronten.

»Ihr müsst ihn verhaften«, erklärte die Siedlerin.

»Wir können keinen fünfjährigen Jungen verhaften«, erwiderte Oz. »Oh wohl, das könnt ihr doch.« Die Frau schubste Oz zur Seite und griff Abu am Arm. Der Kleine versuchte, sich zu befreien, und fing an zu weinen.

»Lassen Sie ihn los«, erklärte Oz. Er mochte Abu. Sie hatten sich einmal über Fußball unterhalten. Der Kleine plante, Profifußballer zu werden.

»Sie haben mir nichts zu sagen«, zischte die Siedlerin, womit sie recht hatte. Für die Siedler war die israelische Polizei zuständig. Die Armee hatte sich allein um die Bedrohung israelischer Staatsbürger von außen zu kümmern, also um die Bedrohung der Siedler durch die Araber. Umgekehrt hatten sie keine Befugnisse.

»Verhaftet ihn!« Sie hielt ihm Abu entgegen, der weinend an ihrem ausgestreckten Arm baumelte.

Oz hasste diese Situationen. Sie waren hier, um Israelis zu beschützen, verdammt noch mal. Vor Arabern. Und jetzt musste er einfach tatenlos dabei zusehen, wie eine erwachsene Frau einem kleinen Kind einen Heidenschrecken einjagte? Da kam ihm plötzlich Jessica in den Sinn. Er griff zu seinem Funkgerät.

Als Jessica wenige Minuten später in Begleitung einer weiteren Soldatin und eines Fahrers eintraf, hatte sich die Lage nicht gerade entspannt. Die Siedlerin, umgeben von einem guten Dutzend Siedlerkindern, riss den inzwischen panisch weinenden Abu immer noch an seinem Arm in die Höhe und verlangte nach der Polizei. An Abus anderer Seite hing inzwischen dessen dreijährige Schwester, in dem Bemühen ihren Bruder zu retten. Oz redete weiter auf die Frau ein, doch sie weigerte sich beharrlich, den Jungen loszulassen. Hinter ihnen waren inzwischen sämtliche arabischen Kinder der Nachbarschaft versammelt, die Jonathan mit seiner Maschinenpistole im Anschlag auf Distanz hielt.

»Was ist hier los?«, wollte Jessica wissen, sobald sie den Auflauf und das weinende Kind im eisernen Griff der Frau sah.

Oz klärte sie auf, und Jessica begann freundlich, aber bestimmt auf die Siedlerin einzureden. In die Menge hinter ihnen war Bewegung gekommen. Es waren inzwischen viel zu viele Araber, einige Erwachsene hatten sich zu den Kindern gesellt. Jonathan bereitete es zunehmend Schwierigkeiten, sie zurückzuhalten. Eine junge Frau versuchte verzweifelt, zu Abu durchzukommen. Jonathan brüllte sie an, zurückzubleiben. Als Abu die Frau sah, wollte er zu ihr und verstärkte seine Bemühungen, sich aus dem Klammergriff der Siedlerin zu befreien. Oz war hin und her gerissen. Sollte er seinem Kameraden helfen? Aber das bedeutete, Jessica allein zu lassen. Jessicas Fahrer nahm ihm die Entscheidung ab, indem er ausstieg und Jonathan half, die Araber abzudrängen.

Jessica schien langsam die Geduld zu verlieren. Sie befahl der Siedlerin, das Kind auf der Stelle loszulassen. Die lachte ihr nur ins Gesicht. Sie hätte ihr gar nichts zu sagen.

Da flog ein Stein. Und traf Abu am Kopf. Der Junge verlor das Bewusstsein, baumelte leblos am ausgestreckten Arm der Frau. Jetzt ließ sie ihn erschrocken los, sodass er unsanft auf den Boden klatschte. Ein dünner Blutstrahl floss aus der Wunde an seinem Kopf. Die junge Frau in der Menge der Araber stieß einen markerschütternden Schrei aus. Oz drehte sich um, sah, dass Jonathan sein Gewehr quer genommen hatte und sie von sich wegstieß.

»My little brother«, rief sie Oz hilfesuchend zu.

»Lass sie verdammt noch mal durch«, brüllte er. Und Jonathan stockte. Lange genug, damit die junge Frau an ihm vorbei zu dem bewusstlosen Kind laufen konnte.

»Danke«, flüsterte Jessica ihm zu. Sie wussten beide, dass es nicht gerne gesehen wurde, sich auf die Seite der Araber zu stellen. Die israelischen Kinder wichen zurück, die ersten traten den Rückzug die Straße hinauf an. Und auch die Siedlerin schien es mit einem Mal eilig zu haben.

Oz kniete sich neben Abu auf die warme Straße und fühlte seinen Puls. Er ging schwach, aber wenigstens regelmäßig ging. Als Abu die Augen aufschlug, fing seine Schwester vor Erleichterung an zu weinen. Sie hielt die ganze Zeit seine Hand, während Jessica die Kopfwunde des Kleinen verband. Oz fragte die Araberin, ob sie die Polizei rufen und den Vorfall anzeigen wolle. Aber sie schüttelte den Kopf. Und dankte ihm. Dann sah sie ihn an. Direkt in die Augen. *Nicht in die Augen schauen,* hörte Oz Jonathans Worte leise ganz weit hinten in seinem Kopf. Doch er konnte sich einfach nicht von diesen tieftraurigen Augen losreißen.

28.

Morelli und Ina parkten ihren Dienstwagen direkt vor dem Haus von Tahires WG in Köln Mühlheim. Eine Gruppe Jugendlicher in lässiger Streetwear und teuren Markenturnschuhen schaute gelangweilt zu ihnen herüber. Ihre Blicke blieben an Ina hängen, und Morelli berührte sie leicht an der Schulter, um ihr den Vortritt zu lassen. Oder auch um vor den anderen sein Revier zu markieren, dachte er und musste über sich selbst grinsen. Sie klingelten und kontrollierten ihre Waffen, während sie in die vierte Etage hinaufstiegen. Tahires Tante hatte sie vermutlich in der Zwischenzeit angekündigt. Wenn Tahire tatsächlich eine Mörderin war, mussten sie jetzt mit allem rechnen.

Eine junge Frau mit langen braunen Haaren öffnete ihnen die Tür. Verwundert studierte sie die Ausweise der Polizisten. Sie selbst hieß Sonja Breuer und war eine der drei Mitbewohnerinnen, mit denen Tahire sich die Wohnung teilte, erklärte sie auf Nachfrage.

»Wir haben sie seit Freitag nicht mehr gesehen. Ich hab mir schon Sorgen gemacht. Aber ich wusste nicht, wen ich anrufen soll. Ich kenne ja niemanden aus ihrer Familie.« Das klang irgendwie entschuldigend, offensichtlich rief der Besuch der Beamten ein schlechtes Gewissen bei ihr hervor.

Ina und Morelli schauten sich an. Freitag. Das passte. Tahire war also seit dem Mord verschwunden. Sie ließen sich das Zimmer der Palästinenserin zeigen. Zehn Quadratmeter, ein schmales Bett, ein Bücherregal und ein Schreibtisch. Im Gegensatz zum Rest der WG, in der ein einziges Chaos aus Klamotten und Schuhen herrschte, war hier alles sauber und ordentlich aufgeräumt.

Auf einer alten Kommode, von der die Farbe abblätterte, stand ein gerahmtes Foto. »Ist sie das?«, fragte Morelli die Mitbewohnerin. Dabei hatte er das Mädchen schon selbst dank des Passfotos wiedererkannt. Tahire wirkte schüchtern, war aber zweifellos sehr hübsch, auch wenn ein ernster Zug um ihre Augen lag.

»Mit ihrem Vater«, bestätigte Sonja Breuer.

»Haben Sie eine Ahnung, wo sie sein könnte?«

Sonja schüttelte den Kopf.

»Ist sie schon häufiger einfach nicht nach Hause gekommen?«

»Nein, das ist das erste Mal. Warum suchen Sie überhaupt nach ihr? Ist irgendetwas passiert?« Sorgenfalten erschienen auf ihrer mit Sommersprossen gepunkteten Stirn.

»Nicht, dass wir wüssten. Es geht um eine Sachbeschädigung. Und wir haben einen Hinweis darauf, dass Tahire daran beteiligt war.« Morelli hatte nicht vor, der Studentin zu verraten, dass ihre Mitbewohnerin momentan ganz oben auf der Liste ihrer Mordverdächtigen stand.

Sonja schüttelte den Kopf. »Völliger Blödsinn. Tahire würde nie etwas kaputtmachen«, sagte sie voller Inbrunst.

»Ist sie politisch aktiv?«, wollte Ina wissen.

Wieder schüttelte Sonja den Kopf. »Nicht wirklich. Ich mein, als Palästinenser in Deutschland kommt man nicht darum herum, Diskussionen über Israel zu führen. Aber ansonsten, nein, eher nicht.« Sie zögerte und überlegte. »Aber ich weiß es auch nicht wirklich. Sie redet eigentlich nicht viel. Wenn wir zusammen in der Küche waren, hat sie sich immer schnell in ihr Zimmer verkrochen.«

»Und an der Uni?«

»Keine Ahnung, da seh ich sie nie. Ich studier Sonderpädagogik.«

Morelli war an das Bücherregal herangetreten. Hauptsächlich BWL-Bücher aus der Unibibliothek, in Englisch und Deutsch, und zwei Lexika. »Wie kommt ein Mädchen aus Hebron nach Köln?«

Sonja zuckte die Achseln. »Stipendium.«

»Melden Sie sich bitte, wenn Sie etwas von ihr hören«, sagte Ina und gab der Studentin ihre Karte. »Und können Sie mir Bescheid sagen, wenn Ihre beiden Mitbewohnerinnen zurück sind?«

Sonja nickte. Ina wollte schon gehen, aber Morelli konnte seinen Blick einfach nicht von dem Bücherregal losreißen. »War Tahire manchmal im Palästina-Café im Agnesviertel?« Er versuchte, die Frage möglichst harmlos klingen zu lassen, aber innerlich war er völlig aufgewühlt.

Sonja zögerte einen Moment, dann zuckte sie mit den Schultern. »Wie gesagt, wir sind nicht so eng.«

Morelli nickte. Und ließ eine Packung Pueblo Zigaretten von dem Regalbrett, das sich neben dem Kopfende des Bettes befand, unauffällig in seiner Tasche verschwinden.

29.

2017

Oz war verliebt. Nein. Verliebt war er schon so oft gewesen. Diesmal war es mehr. Er stand völlig in ihrem Bann. Dabei hatten sie sich noch nicht einmal geküsst. Nach dem Zwischenfall mit Abu hatten sie sich ein paarmal gesehen. Immer nur bei der Arbeit natürlich. Meistens aus der Ferne. Einen unbeobachteten Moment hatte er dazu genutzt, ihr seine Handynummer in die Hand zu drücken. Sie hatte sich nichts anmerken lassen, aber als er zehn Minuten später tatsächlich eine SMS von ihr bekam, war es, als ob ein Stromstoß durch seinen Körper hindurchzuckte. Normalerweise sehnte er den Heimaturlaub herbei, aber jetzt bedeutete es fast eine körperliche Qual für ihn, Hebron zu verlassen.

Um sich abzulenken, fuhr er mit seinen Freunden nach Tel Aviv in eine der angesagtesten Discos im neuen Hafenviertel. Vergeblich versuchte er, sich von der überdrehten Partylaune der anderen anstecken zu lassen. Seine Freunde waren schnell auf der übervollen Tanzfläche verschwunden oder in Gespräche mit irgendeiner Frau vertieft. Er jedoch stand allein an der Theke. Eine gefärbte Blondine in einem sehr kurzen Minikleid stellte sich neben ihn und versuchte, seine Aufmerksamkeit zu erregen. Er ignorierte sie. Er hatte heute Abend kein Interesse an Alkohol und Party. Aber die Frau ließ nicht locker.

»I never thought Israel would be so cool«, ergriff sie schließlich die Initiative und schob sich in Oz' Gesichtsfeld. *Ich hätte nie gedacht, dass Israel so cool ist.* Ihrer Aussprache nach kam sie aus Amerika und war schon reichlich angetrunken.

»Good for you«, erklärte Oz und stellte sein Glas auf die Theke. *Schön für dich.* Er hatte keine Lust auf Small Talk und ließ die Blondine einfach stehen. Vor der Tür des Clubs herrschte fast so ein dichtes Gedränge wie drinnen. Aber wenigstens war es hier nicht so heiß wie in der Disco. Er umrundete den Hafen und betrachtete gedankenverloren die Segeljachten und Motorboote, die hier festgemacht hatten. Das sanfte Geklapper ihrer Tampen und Masten hatte keine Chance gegen die laute Musik aus den Bars und Diskotheken. Er schlenderte ein Stück zum Strand hinunter und ließ die Lichter und den Lärm der Partymeile hinter sich. Ein warmer Wind wehte vom Meer und verströmte einen angenehmen Salzgeruch. Die Lichter der Großstadt hinter ihm spiegelten sich im Wasser, aber Oz hatte keinen Sinn für die Schönheit einer Nacht am Mittelmeer. Sie hatte seit gestern Abend nicht mehr auf seine SMS geantwortet. Langsam fing er an, sich Sorgen zu machen. Warum antwortete sie nicht? Er hatte ihr geschrieben, dass er sie sehen müsse. Allein. Seitdem hatte er nichts mehr von ihr gehört.

Er zog seine Schuhe aus und lief barfuß durch den Sand. Er brauchte eine Weile, bis er endlich die knutschenden Pärchen hinter sich gelassen hatte. Die Wellen plätscherten friedlich ans Ufer, und er setzte sich so dicht ans Wasser, wie es ging, ohne nass zu werden. Schon immer hatte ihm das Meer beim Nachdenken geholfen. Deswegen hatte es ihn heute Abend wie magisch hierhergezogen. Denn es gab noch etwas anderes, das ihn beschäftigte. Sein Großvater hatte ihn gefragt, ob er sich vorstellen könnte, nach der Militärzeit nach Deutschland zu gehen, um für die Silbermann-Stiftung zu arbeiten. Eliah Silbermann war der wichtigste Mensch in seinem Leben. Er liebte ihn über alles. Und er wusste, dass die Stiftung sein Lebenswerk war. Langsam wurde er zu alt für die vielen Reisen nach Deutschland und wollte sich zur Ruhe setzen. Er konnte diesem Mann, der ihm sein Leben lang jeden Wunsch von den Augen abgelesen hatte, diese Bitte nicht abschlagen. Aber jede Faser in ihm sträubte sich gegen die Vorstellung, in einem halben Jahr, wenn sein Militärdienst beendet war, nach Deutschland zu gehen. Er schaute den Strand entlang auf Tel Avivs atemberaubende Skyline. Die Lichter der Hochhäuser in der Nacht, die Türme von Jaffa am anderen Ende der Bucht, der gedämpfte Schimmer aus den Bars am Strand – für ihn war das immer der schönste Ort der Welt gewesen. Aber im Moment wollte er nur eins: so schnell wie möglich nach Hebron zurück. Er lachte laut auf. Noch vor zwei Wochen hätte er es sich nicht vorstellen können, jemals so zu denken. Wieder kontrollierte er sein Handy. Nein. Sie hatte immer noch nicht geantwortet.

30.

Groß frohlockte. Er heftete Tahires Foto an die weiße Tafel ihres Besprechungsraums neben das Bild von Oz Silbermann. Eine potenzielle Verdächtige, die seit dem Tatzeitpunkt auf der Flucht war. Endlich eine heiße Spur.

»Setzt sie auf die Fahndungsliste. Und schaut, was ihr über sie herausfinden könnt. Hat sie alleine gehandelt? Oder hatte sie Mittäter? Geht in die Uni, befragt die Nachbarn, ob irgendjemand sie je in Begleitung von anderen Palästinensern gesehen hat.«

»Gut zu erkennen an ihren karierten Halstüchern«, warf Stein leise ein. Und Morelli musste trotz seiner Anspannung grinsen. Dabei ging ihm die ganze Zeit schon die Zigarettenpackung in seiner Tasche nicht aus dem Sinn. Ebenso wie Toto. Wie er in seinem Wohnzimmer saß, wie er ihn musterte und so aussah, als wollte er noch etwas sagen, und sich dann dagegen entschied. Viele Leute in der linken Szene rauchten Pueblo, versuchte er sich zu beruhigen. Es gab noch keinen einzigen brauchbaren Hinweis darauf, dass Toto und Tahire einander kannten. Aber trotzdem nagte Totos Bild in ihm.

»Ruf mich an«, sprach er seinem alten Freund kurz und knapp auf den Anrufbeantworter, als er in einer Kaffeepause vergeblich versuchte, ihn zu erreichen. Nervös lief er vor dem Präsidium auf und ab. Am liebsten hätte er jetzt selbst eine Zigarette geraucht. Was hatte Toto mit dem Fall zu tun? Gab es überhaupt eine Verbindung? Oder bildete er sich das nur ein? Toto war immer der Radikalere von ihnen gewesen, immer in der vordersten Reihe mit dabei, wenn es darum ging, gegen Unrecht zu kämpfen. Schon damals war er bereit gewesen, über Grenzen zu gehen, um sein Ziel zu erreichen. Was verdammt noch mal verschwieg er ihm?

Auf dem Weg nach Hause fuhr Morelli am Palästina-Café vorbei. Aber dort traf er nur auf eine gelangweilte Thekenkraft. Das Café war menschenleer.

»Nein, keine Ahnung, wo Toto ist«, erklärte der junge, arabisch aussehende Mann mit einem starken Akzent.

»Wann kommt er wieder rein?«, hakte Morelli nach.

»Ich weiß nicht. Er hat mich angerufen, dass ich für ihn einspringen soll. Mehr weiß ich nicht.«

»Kommen Sie aus Palästina?«

Der Mann nickte, während er sorgfältig Morellis Pfefferminztee aufbrühte.

»Alle außer Toto sind aus Palästina.«

Morelli schob ihm ein Foto über den Tresen. »Kennen Sie diese Frau?«

Der Kellner schaute sich die Kopie von Tahires Passfoto an und schüttelte den Kopf. »Nein.« Er stellte Morelli die Tasse mit dem frischen Minztee auf den Tresen.

Morelli zahlte, ließ den Tee unangetastet stehen und griff auf dem Weg zu seinem Fahrrad erneut zu seinem Handy.

»Ruf mich an, verdammt noch mal!«

31.

Montag

Am nächsten Morgen hatte Toto sich noch immer nicht gemeldet. Dafür herrschte Hochstimmung im Präsidium.

»Groß ist kurz davor, die Sektkorken knallen zu lassen. Sie ist geflohen«, klärte Torben Stein Morelli auf, als sie sich vor der ersten Teamsitzung des Tages in der Cafeteria des Präsidiums trafen.

»Tahire?«

Stein nickte. »Sie hat sich am Samstag ein Ticket nach Jordanien gekauft. Und es bar bezahlt.«

»Jordanien? Wieso Jordanien?«

»Das ist der nächste Flughafen auf dem Weg nach Hebron. Palästinenser dürfen nicht über Tel Aviv fliegen.« Sie schoben ihre Tabletts Richtung Kasse. Morelli hatte sich einen großen Milchkaffee und ein Nutella-Brötchen genommen. Stein einen grünen Tee und das mit Putenbrust belegte Körnerbrötchen ohne Butter und Remoulade, das die Köchinnen jeden Morgen extra für ihn zubereiteten.

»Du solltest vielleicht auch für eine Weile auf die Butter verzichten«, neckte Stein Morelli mit einem Blick auf dessen beginnenden Bauchansatz. Aber Morelli war mit seinen Gedanken ganz woanders. Eine Flucht kam einem Geständnis schon verdammt nahe …

Groß hatte bereits die Behörden in Jordanien informiert, ging aber davon aus, dass Tahire inzwischen zurück in ihrer Heimatstadt Hebron war. Da würde es mit einem Ansprechpartner schwierig werden. Die Palästinensische Autonomiebehörde war nicht eben dafür bekannt, ihre eigenen Leute auszuliefern. Und die israelische Besatzungsarmee hatte keine Befugnis, in den palästinensischen Autonomiegebieten Polizeiarbeiten durchzuführen. Doch das schien Groß gar nicht so viel auszumachen. Hauptsache, sie hatten endlich einen Täter, jemanden, den sie der Presse präsentieren konnten und mit dem das Stochern im Dunklen beendet war. Und vor allem: jemanden, der nichts mit Neonazis zu tun hatte!

»Die Spusi hat ein langes braunes Haar in dem Büro gefunden, das zu Tahire gehören könnte«, erklärte Krüger.

»Morelli, besorg dir einen Durchsuchungsbeschluss und hol uns eine Gegenprobe aus der WG«, wies Groß ihn an.

Ina konnte mit einer Aussage einer weiteren Mitbewohnerin Tahires aufwarten. Sie hatte am Vorabend mit den anderen beiden Mitbewohnerinnen telefoniert. »Sie hatte einen Freund. Zumindest hat Karla Kehren, eine ihrer Mitbewohnerinnen, gesehen, wie ein Mann Tahire spät abends am Tag vor dem Mord nach Hause gefahren hat. Sie haben sich noch lange im Auto unterhalten, und als Tahire später in die WG kam, sah sie so aus, als hätte sie geweint. Sie wollte aber nicht darüber reden.«

»Gibt es eine Personenbeschreibung zu dem Freund?«, wollte Groß wissen.

Morelli spürte, wie sich seine Rückenmuskeln anspannten.

Ina schüttelte den Kopf. »Leider nein, es war zu dunkel.«

Erleichtert atmete Morelli auf.

»Aber wir sind dran, das Auto zu suchen. Tahire ist in die Wohnung gekommen, als das Nachtjournal gerade vorbei war. Wir wissen also, wann er wieder losgefahren ist. Vielleicht finden wir irgendeine Kamera, die uns weiterhilft.«

»Sehr gut«, nickte Groß.

»Wie sieht es bei dir aus?«, wandte Groß sich an Krüger, die sich um die Geschäfte des Toten gekümmert hatte.

»Nichts Neues. Die Geschäfte der Silbermann-Stiftung liefen wie immer. Keine finanziellen Unregelmäßigkeiten. Die Ankündigung, die Wohnungen an Palästinenser zu verkaufen, war die einzige Überraschung. Und die hat Eliah Silbermann inzwischen ja auch wieder zurückgezogen.«

»Ritter, unser Hooligan, ist auch noch nicht wieder aufgetaucht«, fügte Stein hinzu.

»Ich denke, den können wir jetzt auch runterkochen. Konzentriert euch auf Tahire Jacir. Und potenzielle Mittäter. Unwahrscheinlich, dass sie es allein geschafft hat, Oz Silbermann dazu zu zwingen, diese Pressemitteilung herauszugeben, bevor sie ihn umgebracht hat. Bringt mir diesen Freund.«

Das wurde immer hässlicher. »Ich kümmere mich um den Durchsuchungsbeschluss für die WG«, entschuldigte sich Morelli. Dann lief er schnurstracks aus dem Präsidium. Kalter Wind pfiff über den Parkplatz des Polizeipräsidiums. »Ruf mich an. Wenn du dich bis heute Abend nicht bei mir gemeldet hast, erzähl ich der Polizei, wer seine Zigaretten in Tahires Zimmer vergessen hat«, erklärte er wütend auf Totos Mailbox.

Er legte auf und ging zurück in sein Büro. War das ein Fehler gewesen? Wenn Toto etwas mit dem Mord zu tun hatte, dann war er jetzt gewarnt und wusste, dass sie Tahire auf den Fersen waren. Nein, entschied Morelli. Das wusste er sowieso schon, schließlich drehte die Polizei seit gestern Tahires gesamtes Umfeld auf links. Er setzte sich leise an seinen Tisch, um Ina nicht zu stören, die telefonisch Tahires Dozenten an der Uni abklapperte. Aber anscheinend war Tahire nicht häufig dort gewesen. Niemand konnte sich an sie erinnern.

Eine Kollegin klopfte an seine geöffnete Tür. »Frau Kusa ist hier. Tahires Tante. Habt ihr Zeit, mir ihr zu reden?«

Morelli nickte, und die Kollegin kam kurze Zeit später mit der kleinen Frau wieder. Sie war offensichtlich sehr besorgt. Ina legte auf.

»Haben Sie meine Nichte gefunden?«

Morelli bot der Tante einen Stuhl an. »Nein. Bis jetzt nicht.«

»Sie suchen sie.«

»Das stimmt. Wir möchten sie zu einem Fall befragen.«

Hani Kusa sah ihn schweigend an.

»Wenn Sie irgendetwas über diese Sache wissen, wäre es das Beste, uns das jetzt zu sagen«, erklärte Morelli ernst.

Die Frau schüttelte den Kopf und schaute wieder auf den Boden. Morelli interpretierte das eher als ein Zeichen ihrer Unsicherheit, nicht ihrer Unaufrichtigkeit.

»Sie hat eine schwere Zeit hinter sich. Lassen Sie sie in Ruhe. Bitte«, erklärte sie.

»Ich fürchte, das können wir nicht.«

»Sie hat nichts getan. Sie ist ein guter Mensch. Ein sehr guter.«

»Können Sie uns irgendetwas über ihren Freund sagen?«, fragte Ina.

»Sie hat keinen Freund!«

Morelli zuckte zusammen, so heftig hatte Tahires Tante diese Worte ausgestoßen.

»Sie ist ein gutes Mädchen.«

»Frau Kusa, warum ist Tahire nach Köln gekommen?«

»Sie hat ein Stipendium. Ihr Bruder ist noch viel zu jung. Und ihr Vater wollte, dass sie einmal sein Geschäft übernimmt.«

»Was ist das für ein Geschäft?«

»Oliven. Meine Familie handelt seit Generationen mit Oliven. Sie exportieren Öl nach Europa.«

»Ist es nicht ungewöhnlich, dass ein Mädchen aus dem Westjordanland allein nach Europa kommt?«, schaltete Ina sich ein.

»Sie war nicht allein, sie hatte mich«, antwortete Tahires Tante, wobei ihre Stimme mit einem Mal viel leiser wurde. »Und ich hab nicht gut genug auf sie aufgepasst.«

»Wieso hätten Sie auf sie aufpassen sollen?«

»Sie ist so klug. Sie war die Beste an der Universität in Hebron. Mein Bruder war so stolz auf sie.«

Morelli horchte auf. »War?«

»Er ist gestorben. Vor einem Jahr. Ich wollte doch nur helfen. Deswegen habe ich angeboten, dass sie zu mir kommt. Und dann hier viel Geld verdient, um die Familie zu unterstützen.«

»Und wollte Tahire das auch?«

»Ja. Sie würde alles für ihre Familie tun.«

»Vielleicht hat sie die falschen Leute kennengelernt. Wenn wir diese Leute finden, dann können wir beweisen, dass Tahire unschuldig ist«, versuchte Ina, ihr eine Brücke zu schlagen.

Frau Kusa nickte traurig. »Ich kenne ihre Freunde nicht. Sie hat mir nie etwas erzählt. Glauben Sie mir, wenn ich könnte, würde ich Ihnen helfen.«

32.

Es war ein grauer, regnerischer Tag, und ganz Köln hatte sich für das Auto entschieden, stellte Morelli fest, als er in seinem Dienstwagen über die nassen Straßen kroch. Er suchte gefühlte Ewigkeiten nach einem Parkplatz, fand schließlich einen zwei Straßen entfernt und klingelte mit nassen Haaren an der Tür der WG. Heute hatte Sonja Verstärkung von ihrer Mitbewohnerin Karla bekommen. Sie ließen ihn bereitwillig ein, reichten ihm ein Handtuch und boten ihm einen Kaffee an, um sich aufzuwärmen. Den Durchsuchungsbeschluss hätte er sich sparen können. Die beiden schienen kein Problem damit zu haben, ihn in ihre WG zu lassen. Besorgt erkundigten sich die beiden Studentinnen nach Tahire. Morelli erklärte ihnen, dass sie keinen Grund zur Annahme hätten, dass ihr irgendetwas passiert sei.

Sie führten ihn in das verkalkte WG-Bad. Auf vier Brettern an der Wand – für jede der Mitbewohnerinnen eines –, stapelten sich Handtücher, Kosmetika und Tampons. Der Duschvorhang hätte schon vor zehn Jahren unbedingt einmal ausgetauscht werden müssen. Schimmel breitete sich in der Ecke über dem Badewannenrand aus, auf dem sich Shampoos, Spülungen und Duschgels drängten. Sie zeigten ihm Tahires Brett, aber das hätte Morelli auch ohne ihre Hilfe erkannt. Zum einen war es nämlich wesentlich leerer als die anderen, zum anderen waren die wenigen Dinge, die sich darauf befanden, ordentlich ausgerichtet und stammten von der Billigmarke eines Discounters; es handelte sich um dieselbe Marke, die er auch benutzte.

»Stimmt es, dass Sie sie wegen Mordes suchen?«, wollte Sonja, die Sonderpädagogin, wissen, als Morelli Tahires Bürste eintütete.

»Tahire kann keiner Fliege etwas zuleide tun«, erklärte Karla bestimmt.

Morelli entschied sich für eine Notlüge. »Wir wollen sie gerne als Zeugin befragen.« Offensichtlich mochten die beiden ihre Mitbewohnerin. Er würde deshalb mehr aus ihnen herausbekommen, solange sie nicht das Gefühl hatten, sie beschützen zu müssen.

»Aber wieso nehmen Sie dann DNA-Proben von ihr?« Sonja schien nicht auf den Kopf gefallen zu sein. Aber da war noch etwas anderes. Ein flirtender Ton lag in ihrer Stimme. Und auch den Augenkontakt hielt sie länger als nötig. Morelli fühlte sich an Leni und die anderen Frauen aus der linken Szene erinnert, die er in den letzten Wochen kennengelernt hatte. Aber er ging nicht auf ihr Lächeln ein.

»Die Idee, dass sie jemanden umgebracht hat, ist vollkommen absurd«, erklärte Karla.

Morelli hatte nicht vor, sich auf Diskussionen einzulassen. Er schaute die beiden Mitbewohnerinnen an, die beide lange dunkle Haare hatten.

»Hat nur Tahire die Bürste benutzt?«

Die beiden überlegten.

»Naja, also, es war ihre Bürste auf jeden Fall, da bin ich mir sicher«, erklärte Karla – was Morelli als ein klares »Nein« einordnete. »Vielleicht nehm ich ihre Zahnbürste zur Vorsicht auch mit«, überlegte er laut. »Welche ist ihre?«

Karla und Sonja schauten auf die Ablage unter dem Spiegel, auf der sich mehrere Zahnputzbecher und zahlreiche Zahnbürsten drängten. Sie zuckten mit den Schultern. Ihre eigenen konnten sie identifizieren, aber keine der fünf restlichen mit Sicherheit Tahire zuweisen.

»Hier übernachten ab und zu auch mal andere«, erklärte Sonja, wieder eindeutig mit flirtendendem Unterton.

Morelli ignorierte ihn erneut. »Okay, könnt ihr …«, er unterbrach sich. Er war als Polizist hier. »… können Sie mir dann Proben von Ihren Haaren geben, zum Ausschluss?«, fragte er und deutete auf Tahires Bürste. Daraufhin rissen sich die beiden Mädels bereitwillig jeweils ein Haar aus. Die Wohnungstür wurde aufgeschlossen. Sehr gut, dachte Morelli, die letzte Mitbewohnerin, dann hätte er sie alle zusammen.

»Was machst ihr da?«, keifte es plötzlich hinter ihm, während er die Haare eintütete. »Ihr könnt dem Arsch doch nicht einfach eure DNA-Proben geben!«

Morelli drehte sich um und erkannte niemand anderen als Annika.

»Du wohnst mit Tahire zusammen?«, fragte er verblüfft.

»Ja und, ist das ein Problem?«, erwiderte sie provozierend.

»In welchem Verhältnis steht sie zu Toto?«, konterte Morelli mit einer Gegenfrage.

»Von mir erfährst du gar nichts. Und jetzt raus hier!«

Morelli überlegte kurz, ob er ihr seinen Durchsuchungsbefehl vor die Nase halten sollte, bezweifelte aber, dass sie das davon abhalten würde, ihn höchstpersönlich aus der Wohnung zu schleifen. Und auch wenn Annika ihm nichts über Toto und Tahire erzählen würde, ihre bloße Anwesenheit war Beweis genug, dass es eine Verbindung zwischen den beiden gab. Außerdem hatte er die DNA-Proben, wegen denen er gekommen war. Jetzt mussten sie nur noch zwei Tage warten, bis sie die entsprechenden Testergebnisse hatten. Dann würden sie wissen, ob Tahire Jacir tatsächlich Kontakt zu Oz Silbermann gehabt hatte.

33.

Morelli starrte durch das Fenster des Besprechungsraums über die Dächer von Kalk. Graue Wolken trieben über den ebenso grauen Himmel und machten das Problemviertel nicht gerade hübscher. Seine Kollegen trugen ihre Ergebnisse vor, aber er driftete immer wieder mit seinen Gedanken ab. Wenn ich ihn nicht persönlich kennen würde, hätten wir noch nicht den geringsten Verdacht, dass Toto etwas mit der Sache zu tun haben könnte, sagte sich Morelli und versuchte damit, sein Gewissen zu beruhigen. Die Fahndung nach möglichen Mittätern aus Tahires Umfeld lief inzwischen auf Hochtouren. Aber niemand schien zu wissen, was die junge Studentin überhaupt den ganzen Tag über gemacht hatte. Ihre Mitbewohnerinnen wussten lediglich, dass sie morgens früh aus dem Haus ging und abends zumeist gegen elf zurückkam. Bis auf den letzten Donnerstag, an dem sie nach Mitternacht heimgefahren worden war.

Sie hatten inzwischen einige Veranstaltungen an der Uni gefunden, in die sie sich eingeschrieben hatte, aber offensichtlich war es nicht besonders schwer, an der Uni Köln zu studieren, ohne irgendwelche sozialen Kontakte zu Dozenten oder Kommilitonen zu knüpfen. Sie hatten ihr Foto in sämtlichen Palästina-nahen Vereinen, Cafés und Geschäften gezeigt, aber bisher ohne Erfolg.

Eine gewisse Frustration machte sich breit.

»Das ist vielleicht auch zu kurz gedacht. Nur weil sie aus Palästina kommt, kann sie ja trotzdem ein ganz normales deutsches Umfeld haben«, gab Ina zu bedenken.

»Vielleicht sogar deutscher als deutsch – sie könnte auch Kontakte in die Neonaziszene gehabt haben«, warf Stein ein.

»Irgendwo müssen wir ja anfangen«, verteidigte Groß seinen Ansatz.

»Krüger, hast du was auf ihrem Konto gefunden?«

Die Beamtin schüttelte den Kopf. »Sie hat jede Woche siebzig Euro abgehoben. Nie etwas mit Karte bezahlt. Keine Ahnung, wofür sie das Geld ausgegeben hat. Für Essen vermutlich. Das Geld bekam sie von ihrem Stipendium des Deutschen Akademischen Austauschdiensts.«

»Die wissen aber auch nichts weiter über sie. Sie haben sie wegen ihrer guten Noten ausgewählt und weil sie die einzige weibliche Bewerberin aus dem Westjordanland war. Ihre Unterlagen sind sehr dürftig. Ein kurzer Lebenslauf – mehr hat sie nicht eingereicht. Sie hat ein Stipendium für zwei Jahre bekommen, um noch einen Master auf ihr BWL-Studium zu Hause draufzusetzen«, erklärte Krüger.

»Was sagen ihre Telefondaten und E-Mails?«

»Wir haben keine Handynummer von ihr. Wenn sie ein Handy hatte, dann ein Prepaid auf einen anderen Namen. Und in ihrem E-Mail-Account war nur Korrespondenz mit der Uni und ihrer Mutter. Wir lassen das gerade übersetzen, aber der Dolmetscher hat einen ersten Blick darauf geworfen, und es sieht wohl nach eher harmlosen Alltagsunterhaltungen aus«, erklärte Stein.

»Das heißt, wir haben keine weiteren Anhaltspunkte, um etwas über sie herauszufinden«, fasste Groß zusammen.

»Was ist mit der Presse?«, fragte Krüger.

Groß überlegte einen Moment. »Gut, gebt ihr Foto raus. Irgendjemand muss sie doch kennen.«

Seine Kollegen waren nach Hause gegangen, aber Morelli hatte es noch einmal an seinen Schreibtisch gezogen. Zum wiederholten Mal durchsuchte er seinen Computer nach Torsten Keller. Toto hatte in den letzten zehn Jahren sieben Mal den Wohnort gewechselt. Vielleicht sogar noch häufiger, aber sieben Mal hatte er sich umgemeldet. Außerdem hatte er in den letzten Jahren verschiedene Nebenjobs ausgeübt, nach einer abgebrochenen Ausbildung als Krankenpfleger und einem abgebrochenen Abitur. Totos ganzes Leben leuchtete Morelli vom Bildschirm entgegen. Er scrollte hinunter bis zu dem Wendepunkt in Totos Leben, der aus dem sozial engagierten Überflieger einen einsamen Kämpfer gemacht hatte: eine Verurteilung zu drei Jahren Jugendknast wegen schwerer Körperverletzung, von denen er zwei abgesessen hatte.

Morelli konnte sich noch gut an den Tag erinnern. Er hatte eigentlich lernen wollen. Für seine Abiprüfung am nächsten Tag. Aber Toto hatte ihn davon überzeugt, dass es wichtiger war, nach Köln zu fahren und dort gegen den »Antiislamisierungskongress« zu demonstrieren, der von ProKöln organisiert wurde und von Vertretern rechtsextremer Parteien aus ganz Europa für die Gründung einer europaweiten rechtspopulistischen Partei genutzt werden sollte.

»Wir müssen sie stoppen, wir müssen ihnen klarmachen, dass Rechtsextremismus in Deutschland nichts mehr zu suchen hat.« Toto hatte so lange auf ihn eingeredet, bis er schließlich nachgegeben hatte. Obwohl er sich insgeheim überhaupt nicht vorstellen konnte, dass eine rechtsextreme Partei in Deutschland irgendeine ernsthafte Chance haben könnte, von mehr als ein paar Spinnern gewählt zu werden. Nicht bei der deutschen Vergangenheit. Trotzdem, er war schließlich mitgekommen. Heimlich, um seinen Vater nicht zu enttäuschen. Er würde als Erster in der Familie Abitur machen. Sein Vater war unglaublich stolz auf ihn und hätte es sicher nicht gerne gesehen, dass sein Sohn sich am Vorabend seiner Matheprüfung in der ersten Reihe im schwarzen Block auf einer Demo herumtrieb.

»Stephan Heiser, Beamter des Bundesgrenzschutzes, Verlust des rechten Augenlichts«, las Morelli weiter. Und griff erneut zu seinem Handy, ließ es dann aber wieder sinken. Was konnte er schon noch sagen? Noch lange blieb er mit dem Blick auf die Lichter der dunklen Stadt an seinem Schreibtisch sitzen.

34.

Toto hatte sich nicht gemeldet, dafür aber Miko, ein anderer Freund aus der Antifa-Zeit, mit dem Morelli in den letzten Monaten immer wieder einmal um die Häuser gezogen war. Kurz nach neun hatte er angerufen, als Morelli gerade sein Fahrrad auf den Hof schob, und gefragt, ob er mit in den Club Bahnhof Ehrenfeld komme. Morelli zögerte, sagte dann aber zu. Vielleicht wusste Miko ja etwas über Totos Verbleib. Und abgesehen davon brachte es niemandem etwas, wenn er zu Hause rumsaß.

Zwanzig Minuten später stand Morelli mit einer Bierflasche vor dem Club unter einem der Heizstrahler, der für die Raucher angebracht worden war und zumindest seinen Kopf vor der Kälte schützte. Eine bunte Lichterkette beleuchtete den Eingang zur Disco. Laute Musik drang aus dem Inneren. Der Laden war gut gefüllt, und es herrschte eine ausgelassene Stimmung. Immer wieder stolperten Gäste heraus an die frische Luft, um zu rauchen. Erst als Morelli die wohltuend beruhigende Wirkung des Alkohols spürte, merkte er, wie angespannt er gewesen war. Viertel vor elf. Miko hätte eigentlich schon längst da sein müssen. Seine Füße waren inzwischen am Boden festgefroren. Zumindest fühlten sie sich so an, aber er wollte trotzdem nicht reingehen. Hier draußen in der Kälte gelang es ihm besser, seine Gedanken zu ordnen. Ein Bier noch, beschloss Morelli. Miko kannte Toto. Irgendwie musste er doch an ihn ran kommen. Und warum zum Teufel machte Toto sich so rar, sie hatten doch gar nichts gegen ihn in der Hand. Oder rief Toto einfach nicht zurück, weil er ihn persönlich nicht sprechen wollte? Nein, unwahrscheinlich. Dass er etwas mit Tahire zu tun hatte, stand spätestens seit heute fest. Kurz nach elf stellte er das leere Bier auf den Boden. Miko würde nicht mehr kommen. Sein Magen knurrte. Zeit, nach Hause zu gehen.

Er ließ die feiernden Leute und das warm erleuchtete Gebäude hinter sich und ging durch zur Fressmeile der Venloer Straße. Hungrig kauend, kam er eine Viertelstunde später mit den Resten eines Döners vor seiner Haustür an. Mit einem Mal hörte er Schritte hinter sich.

»Hey.« Toto stand hinter ihm.

»Hi.« Hastig schluckte Morelli den letzten Bissen seines Döners hinunter. Toto wirkte völlig entspannt. Kein Wort darüber, warum er sich in den letzten Tagen nicht zurückgemeldet hatte. Trotz allem, was zwischen ihnen vorgefallen war – ihr Zusammenspiel funktionierte weiterhin blind. Die alte Vertrautheit bestand immer noch, das war nicht zu leugnen. Morelli schloss auf, und die beiden stiegen schweigend die Treppen zu seiner Wohnung hoch.

»Willst du ein Bier?«, fragte Morelli, als sie in die Wohnung traten, und Toto nickte.

»Hast du auch was zu essen da?«

»Nein, tut mir leid.« Morelli fielen die Einkäufe aus dem palästinensischen Supermarkt in seinem Kühlschrank ein. »Doch!« Fünf Minuten später hatte er sie in Schüsselchen auf seinem kleinen Küchentisch ausgebreitet. Morelli und Toto saßen sich schweigend gegenüber, während Toto sich über das Essen hermachte: Hummus, Oliven, Bulgur-Salat mit Minze und Petersilie, gefüllte Weinblätter und ein Dip aus Auberginen und Knoblauch, in den Toto sorgfältig das dünne Fladenbrot tunkte, das Morelli auf seinem alten Herd angewärmt hatte. Er schaute seinem Freund beim Essen zu und wartete, bis Toto bei der Schachtel mit den Süßigkeiten angekommen war. Blätterteig mit Honig, Nüssen und Pistazien. Dann war es an der Zeit, zu reden. »Seid ihr zusammen?«

Toto nickte. Er hatte gar nicht erst nachgefragt, wen Morelli meinte.

»Wo habt ihr euch kennengelernt?«

»Annika hat sie mir vorgestellt, weil sie einen Job brauchte. Sie hat dann bei mir im Café gearbeitet.«

»Dein Kellner hat gesagt, er hätte sie noch nie gesehen.«

»Was erwartest du von einem Palästinenser, der von der Polizei nach einem anderen Palästinenser gefragt wird? Sie hat keine Arbeitserlaubnis, er wollte sie nicht ans Messer liefern. Sie hat jeden Cent, den sie verdient hat, nach Hause zu ihrer Mutter geschickt.«

Er musste dringend an seiner Menschenkenntnis arbeiten, erkannte Morelli. Aber vielleicht hatte er die Wahrheit in diesem Fall auch einfach nicht sehen wollen. »Wusstest du, dass sie die Stiftung besprüht hat?«

Toto schüttelte den Kopf. »Das passt nicht zu ihr. Dabei …«

Er stockte.

»Was?« Morelli würde ihn heute nicht so leicht davonkommen lassen.

»Wir waren zusammen. Irgendwie. Aber ich hatte immer den Eindruck, dass ich ganz vieles nicht weiß. Sie hat kaum etwas über ihre Vergangenheit erzählt. Ihre Familie. Ihre Pläne.«

Morelli beobachtete ihn aufmerksam. »Warum waren?«

Toto schaute ihn verständnislos an.

»Du hast gesagt, ihr wart zusammen. Nicht ihr seid.«

Toto lächelte traurig. »Sie ist weg. Ich hab sie seit Freitag nicht mehr gesehen. Und irgendwie hab ich das Gefühl, dass ich sie auch nicht wiedersehen werde.« Er schaute zu Boden.

»Du liebst sie?«, fragte Morelli nach einer Weile.

»Ja.«

»Warum hast du mir nichts von ihr erzählt?« Morelli war ehrlich enttäuscht. Wenn er Toto jetzt in Fleisch und Blut vor sich sah, fühlte er dieselbe Verbundenheit wie vor zehn Jahren. Er konnte nicht glauben, dass das vorbei sein sollte.

»Du bist bei der Polizei.«

Morelli verdrehte die Augen.

»Sie war es nicht.«

»Woher willst du das wissen?«, hakte Morelli nach.

»Ich kenne sie, sie ist keine Mörderin.«

Aber da klang eine gewisse Unsicherheit in seiner Stimme mit.

»In welchem Verhältnis stand sie zu Oz Silbermann?«, fragte Morelli und schlug dabei einen betont professionellen Ton an.

»In gar keinem«, brauste Toto auf.

»Hättest du es gewusst, wenn sie ihn gekannt hätte?« Morelli bemühte sich, nicht allzu besserwisserisch zu klingen.

Eine Pause entstand. »War sie mit irgendwelchen Leuten befreundet, die einen Grund gehabt hätten, Silbermann umzubringen?«, setzte Morelli nach.

Toto schüttelte den Kopf. »Nein. Sie ist zur Uni gegangen. Sie war bei mir im Café – das war's. Ansonsten hatte sie niemanden.«

»Soweit du weißt.« Toto sagte ihm nicht die ganze Wahrheit. Das spürte er einfach.

»Verdammt noch mal Morelli. Hör auf, ihr das Leben schwer zu machen. Lass sie in Ruhe! Du schuldest mir was.«

Morelli nickte. Darauf hatte er unbewusst die ganze Zeit gewartet. Toto hatte recht. Er verdankte ihm quasi alles, was er in seinem Leben erreicht hatte.

35.

Dienstag

Morelli wälzte sich schlaflos von der einen auf die andere Seite. Konnte er es verantworten, Toto aus den offiziellen Ermittlungen herauszuhalten? Er wusste es nicht, aber er wusste, dass er ihn auch nicht verraten konnte. Erst in den frühen Morgenstunden fiel er in einen leichten Schlaf. Das Bild des toten Oz, der mit eingeschlagenem Schädel in seinem eigenen Blut lag, katapultierte ihn wieder in die Realität. Verschlafen rieb er sich die Augen, in zehn Minuten musste er sowieso aufstehen. Er schlurfte zu seinem Espressokocher; während er vor dem Herd darauf wartete, dass der Wasserdampf durch das Kaffeepulver gepresst wurde, ließ ihn das Bild des Toten einfach nicht los. Wenn er irgendwelche Zweifel an Totos Unschuld hatte, schuldete er es dann nicht dem jungen Israeli, dem nachzugehen?

Er war immer noch in Gedanken bei Oz Silbermann, als er eine Stunde später in der Teamsitzung saß. Er konnte Oz nach wie vor nicht »greifen«, wusste nach vier Tagen intensiver Ermittlungsarbeit immer noch nicht, was für ein Mensch er gewesen war. Er spürte einen leichten Tritt gegen sein Schienbein. Ina hatte ihm unter dem Tisch ein Zeichen gegeben und riss ihn damit aus seinen Gedanken.

»Morelli, bist du bei uns?« Groß schaute ihn fragend an. Anscheinend war es nicht unbemerkt geblieben, dass er heute Morgen nicht bei der Sache war. »Die Übersetzungen der E-Mails des Opfers sind da. Ich suche einen Freiwilligen, der sich darum kümmert.«

Seine Kollegen taten mit einem Mal äußerst geschäftig, wie früher in der Schule, wenn gefragt wurde, wer denn gerne seine Hausaufgaben vorlesen wollte. Niemand riss sich um diese Fleißarbeit. Aber Morelli erschien die Frage wie ein Wink des Schicksals. Das war seine Chance, dem Opfer ein wenig näher zu kommen.

Zurück an seinem Schreibtisch kontrollierte Morelli zunächst noch einmal sämtliche Anrufe, die Oz getätigt oder bekommen hatte. Allesamt waren sie beruflicher Natur gewesen. Zumindest waren sie mit Geschäftspartnern geführt worden, die seine Kollegen bereits befragt hatten. Dann nahm er sich den dicken Stapel mit den E-Mails vor. Zuerst die beruflichen, bei denen jedoch nichts auf Konflikte hindeutete. Seite um Seite las er E-Mail-Wechsel über das Siedlungsprojekt in Ostjerusalem, bei dem alle Beteiligten anscheinend rundum zufrieden gewesen waren. Und warum auch nicht. Die Silbermann-Stiftung gab Geld, um den Bau von Apartmenthäusern zu finanzieren, die dann günstig an junge Familien verkauft wurden. Spenden kamen aus aller Welt, allen voran aus Amerika und Deutschland. Morelli fielen fast die Augen zu. Er holte sich einen Eintopf aus der Kantine und las weiter. Beim Kaffee war er endlich bei den privaten E-Mails angelangt. Ein sehr viel kleinerer Stapel, der hauptsächlich Spam aufwies. Und Rundmails von Freunden aus Israel, die beispielsweise die Geburt ihres Kindes bekannt gaben oder eine Einladung zu einer Gartenparty aussprachen. Aber Oz hatte nie geantwortet. Morelli musste weit zurückgehen, um die letzten privaten Konversationen zu finden. Ein Freund beschwerte sich darüber, dass Oz nicht zu der Brit Mila seines Sohnes gekommen war, ohne abzusagen. »Beschneidung« hatte der Übersetzer in Klammern dahinter geschrieben. Dasselbe Spiel bei Oz' Facebookprofil. Seit einem knappen Jahr hatte er es nicht mehr benutzt. Davor aber regelmäßig Links zu albernen Videos auf Youtube gepostet, außerdem Fotos vom Militär, von Partys und Städtetrips. Das Übliche. Bis vor etwas über einem Jahr hatte er das Leben eines ganz normalen jungen Mannes geführt. Aber dann gar nichts mehr. Eine Weile hatten seine Freunde noch auf seine Pinnwand geschrieben, doch als Oz nicht mehr antwortete, hatten sie es schließlich aufgegeben. Irgendetwas musste passiert sein. Morelli nahm sich den Packen der privaten E-Mails noch einmal vor. Als er sie zum zweiten Mal durchging, wurde es langsam schon wieder dunkel. Sein Bild von Oz war so verschwommen wie am Morgen. Die E-Mails halfen ihm auch nicht weiter. Er blätterte zurück zu der erbosten E-Mail des jungen Vaters. Er hatte Glück, sie war mit Adresse und Telefonnummer versehen. Morelli griff zum Telefonhörer.

Als Ina eine halbe Stunde später in ihr Büro kam, legte Morelli gerade auf. Der Schulfreund hatte ihm erzählt, dass Oz sich in der Zeit beim Militär verändert hatte. Allerdings sei das nichts Ungewöhnliches, denn vielen jungen Menschen in Israel erginge es ebenso. Dort würde man erwachsen, ob man wolle oder nicht. Aber bei Oz sei es irgendwie anders gewesen. Plötzlicher. Sein Freund hatte den Verdacht, dass mehr dahintersteckte, als die Strapazen, die das Leben in Uniform mit sich brachte.

»Hast du herausgefunden, was es war?«, wollte Ina wissen.

»Er glaubt, dass es um eine Frau ging.«

»Eine Freundin?«

»Ja. In die Richtung auf jeden Fall. Bis vor zwei Jahren war Oz, was Frauen betraf, wohl eher der unverbindliche Typ. Es gab zwar einige in seinem Leben, aber die meisten nur für kurze Zeit. Aber dann, kurz vor dem Ende seiner Militärzeit, hat er begonnen, andere Musik zu hören.« Jetzt, wo er das aussprach, merkte er, wie dünn das klang.

»Das heißt doch nichts.«

»Nicht unbedingt. Aber Musik hat in seinem Leben eine große Rolle gespielt.« Morelli dachte an das CD-Regal in Oz Silbermanns Wohnung. »Normalerweise hat er eher härtere Sachen gehört, aber dann auf einmal Liebeslieder. Schnulzen, mehr oder weniger. Sachen, die er früher nie gehört hätte. Und er war völlig abwesend, wenn er nach Hause kam. Sein Freund hat ihn ein paarmal erwischt, wie er sein Handy verliebt angelächelt und SMS geschrieben hat. Da war für ihn alles klar. Aber Oz hat wohl ziemlich allergisch reagiert, als er ihn daraufhin angesprochen hat.«

Ina nickte interessiert. »Hat er eine Ahnung, wie sie heißt?«

»Nein. Außerdem glaubt er, dass es nicht lange gehalten hat. Zuerst hat Oz ihm erzählt, dass er nicht nach Deutschland wolle. Dann hat er mit einem Mal seine Sachen gepackt und war von einem Tag auf den anderen weg. Sein Freund glaubt, dass er vor dem Liebeskummer fliehen wollte.«

»Das Ganze war also vor einem Jahr auch schon wieder vorbei?«

Morelli merkte, wie Inas Interesse schnell wieder abflachte. »Vermutlich hat das überhaupt nichts mit unserem Fall zu tun. Es ist nur, alles, was wir über ihn wissen, ist die Tatsache, dass er die Arbeit seines Großvaters übernommen hat. Mit seinem Freund zu reden hat ihn irgendwie realer werden lassen.«

Und noch etwas hatte es bewirkt – dass Morellis Zweifel, ob er Toto wirklich aus den Ermittlungen heraushalten konnte, nur noch größer geworden waren. Egal, was er Toto schuldete, Oz hatte ein Recht darauf, dass er alles tat, um seinen Mörder zu finden.

Ina schien sein Gemütszustand nicht zu entgehen. »Ist alles okay bei dir?«

Morelli war versucht, ihr einfach alles zu erzählen. Er zögerte. Wenn er sich ihr anvertraute, war es raus, nicht mehr aufzuhalten. Ina deutete sein Zögern falsch.

»Ist es die Presse? Mach dir keine Sorgen, die finden bald schon eine andere Sau, die sie durchs Dorf treiben können.« Sie lächelte ihm aufmunternd zu. Die freundliche Zuversicht in ihren Augen erinnerte Morelli auf befremdliche Weise an seine Mutter. Nein. Er durfte sie da nicht mit hineinziehen. Das hier war sein ganz persönliches Problem. Dafür war nur er verantwortlich. Er war schon einmal vor seiner Verantwortung davongelaufen, das würde er nicht noch einmal tun.

Nach Dienstschluss schaltete Morelli sein Handy wieder auf laut und sah, dass er drei neue Anrufe erhalten hatte. Die ersten beiden waren von seiner Mutter, die wissen wollte, wie es ihm ging, und ihm davon erzählte, wer sie alles wegen seiner Pressepräsenz in den letzten Tagen angerufen hatte. Während er ihre Anrufe löschte, beschloss er, sie am nächsten Tag zurückzurufen; heute wollte er einfach nur noch nach Hause, sich kurz vor die Glotze setzen und früh ins Bett gehen. Aber da machte ihm der dritte Anruf einen Strich durch die Rechnung. Andy, ein ehemaliger Kollege aus Düsseldorf, fragte, ob sie sich vor dem Konzert heute Abend irgendwo auf ein Bier treffen wollten. Verdammt, er hatte völlig vergessen, dass er Karten für die Veranstaltung heute Abend im King Georg besorgt hatte. Am liebsten hätte er abgesagt, aber ein Blick auf seine Uhr sagte ihm, dass Andy schon auf dem Weg nach Köln sein musste. Zu spät, um abzusagen. Und mehr noch, er musste sich beeilen, wenn er pünktlich sein wollte.

So schnell es die kalte Luft in seinen Lungen zuließ, radelte er nach Hause. Er stopfte sich die Reste des palästinensischen Essens in den Mund, während er nach den Konzertkarten suchte; schließlich fand er sie in einem Umschlag im Altpapier. Völlig außer Atem, aber dafür nur zehn Minuten zu spät kam er schließlich am King Georg an. Andy begrüßte in freudig. Er war zehn Jahre älter als Morelli und hatte sich nach der Geburt seines Sohnes in den Innendienst versetzen lassen, wo er seitdem fast jeden Monat ein Kilo zulegte. Dafür war aber auch seine ehemals wuschelige Haarpracht verschwunden und hatte eine Halbglatze zurückgelassen. Er freute sich, endlich mal wieder rauszukommen, und ließ Morelli, der sich erschöpft einen Platz an der in rotes Licht getauchten Theke des ehemaligen Striplokals gesichert hatte, bald stehen. Andy wollte tanzen. Morelli reichte es, das Konzert aus dem Hintergrund zu verfolgen. Während sein Kollege in der ersten Reihe versuchte, einen guten Blick in den Ausschnitt der Frontfrau zu erhaschen, die sich die Seele aus dem Leib sang, rauschte der Abend an Morelli einfach so vorbei. Er hätte nicht einmal sagen können, welche Haarfarbe die Sängerin hatte. Irgendetwas versuchte, sich in seinem Kopf Gehör zu verschaffen. Etwas, das mit

Oz zu tun hatte. Mit seiner Liebe. Aber er bekam es einfach nicht zu fassen.

Mit einem lauten Piepsen auf den Ohren und viel zu viel Bier intus schleppte er sich schließlich viel zu spät ins Bett.

36.

2017

Sie hatte doch noch geantwortet. Und dann hatten sie sich getroffen. Oz hatte Jonathan den Kontrollposten allein überlassen mit der Ausrede, pinkeln zu müssen, und war in eines der verlassenen arabischen Geschäfte in der al-Shuhada Straße geschlüpft, dessen Tor schon vor langer Zeit aufgebrochen worden war. Ihm blieben nur fünf Minuten, sonst würde Jonathan misstrauisch werden. Ungeduldig blickte er auf die Uhr. Und dann erschien sie in der schmalen Öffnung des Tors, die er frei gelassen hatte. Sie lächelte ihn an. Er trat auf sie zu. Er hatte so vieles zu sagen. Aber als sie vor ihm stand, zog er sie einfach an sich und küsste sie. Sie erwiderte den Kuss, und Oz wünschte, die Zeit würde hier und jetzt anhalten und er könnte einfach für immer in diesem Kuss weiterleben. Plötzlich machte sie einen Schritt zurück, wirkte jetzt ganz schüchtern und erklärte, dass sie gehen müsse. Sie versprach, am nächsten Tag wiederzukommen. Sie durften nicht zusammen gesehen werden. Dann drückte sie ihm eine CD in die Hand. »for you, X« hatte sie darauf geschrieben. Und verschwand auf demselben Weg, auf dem sie gekommen war. Um sicherzugehen, zählte Oz bis hundert, ehe auch er wieder auf die Straße trat. Seine Augen mussten sich erst wieder an das Sonnenlicht gewöhnen. Er blinzelte. Dann erstarrte er. Gegenüber von dem Geschäft lehnte Rothbaum an der Friedhofsmauer. Er blickte ihn finster an, warf dann seine Zigarette weg und drehte sich um. Reflexartig wanderte Oz' Hand zu der CD, die er unter der kugelsicheren Weste versteckt hatte. Sein Herz klopfte. Ein heißer Schmerz durchfuhr ihn. Wie lange hatte Rothbaum schon da gestanden? Hatte er sie gesehen? Wusste er Bescheid?

37.

Mittwoch

Die Morgenbesprechung der MoKo Silbermann wurde von einer Nachricht beherrscht. Das Haar in Oz Silbermanns Büro stammte von Tahire Jacir. Tahire wurde damit offiziell zu ihrer Hauptverdächtigen. Interpol war benachrichtigt worden, die israelischen und palästinensischen Strafverfolgungsbehörden ebenfalls. Auch wenn niemand wirklich damit rechnete, dass diese mit ihnen zusammenarbeiten würden. Morelli hatte sich vor diesem Moment gefürchtet; ihm war klar, dass er Toto nicht länger aus den Ermittlungen heraushalten konnte. Trotzdem brachte er es einfach nicht über sich, seinen ehemals besten Freund zu verraten. Zuerst musste er selbst mit ihm sprechen. Das schuldete er ihm. Irgendwie würde er schon aus Annika herausbekommen, wo sich Toto verkrochen hatte. Er stand auf, um telefonieren zu gehen. Aber das, was sein Chef dann sagte, zog ihn auf seinen Stuhl zurück.

»Unser Fahndungsaufruf in der Presse hat Erfolg gezeigt. Es gibt Hinweise auf ihren potenziellen Mittäter«, erklärte Groß, während er sich über seine raspelkurzen Haare strich.

»Tahire Jacir ist am Donnerstag mit einem Mann gesehen worden, in Lindenthal. Sie ist mit ihm am Kanal entlanggegangen. Die Zeugin kann sich an sie erinnern, weil sie weinte. Und ihr Begleiter machte ebenfalls einen angegriffenen Eindruck.«

In Morelli spannte sich alles an. Wenn man Toto fand, bevor er von ihm erzählt hatte, würde das für sie beide verdammt schlecht aussehen.

»Der Mann ist ungefähr 1,75 Meter groß, hat braune, mittelkurze Haare und trug eine beige Stoffhose und eine blaue Jacke. Die Zeugin war sich nicht sicher, ob es sich bei ihm um einen Ausländer gehandelt hat, hält das aber für möglich. Wie gesagt. Sie hat sich auf die Frau konzentriert.«

Morelli atmete auf. Die Beschreibung war so schlecht, dass kein Polizist der Welt Toto mit ihr identifizieren würde. Toto war eher 1,85 als 1,75 Meter groß, hatte zwar dunkle Haare, aber helle Haut und war sichtbar durch und durch Deutscher. Und eine helle Stoffhose trug er bestimmt nur, wenn alle seine Jeans schmutzig waren.

»Wir haben auch etwas zu seinem Auto gefunden«, schaltete Stein sich ein. »Es wird zwar nicht reichen, aber es ist ein Anfang. Wir haben die Bilder der Überwachungskamera aus dem Kiosk quer gegenüber von Tahires WG ausgewertet. Da sieht man deutlich einen neuen Golf, der eine halbe Stunde vor einer Ausfahrt steht. Dann steigt Tahire aus, und der Wagen fährt weg.«

Neuer Golf. Der gehörte ganz sicher nicht Toto, der besaß nämlich gar kein Auto. Keine Chance, dass man ihn darüber finden würde.

»Kann man den Fahrer erkennen? Oder das Nummernschild?«, wollte Groß wissen.

»Nein. Weder noch. Nur dass der Golf aus Köln kommt und der erste Buchstabe des Kennzeichens ein O ist.«

Krüger erwachte aus ihrer meditativen Konzentration. »Welche Farbe hat der Wagen?« Sie begann, in ihren Unterlagen zu blättern.«

»Weiß.«

Krüger hatte gefunden, was sie gesucht hatte, und zeigte Stein die Seite. Der pfiff anerkennend. »Wenn ich dich noch einmal als Aktenschubserin bezeichne, dann darfst du mir offiziell eine reinhauen.«

»Mach ich gerne«, lächelte Krüger ihren Kollegen an.

Groß griff ungeduldig nach dem Ordner. »Was habt ihr denn?«

»Oz Silbermann fuhr einen weißen Golf. Kennzeichen K-OS-1990.«

»Das kann nicht sein«, entfuhr es Morelli, allerdings ging das in der allgemeinen Aufregung unter. Man konnte förmlich sehen, wie die Kommissare sich bemühten, diese neue Information in all dem einzuordnen, was sie bis jetzt wussten. Morellis Gehirn verweigerte die Mitarbeit.

»Wie groß war Oz Silbermann?«, fragte Ina. Sie war die Erste, die wieder klar denken konnte.

»1,76 Meter«, antwortete Christine Krüger aus dem Gedächtnis. Stille.

Während seine Kollegen jetzt alle auf einmal redeten, setzte sich Morellis Gehirn ganz langsam und widerstrebend in Gang. Das war es, was ihn seit dem Telefonat mit Oz' Freund keine Ruhe lassen wollte. Oz hatte sich während seiner Wehrdienstzeit in Hebron verliebt. Tahire stammte aus Hebron … Und dann traf ihn ein weiterer Gedanke wie ein Fausthieb. Gab es vielleicht noch ein ganz anderes als ein politisches Motiv für die Tat? Zum Beispiel ein persönliches? Ein Mord aus Eifersucht?

38.

Morelli war einfach aufgestanden und rausgegangen. Vor dem Präsidium griff er zu seinem Handy. Zu seiner Überraschung ging Toto sofort dran. Eine halbe Stunde später trafen sie sich am Rheinauhafen. Toto saß auf einer Mauer vor den modernen Kranhäusern, die wie eine Reihe auf den Kopf gestellter Ls am Fluss standen und auf das graue Wasser hinausschauten. Ihm schien der kalte Wind nichts auszumachen. Morelli schloss sein Rad ab und zog seine Mütze tiefer über seine Ohren. Toto sprang von der Mauer, und sie gingen eine Weile schweigend nebeneinander her.

»Ich kann dir nur helfen, wenn du mir alles erzählst, was du weißt«, erklärte Morelli. Er konnte seine ganze Wut und Anspannung nur mühsam beherrschen. Am liebsten hätte er die Wahrheit aus Toto herausgeschüttelt. Hatte deine Freundin eine Affäre mit dem Toten? Hast du irgendetwas mit dem Mord zu tun? Aber er durfte vor Toto nichts über den Stand der Ermittlungen ausplaudern.

»Ich hab dir alles gesagt.«

»Hast du nicht. Hör auf, mich zu verarschen.« Morelli wurde langsam richtig wütend.

Toto verdrehte die Augen. »Man, da gibt es nichts zu erzählen. Ich weiß selber nichts Konkretes.«

»Und unkonkret?«

Toto zögerte, entschloss sich dann aber doch zu sprechen. »Irgendwann saßen wir im Café, und einer der anderen Gäste hat was über die Silbermann-Stiftung erzählt. Ich hab die Hälfte nicht verstanden. Sie sind immer wieder ins Arabische gerutscht. Er hat uns einen Artikel im Spiegel gezeigt. Und da war ein Bild von Oz

Silbermann. Tahire hat es gesehen und ist leichenblass geworden. Sie ist dann ziemlich schnell gegangen. Und sie hat sich für den Rest der Woche krankgemeldet, wollte niemanden sehen.«

Oz und Tahire hatten also eine gemeinsame Vergangenheit. Aber wie hatte die ausgesehen? »Wann war das?«

»Ich weiß es nicht genau. Vor drei Monaten vielleicht?«

»Sie kannte Oz Silbermann also aus ihrer Zeit im Westjordanland.«

»Davon geh ich aus.«

»Irgendeine Ahnung, woher?«

Toto schüttelte den Kopf. »Nein.«

Wieder hatte Morelli den Eindruck, dass Toto ihm nicht die ganze Wahrheit sagte. »Irgendeine Ahnung, welcher Art ihre Beziehung war?«, bohrte er nach.

»Nein!«, brauste Toto auf.

Wenn er unschuldig war, warum machte er es ihm dann bloß so schwer? Er wollte ihm doch nur helfen. »Hältst du es für möglich, dass sie in Kontakt zu ihm stand? In den letzten Wochen?«, fragte Morelli, bemüht, diesmal einen sanfteren Ton anzuschlagen.

»Ich weiß es nicht.« Schweigend gingen sie die Uferpromenade entlang. Sie hatten den belebten Teil mit den Restaurants und Cafés hinter sich gelassen und waren jetzt allein. Außer ihnen hatte offensichtlich niemand bei dem grauen Wetter das Bedürfnis, nach draußen zu gehen.

Nach einer Weile fing Toto wieder an zu reden. »Sie hatte gerade angefangen, sich in Deutschland wohlzufühlen. Kam langsam aus sich raus. Aber nach dem Vorfall mit dem Artikel hat sie vollkommen zugemacht. Sich völlig zurückgezogen. Ich hab sie immer seltener gesehen. Und am Ende gar nicht mehr.« Er sah auf einmal wieder aus wie früher, ganz weich und verletzbar.

»Wisst ihr, wo sie jetzt ist?«

Morelli überlegte. Toto gehörte in den Kreis der Verdächtigen. Er durfte mit ihm nicht über die Ermittlungen reden. Aber als er die Sorge in den Augen seines Freundes sah, konnte er nicht anders. »Wir gehen davon aus, dass sie nach Hause geflüchtet ist. Zu ihrer

Mutter. Wir wissen, dass sie nach Jordanien geflogen ist. Aber von da an verliert sich ihre Spur.«

»Sagst du mir Bescheid, wenn du etwas von ihr hörst? Wie es ihr geht?«

Morelli musste daran denken, was Groß wohl dazu sagen würde, wenn er je von seinen privaten Treffen mit Toto erfuhr. Aber Toto hätte dasselbe für ihn getan. Nein. Toto hatte dasselbe für ihn getan. »Ja, das werde ich«, entgegnete Morelli ernst.

39.

Morelli ging alleine zu seinem Rad zurück. Es begann zu regnen. Eiskalte Tropfen prasselten ihm ins Gesicht. Das leichte Rauschen des grauen Rheins, der stetig neben ihm her floss, half ihm, seine Gedanken zu ordnen. Auch wenn er nach wie vor den Eindruck hatte, dass Toto ihm etwas verschwieg, er spürte einfach, dass er unschuldig war. Toto war kein Mörder.

Einmal mehr schloss Morelli zwanzig Minuten später sein Rad vor der Silbermann-Stiftung ab. Er klingelte zunächst in der ersten Etage, und als dort niemand reagierte, probierte er es im Erdgeschoss. Jael Breuer öffnete ihm die Tür.

»Er sitzt die ganze Zeit hinter dem Schreibtisch und starrt einfach nur geradeaus. Ich mache mir große Sorgen um ihn«, erklärte die Sekretärin auf dem Weg in Oz' altes Büro mit leiser Stimme.

Eliah Silbermann brauchte einen Moment, um Morelli zu erkennen. Es schien, als wache er aus einem tiefen Schlaf auf.

»Wie geht es Ihnen?«, fragte Morelli.

»Die Rippen verheilen.« Keine vollständige Antwort, aber damit musste er sich wohl zufriedengeben.

»Gibt es Neuigkeiten von den Ermittlungen?«

»Wir haben eine Spur. Eine junge Palästinenserin, die Ihren Enkel kannte. Allerdings wissen wir nicht, ob sie ihn auch ermordet hat.«

Eliah Silbermann schwieg. Morelli hatte den Eindruck, dass es in ihm arbeitete. Er spürte einen Widerstand und hatte auch schon eine Ahnung, aus welcher Richtung der kam. »Können Sie sich vorstellen, dass Ihr Enkel mit einer Palästinenserin befreundet war?«

»Befreundet?«

»Ja. In welcher Form auch immer«, setzte er hinzu.

»Nein«, erfolgte die prompte Antwort.

»Warum nicht?«, fragte Morelli überrascht.

»Wo hätte er sie denn kennenlernen sollen?«

»In Israel?«

Silbermann schüttelte den Kopf. »Israelis lernen nicht einfach so Araberinnen kennen.«

Morelli bohrte weiter. »Vielleicht während seiner Zeit beim Militär.«

»In der Armee gibt es erst recht keine Araber.«

»Aber er war im Westjordanland stationiert.«

Silbermann lächelte traurig. »Glauben Sie mir, das Letzte, was ein Palästinenser will, ist, einen israelischen Soldaten zum Freund zu haben. Dort sind schon Menschen wegen weniger umgebracht worden.«

»Eine Beziehung zwischen einem Israeli und einer Palästinenserin wäre also ein Mordmotiv?«, horchte Morelli auf.

»Das Umfeld der Palästinenserin würde das nie zulassen. Allerdings hätten sie dann die Frau umgebracht, und nicht meinen Enkel.«

Eine Sackgasse. »Ist Ihnen in den letzten Wochen etwas an Ihrem Enkel aufgefallen? Hat er sich irgendwie verändert? Sagen wir mal, in den letzten drei Monaten?«

Silbermann überlegte. Er wirkte abwesend, in Gedanken. »Nein. Nicht in den letzten drei Monaten … aber in den letzten drei Jahren.«

»Seit der Armee?«

Silbermann nickte. »Als er den Dienst angetreten hat, war er ein fröhlicher junger Mann. Voller Tatendrang. Ständig unterwegs, viele Freunde. Er wollte zum Militär. Ich bin nicht stolz darauf, aber ich habe dafür gesorgt, dass er nach der Schule ins Ausland durfte, zum Jura-Studium nach England. International Law. Ich konnte den Gedanken nicht ertragen, dass ihm beim Militär irgendetwas zustößt.« Silbermann stockte. »Er war doch alles, was ich hatte.« Er schluckte. »Aber als er mit dem Studium fertig war, kam er zurück und wollte seine Pflicht für sein Vaterland erfüllen.«

»Und nach dem Militär?«

»War er mit einem Mal erwachsen geworden. Vernünftig, liebenswert, pflichtbewusst. Aber er war nicht mehr derselbe Mensch. Er hat angeboten, die Stiftung für mich zu übernehmen, damit ich nicht mehr so viel reisen muss und mich in Jerusalem zur Ruhe setzen kann.« Seine Stimme wurde leiser, sanfter. »Der kleine Oz. Er war immer so ein lieber Junge. Und dann war er mit einem Mal groß genug, um mein Nachfolger zu werden.« Silbermann versank wieder in seinen Erinnerungen.

40.

1990

Die Intifada wütete seit drei Jahren. Die Palästinenser warfen mit Steinen und Molotowcocktails, und die Israelis antworteten mit Tränengas und Gewehren. Eliah hatte inzwischen eine eigene Baufirma gegründet. Als Geschäftsmann war er mindestens so begabt wie als Ingenieur. Die Firma blühte. Ihm und Liad waren viele glückliche Jahre beschieden gewesen, bevor seine Frau vor zwei Jahren an Krebs gestorben war. Sie fehlte ihm in jeder Sekunde. Sein geräumiges Haus in einem der schönsten Vororte Jerusalems hatte sich seit ihrem Tod in ein viel zu großes Museum verwandelt. Ohne Leben. Er hatte nichts verändert, aber es schien, als wären mit Liad alle Freude und alle Wärme aus seiner Welt gewichen.

Mehr als der eine Sohn war ihnen nicht vergönnt gewesen. Mordechai war nach der Schule ausgezogen. Nach seinem Militärdienst hatte er sich ebenfalls für ein Studium des Bauingenieurwesens entschlossen, wie sein Vater und Großvater vor ihm. Aber er hatte das Angebot seines Vaters abgelehnt, nach dem Studium in seinem Unternehmen anzufangen. Mordechai wollte auf eigenen Beinen stehen und plante, zusammen mit seiner Frau Sarah ein eigenes Ingenieurbüro zu eröffnen. Die Ablehnung seines Sohnes traf Eliah härter, als er es sich hätte vorstellen können. Einerseits war Eliah stolz auf Mordechai und konnte seine Entscheidung verstehen, sich nicht ins gemachte Nest zu setzen, sondern selbst etwas erreichen zu wollen. Andererseits hatte er sich schon sehr darauf gefreut, ihn in Zukunft wenigstens bei der Arbeit regelmäßig zu sehen.

Aber dann schien ihm das Schicksal eine zweite Chance zu geben. Mordechai und Sarah machten ihn zum Großvater. Eliah war überglücklich über seinen Enkel, auch wenn das Kind nicht geplant gewesen war. Er war froh, ein neues Leben um sich zu haben. Oz' runde Augen, seine kleinen Händchen – wenn er ihn auf dem Arm trug, seine Wärme spürte, dann stand die Zeit still, dann waren alle düsteren Gedanken und Gefühle vergessen. Er hatte Mordechai und Sarah angeboten, bis zum Ende ihres Studiums in sein Haus zu ziehen. Und sie waren auf sein Angebot eingegangen. Regelmäßig passte er auf den Kleinen auf, wenn sich seine Eltern am Wochenende ein wenig erholen wollten. Er liebte es, Oz in seinem Kinderwagen am Sabbat durch den Schatten der Palmen zu schieben, von denen die Straßen des Viertels flankiert wurden. Israel hatte sich verwandelt, war aus einem kargen Wüstenland zu einem modernen Mittelmeerstaat geworden. Aber Eliah hatte kein Auge für die schönen Kalksteinvillen, die sich wie kleine Burgen am Rand der Straße aufreihten. Sein Blick galt einzig und allein seinem Enkel. Wenn der Kleine ihn anlächelte, dann hüpfte sein Herz. Abends lag er häufig lange wach in der Hoffnung, dass Oz noch einmal schreien würde und er ihn aus dem Bett holen konnte, um ihm eine warme Milch zu machen.

Aber mit Liads Tod hatte sich noch etwas geändert. Er hatte mit einem Mal Angst. Angst, dass seinen Liebsten etwas passieren könnte. Mit Sorge registrierte er, dass Mordechai und Sarah am Wochenende regelmäßig nach Tel Aviv fuhren. Wenn sie weg waren, ließ er den ganzen Abend über das Radio laufen, um zu hören, ob es irgendwo wieder einen Selbstmordattentäter gegeben hatte, der sich in einem Café oder vor einer Disco in die Luft gesprengt hatte. Er hätte die beiden am liebsten immer im Haus gehabt. Auch wenn er so seinen Enkel für sich alleine hatte.

Eliah war abgelenkt, als er dem kleinen Oz an diesem Abend das Fläschchen gab. Mordechai und Sarah feierten mit Freunden ihren bestandenen Abschluss. Er war stolz auf seinen Sohn. Nur eins machte ihm Sorge: Mordechai und seine Familie würden ausziehen, sobald er erst einmal selbst Geld verdiente. Die Vorstellung, Oz bald nicht mehr jeden Tag um sich zu haben, brachte Eliah den Tränen nahe. Er sang das Baby in den Schlaf und legte es in sein Bettchen. Noch lange sah er ihm beim Schlafen zu. Dann ging er hinunter, um sich einen Kaffee zu machen, den er auf seiner großzügigen Terrasse mit dem weiten Blick über den Park des Gazellentals auf das Zentrum Jerusalems trank. Das Radio lief leise im Hintergrund, heute Abend schien es friedlich zu sein; keine Sondermeldungen zu Anschlägen, die das Programm unterbrachen. Mozarts Klavierkonzert in D-Moll wurde gesendet, aber Eliah nahm die Musik überhaupt nicht wahr. Er war in Gedanken mit etwas anderem beschäftigt. Wäre es vermessen, Mordechai und Sarah zu ihren Abschlüssen ein Haus zu schenken? Eins in der Nachbarschaft? Wie viel musste er wohl seinen direkten Nachbarn für ihre Villa bieten, damit sie auszogen? Er wusste, dass es nicht richtig war, sich seinen Enkel zu kaufen. Aber was sollte er mit seinem ganzen Reichtum anfangen? Die Jahre allein hatten ihm deutlich vor Augen geführt, dass Geld nicht glücklich machte.

Es war schon nach zehn, als es an der Tür klingelte. Eliah wusste sofort, dass etwas Fürchterliches passiert sein musste, als er die betretenen Gesichter der Polizisten sah, die vor seiner Tür standen.

Mordechai und Sarah waren auf ihrem Weg nach Tel Aviv bei einem Überholmanöver von der Straße abgekommen und eine steile Böschung hinuntergestürzt. Ihr Auto hatte sich mehrfach überschlagen, und die herbeigerufenen Rettungskräfte konnten nur noch den Tod der beiden feststellen. Eliah weigerte sich, das Gehörte zu begreifen. Konnte die Nachricht einfach nicht verinnerlichen. Er bedankte sich bei den beiden Polizisten, schloss die Tür hinter sich, schleppte sich die Treppe hinauf ins Kinderzimmer und schaute auf das friedlich schlummernde Baby. Das Schicksal hatte ihm seinen Wunsch, Oz zu behalten, auf grausamste Art und Weise erfüllt.

»Verzeih mir«, flüsterte er mit rauer Kehle. Tränen flossen ihm über die Wangen, und er sank lautlos weinend an seinem Bettchen zusammen. Stundenlang lag er, gekrümmt vor Schmerz auf dem nackten Boden. Immer wieder wurde er von neuen Wellen der Trauer überrollt. Im frühen Morgengrauen gab er dem schlafenden Säugling ein Versprechen: Er würde alles in seiner Macht stehende tun, um ihn vor weiterem Unheil zu bewahren.

41.

Morelli überlegte eine Weile, was er Silbermann noch fragen sollte. Aber als er das nächste Mal zu ihm hinübersah, war der alte Mann eingeschlafen. Der Kopf war auf seine Brust gesunken, die sich langsam hob und senkte. Morelli entschied, ihm diese kurze Pause von seinen Schmerzen zu gönnen, und verließ leise den Raum.

»Er schläft«, erklärte er Jael Breuer, die im Flur auf ihn wartete.

Sie seufzte. »Manchmal frag ich mich, ob er das überlebt.«

Morelli gab ihr im Stillen recht.

»Wir waren kurz davor, zurück nach Israel zu gehen.«

»Sie wollen nicht in Deutschland bleiben?«

»Nein, das wollten wir noch nie. Deutschland war nur ein Mittel zum Zweck. Als Herr Silbermann seine Stiftung gegründet hat, bekam er aus Deutschland sehr große Unterstützung. Deswegen war es für uns sinnvoll, den Hauptsitz der Stiftung hierher zu verlegen. Er hat das Haus seiner Großeltern gekauft und die Stiftung aufgebaut. Aber es war immer der Plan, nach Israel zurückzugehen, sobald seine Anwesenheit nicht mehr zwingend nötig sein würde. Auch wenn ich den Eindruck hatte, dass er sich nicht richtig trennen konnte. Er hat immer neue Vorwände gefunden, um hier zu bleiben. Er hing sehr an seinem Enkel …«

Morelli überlegte, ob diese neuen Informationen etwas änderten. Vermutlich nicht, entschied er. »Können Sie mir noch einmal den Schlüssel zu Oz Silbermanns Wohnung geben?«

Zwei Minuten später stand er ein weiteres Mal in der Wohnung des Toten. Wenn Oz und Tahire eine Beziehung gehabt hatten, dann musste es doch irgendwelche Hinweise darauf geben. Gründlich durchsuchte er ein weiteres Mal die Wohnung. Aber nichts. Keine Liebesbriefe, Fotos, Kondome – nichts, was darauf hindeutete, dass es in Oz' Leben ein Frau gegeben hatte. Nur diese eine CD in seiner Anlage. Morelli drückte ein weiteres Mal auf Play, setzte sich auf Oz' Sofa und versank in der Musik. Keine Frage. Das war ein Lied von einer traurigen Liebe. Voller Sehnsucht. Das Display gab an, dass es nur dieses eine Lied auf der CD gab. Er nahm sie vorsichtig aus ihrem Fach und tütete sie samt Hülle ein. Er würde sie auf Fingerabdrücke untersuchen lassen. Und eine Schriftprobe von Tahire besorgen. Wenn die Schriften übereinstimmten, könnten sie zumindest sagen, welcher Art die Beziehung zwischen den beiden gewesen war.

Er hatte fast die Haustür erreicht, als Jael Breuer die Bürotür öffnete. »Sind Sie jetzt weg?«

»Wieso, ist noch etwas?«

»Nein. Aber seit … der Sache schalte ich die Alarmanlage ein, auch wenn wir da sind.«

Morellis Blick fiel auf den kleinen Computer, der neben der Haustür hing. Sicherheit der obersten Preisklasse. Frau Breuer folgte seinem Blick.

»24 000 Euro haben wir für die Anlage gezahlt. Man kann sie programmieren, fernsteuern, sie kann einem erzählen, wie häufig welche Tür und welches Fenster geöffnet wurde. Sie schaltet bei Dunkelheit automatisch das Licht ein und um elf wieder aus. Aber sie hat unseren Oz nicht schützen können.«

»Das Teil weiß, wann welche Tür geöffnet wurde?!«

42.

Die Daten der Alarmanlage wurden zentral gesichert. Groß hatte Morelli zuerst einen Einlauf verpasst, weil er nicht schon viel früher darauf gekommen war, dann aber persönlich bei der Sicherheitsfirma angerufen, um sich die Daten schicken zu lassen. Morelli hatte es vorgezogen, die Wartezeit in seinem Büro zu verbringen.

Zurück an seinem Schreibtisch studierte er die Unterlagen vom Deutschen Akademischen Austauschdienst, die Tahire handschriftlich ausgefüllt hatte. Immer wieder verglich er einzelne Buchstaben mit denen auf der CD. Beide Schriften waren ein wenig ungelenk. Aber handelte es sich wirklich um dieselbe Verfasserin?

»Das liegt daran, dass es sich bei dem Schreiber vermutlich um jemanden handelt, der nicht mit lateinischen Buchstaben aufgewachsen ist, sondern sie erst später gelernt hat«, erklärte der Schriftsachverständige des Kölner Zolls, den Morelli nach einer Odyssee durch die verschiedenen Ämter endlich am Hörer hatte. Er hatte die Schriftproben eingescannt und an den Fachmann weitergeleitet.

»Sind das alle Schriftproben, die wir dazu haben?«

»Im Moment schon.« Ihre Notizen in der Uni hatte Tahire auf Arabisch gemacht.

»Es wird eine Weile dauern, bis ich Ihnen ein forensisches Gutachten liefern kann.«

»Wie lange?«

»Mitte nächster Woche, wenn ich es vorziehe.«

Morelli seufzte. »Können Sie mir eine erste Einschätzung geben?«

»Das wäre unprofessionell.«

»Ich will Ihre Aussage nicht vor Gericht verwerten. Aber es würde uns unter Umständen eine Menge Zeit sparen.«

»Es könnte dieselbe Handschrift sein«, erklärte sein Gesprächspartner nach einer Weile. »Aber nageln Sie mich nicht fest, nächste Woche wissen wir mehr.«

»Danke«, sagte Morelli und legte auf. Eine andere Antwort wäre ihm lieber gewesen.

»Komm mit«, riss Groß ihn aus seinen Gedanken. Er hatte nur kurz seinen Kopf in Morellis Büro gesteckt und war bereits ein ganzes Stück den Flur hinuntergeeilt. Morelli folgte ihm. »Gute Arbeit. Dank der Alarmanlage haben wir den Beweis, dass die Palästinenserin nicht allein war«, erklärte Groß, als sie sein Büro erreichten. »Hier«, er schob Morelli die Auswertung des Security-Computers über seinen Tisch.

Morelli kontrollierte die Daten des Mordabends. Sowohl Haus- als auch Bürotür waren an dem Abend mehrfach geöffnet worden. »Und woher wissen wir, dass der Täter nicht einfach immer wieder rein und raus gegangen ist?«, fragte er, immer noch bemüht, sich einen Überblick über die ganzen Daten zu verschaffen.

Groß deutete auf die letzten Einträge am Mordabend. »Haus- und Bürotür wurden um 15.00 Uhr geöffnet. Wir gehen davon aus, dass Oz um diese Zeit von seinem Mittagessen mit dem Anwalt zurückkam. Da müssen ihm die Täter irgendwie aufgelauert haben. Knapp zwei Stunden später wurde die E-Mail versendet. Gegen kurz vor fünf werden sowohl Haus- als auch Bürotür noch einmal geöffnet. Vielleicht hat Oz sich geweigert, das Geld rauszurücken, und Tahire hat ihren Freund als Verstärkung gerufen. Fünfzehn Minuten später werden erst Büro, dann Haustür noch einmal geöffnet und geschlossen. Und schließlich eine Viertelstunde später noch einmal in derselben Reihenfolge, nur dass die Türen diesmal offen bleiben. Sie waren zu zweit. Und einer der Täter ist später gegangen. Vermutlich, um nicht zusammen gesehen zu werden.«

Morelli ließ das Blatt sinken. War Toto am Tatort gewesen? War es das, was er ihm die ganze Zeit verschwieg?

43.

Morelli wählte Totos Nummer. Aber der zog es wieder einmal vor, nicht ans Telefon zu gehen. Morelli hätte sein Handy an die Wand klatschen können.

»Wir haben ihn«, kam Ina freudestrahlend kurz vor Dienstschluss ins Büro.

Ertappt fuhr Morelli hoch. »Toto?«

»Was?« Ina schaute ihn verständnislos an.

Er brauchte einen Augenblick, um sich wieder zu fangen. »Nichts. Erzähl. Wen habt ihr?«

»Tahires Komplizen. Naja, noch haben wir ihn nicht. Aber so gut wie. Tahire hat in einem ihrer Unikurse eine Handynummer angegeben. Prepaid, anonym. Aber Groß ist gerade bei der Staatsanwältin, damit wir die Daten kriegen. Bald wissen wir, mit wem sie in Kontakt stand.«

Und tatsächlich. Eine halbe Stunde später ließ die Verbindungsliste von Tahires Handy keinen Zweifel mehr. Von dem Telefon war ausschließlich eine Nummer angerufen worden, und zwar die von Torsten Keller. Wenn sie jetzt auch noch Totos Telefondaten checken, bin ich dran, dachte Morelli. Schließlich hatte er in den letzten Tagen mehrmals täglich auf Totos Anrufbeantworter gesprochen. Jetzt dachte niemand mehr daran, Feierabend zu machen. Stein und Krüger wurden beauftragt, Torsten Keller zu einer Vernehmung aufs Revier zu bringen. Morelli und Ina sollten sich um das kümmern, was über ihn bekannt war. Aber dafür musste Morelli nicht in den Computer schauen. Er war völlig benommen von der neuen Entwicklung. Mit leerem Blick starrte er auf den

Bildschirm, während Ina vollkommen elektrisiert durch das Büro rannte und Ausdrucke für die anderen anfertigte.

»Schwere Körperverletzung an einem Kollegen, zwei Jahre Jugendarrest, ständig wechselnde Wohnorte …«, murmelte sie triumphierend vor sich hin.

Morelli wusste genau, dass sich jeder Polizist auf einen Verdächtigen wie Toto stürzen würde. Er selbst hätte das vermutlich auch getan.

Wie gelähmt saß er in der Besprechung, als Stein und Krüger endlich zurückkamen.

»Er wohnt nicht unter der Adresse, bei der er gemeldet ist. Die Wohnung hat er an eine junge Türkin untervermietet, als sie Probleme mit ihrem Mann bekommen hat. Ganz schön widerspenstig war die. Hat seine Adresse dann aber doch noch rausgerückt«, erklärte Krüger triumphierend.

»Du hast ihr gedroht, ihren Mann darüber zu informieren, wo sie sich aufhält«, kritisierte Stein seine Kollegin wütend. Offensichtlich war er überhaupt nicht mit ihrem Verhalten einverstanden gewesen.

»Hätte ich nie getan. Aber sie hat es geschluckt. Also stell dich nicht so an«, gab Krüger zurück. »Auf jeden Fall ist Torsten Keller bei einem Freund untergekommen. Einem Miko Breidenbacher. In Deutz. Die Kollegen sind unterwegs.«

Da hätte er auch selbst drauf kommen können! Es war also kein Zufall, dass Miko ihn an dem Abend versetzt hatte, als Toto zu ihm kam. Morelli ärgerte sich. Egal. Jetzt blieb ihm sowieso nur noch die Option, selbst reinen Tisch zu machen, denn er würde so oder so auffliegen. Aber nicht hier, vor allen Leuten.

Nach der Teamsitzung folgte er Groß. »Kann ich einen Augenblick mit Ihnen reden?«

»Um was geht es?«

Morelli holte tief Luft. »Der Verdächtige. Toto, also Torsten Keller«, verbesserte sich Morelli.

»Ja, endlich eine Erfolgsmeldung. Die können wir gut gebrauchen. Was ist mit ihm?«

Sollte er besser warten, bis sie in seinem Büro waren? Aber vielleicht würde Groß sich auf dem Flur mehr zusammenreißen und in der Öffentlichkeit keinen cholerischen Anfall bekommen, hoffte Morelli. »Also das ist so …«, aber weiter kam er nicht.

Groß' Sekretärin kam aus ihrem Büro gelaufen.

»Die Presse ist unten, sie haben von der Verhaftung Wind gekriegt. Die blockieren sämtliche Eingänge«, erklärte sie.

Groß fluchte. »Komm mit runter«, wies er Morelli an, dann griff er nach seinem Handy. »Sagt den Kollegen Bescheid, sie sollen Keller auf eine andere Wache bringen … Sie sind schon da?« Er fluchte erneut.

Morelli hatte Schwierigkeiten, mit ihm mitzuhalten, so schnell rannte sein Chef die Treppe hinunter. Das hatte er ihm gar nicht zugetraut.

Als sie im Foyer ankamen, zwängten sich zwei uniformierte Beamte durch die Journalisten, die sie mit Fragen bestürmten. Sie hatten Toto in Handschlingen zwischen sich geklemmt. Die Blitzlichter der Fotografen erleuchteten den Raum im Sekundentakt.

»Also, ich muss Ihnen dringend etwas sagen«, versuchte Morelli außer Atem noch einmal, seine Beichte einzuläuten.

»Jetzt nicht!«, zischte Groß, während er seinen Kollegen zur Hilfe eilte. Morelli blieb nichts anderes übrig, als hinterherzulaufen.

Er sah die Pfefferminzreporterin, die Toto ihr Mikrofon ins Gesicht drückte, und Toto, dessen Blick jetzt auf Morelli fiel.

»Du hast mich verraten«, rief Toto. Er bäumte sich auf und versuchte, sich auf Morelli zu stürzen. Was ihm aber aufgrund des Kabelbinders, der seine Hände zusammenhielt, und der schnellen Reaktion der beiden Polizisten an seiner Seite nicht gelang.

»Ich hab dich nicht verraten«, versuchte Morelli, sich zu verteidigen.

Während Groß Morelli einfach nur völlig verblüfft anstarrte, hatte die Pfefferminzreporterin bereits geschaltet. Sie schob ihm das Mikrofon vors Gesicht.

»Kennen Sie den Tatverdächtigen? Arbeiten Sie mit ihm zusammen?«

Jetzt richteten sich alle Kameras im Raum auf Morelli. Raus, er musste weg hier. So schnell wie möglich! Aber er war eingekesselt. Die Uniformierten hatten die Ablenkung genutzt und Toto endlich in den Fahrstuhl bugsiert, womit er sich außer Reichweite der Journalisten befand. Die Türen schlossen sich, und Morelli und Groß blieben, den Rücken zum Fahrstuhl, mit der Journalistenmeute allein, die immer dichter an sie herandrängte. Vergeblich versuchte Morelli, sie auf Abstand zu halten.

»Wussten Sie über die private Beziehung zwischen Ihrem Hauptermittler und dem Tatverdächtigen Bescheid?«, wandte sich einer der Journalisten an Groß.

»Kein Kommentar!«, erklärte Groß so lange, bis der nächste freie Fahrstuhl kam, in den er Morelli hereinschob. Und noch einmal »kein Kommentar«, als sie darin standen. Dann schlossen sich die Türen.

Dreißig Minuten später war Morelli nicht mehr Teil der Ermittlungen »Silbermann«. Noch nie in seinem Leben war er so angebrüllt worden. Seine Ohren schmerzten. Bis auf Weiteres hatte Groß ihn in den Innendienst versetzt und ihm nahegelegt, Urlaub zu nehmen. Und sich um Gottes willen von der Presse fernzuhalten.

Während sein altes Team vollständig an den Monitoren hing und Totos Vernehmung beobachtete, trat Morelli vor das Präsidium. Dort fand er nur noch die Reste seines zerschnittenen Fahrradschlosses vor. Wütend warf er sie in einen Mülleimer und überlegte für einen Moment, den Diebstahl anzuzeigen. Schließlich entschied er sich dann aber dagegen. Auf die Schlagzeile »Rassistischer Mörderfreund ruft Polizei um Hilfe« konnte er gut und gern verzichten.

44.

Donnerstag

Völlig verkatert schleppte sich Morelli am nächsten Morgen ins Café Sehnsucht. Er war am Vorabend mit der Bahn nach Hause gefahren, aber gar nicht dort angekommen, sondern in der erstbesten Kneipe versackt. Eine holzvertäfelte Eckkneipe für Alkoholiker ab sechzig. Hier musste er sich keine Sorgen machen, erkannt zu werden, denn von den Gästen las mit Sicherheit niemand Zeitung. Er hatte Kölsch und Korn in sich hineingekippt, bis sich alles drehte – was er jetzt bitter bereute. Er hatte nicht die geringste Ahnung, wie er nach Hause gekommen war. Er wusste nur, dass er vollbekleidet mit Parka und Winterschuhen in seinem Bett aufgewacht war.

Als er endlich seinen doppelten Espresso mit viel Zucker intus hatte, war er zumindest wieder in der Lage, Frühstück zu bestellen. Eine Ciabatta mit Serrano-Schinken und Pecorino. Heute brauchte er etwas Herzhaftes. Nach der letzten Nacht musste er seinen Energiespeicher wieder auffüllen. Das Frühstück kam, zusammen mit einem zweiten doppelten Espresso. Nachdem Morelli damit fertig war, fühlte er sich ausreichend gewappnet, um sich die Tageszeitungen vorzuknöpfen, die ordentlich aufgereiht auf der Fensterbank lagen. Er bestellte sich einen großen Milchkaffee und nahm sich den ganzen Stapel der Zeitungen, was ihm tadelnde Blicke der Kellnerin einbrachte, aber das war ihm egal. Bei den lokalen Blättern hatte es der Fall Silbermann wieder einmal auf die erste Seite geschafft, die überregionalen brachten die neuen Entwicklungen weiter hinten. Er hatte Glück. Die Geschichte »Mord aus Eifersucht – Aktivist bringt jüdischen Liebhaber seiner palästinensischen Freundin um« hatte die Redaktionen offenbar mehr überzeugt als ein möglicher Zusammenhang zwischen dem Nazibullen und dem Täter. Eine kurze Recherche auf dem Smartphone bewies Morelli, dass es die Eifersuchtsvariante sogar bis ins Ausland geschafft hatte. Sowohl der britische *Guardian* als auch die israelische *Haaretz* berichteten von dem Fall. Für ihn schien sich niemand mehr zu interessieren. Wenigstens etwas. Sein Handy klingelte. Seine Mutter. Vielleicht war es gar nicht schlecht, eine Weile in Düsseldorf unterzutauchen. Er ging dran und erklärte, am nächsten Tag vorbeizukommen. Heute musste er erst einmal ausnüchtern.

Am Abend schlich sich Morelli in sein Büro in der Hoffnung, seine Sachen abholen zu können, ohne seine Kollegen zu treffen. Er hatte bis nach acht gewartet, um sicherzugehen, dass sich die anderen bereits in den Feierabend verabschiedet hatten. Sein Plan ging fast auf. Gerade schloss er den Reißverschluss seiner Sporttasche, in die er seine wenigen persönlichen Dinge – eine Tasse, ein T-Shirt und einen Kapuzensweater zum Wechseln – gepackt hatte, als Ina das Büro betrat. Sie stockte kurz, dann schien sie sich doch zu freuen, ihn zu sehen.

»Wie geht's?«, wollte sie wissen.

»Ganz okay. Und wie läuft es bei euch?«

Morelli sah, dass es Ina unangenehm war, mit ihm über die aktuellen Ermittlungen zu reden. »Wir haben Fortschritte im Fall des Großvaters gemacht. Sein Stock ist aufgetaucht. Ritter hat ihn bei einem Pfandleiher in Meckpom versetzt.«

»Ritter?« Von was redete sie?

»Der Neonazi, der Eliah Silbermann zusammengeschlagen hat«, half Ina ihm auf die Sprünge.

»Ja, richtig.« Den hatte er ganz vergessen.

»Er hat den Stock versetzt, wegen dem silbernen Griff. Seine Oma hat da in der Nähe eine Datsche.« Ina schaute auf die Uhr. »Wenn alles gut geht, haben sie ihn jetzt schon verhaftet. Wir haben seine Fingerabdrücke auf dem Stock gefunden. Wenn wir jetzt auch noch DNA-Spuren von Silbermann darauf finden, hat selbst der beste Anwalt keine Chance mehr. Wie es aussieht, ist es wirklich ein Zufall, dass Großvater und Enkel zur selben Zeit überfallen wurden.«

Morelli nickte. »Gut. Und Toto? Torsten Keller?«

Ina zögerte kurz, antwortete schließlich aber doch. »Dein Freund weigert sich zu reden. Dabei sieht es wirklich schlecht aus für ihn. Wir wissen, dass er kurz nach der Tat mit Tahire telefoniert hat. Und dass er am Samstag mit ihr in dem Reisebüro war, in dem sie ihr Flugticket gekauft hat.«

So viel dazu, dass Toto Tahire seit Freitag nicht mehr gesehen hatte, dachte sich Morelli.

»Heute Morgen hat übrigens der Schriftsachverständige angerufen«, fügte Ina hinzu.

»Und?«

»Nach den Nachrichten gestern hat er dich vorgezogen. Er schickt noch einen schriftlichen Bericht. Aber er wollte dir schon mal mitteilen, dass die Schrift auf der CD nicht von Tahire stammt.«

»Nicht?« fragte Morelli überrascht. »Aber das bedeutet, wir haben überhaupt keinen Beweis dafür, dass Tahire und Oz Silbermann ein Liebesverhältnis hatten.«

Ina überlegte einen Moment. »Stimmt. Aber das heißt ja nicht, dass es nicht so war. Warum hätte dein Freund ihn sonst umgebracht?«

»Das steht doch noch gar nicht fest«, brauste Morelli verzweifelt auf.

Ina lächelte ihn ein wenig mitleidig an. Und Morelli konnte ihre Gedanken förmlich lesen. Sie hielt ihn für einen armen Irren, der einfach nicht wahrhaben wollte, dass sein Freund ein Mörder war.

»Lasst es mich versuchen«, meinte er.

Ina sah ihn fragend an.

»Vielleicht redet er mit mir.« Er blickte Ina so eindringlich an, wie es ihm möglich war. »Er ist mein Freund. Wenn er mit jemandem redet, dann mit mir.«

Ina war sichtlich unwohl bei dem Gedanken. »Ich hab das nicht zu entscheiden. Das musst du mit ihm klären.«

Und beiden war klar, wer mit »ihm« gemeint war.

45.

Morelli klopfte an Groß' Bürotür und trat ein, nachdem er von drinnen das brummige »Ja« seines Chefs gehört hatte.

»Was willst du denn noch hier?«, wurde er nicht gerade freundlich von seinem Chef begrüßt.

Morelli machte sich noch einmal klar, dass er nichts mehr zu verlieren hatte.

»Wenn ich es richtig verstehe, habt ihr weiterhin nichts. Ein paar müde Indizien, eine flüchtige Verdächtige, einen Mittäter ohne Motiv.« Er wusste, dass es gefährlich war, Groß zu reizen, und dessen Gesicht rötete sich auch schon auffällig.

»Das ist nicht mehr dein Problem.«

»Mag sein. Aber ich weiß, dass Toto kein Mörder ist.« Er hielt dem verächtlichen Blick seines Chefs stand.

»Wieso arbeitet er dann nicht mit uns zusammen?«

Morelli zuckte mit den Schultern. »Vielleicht hat er keinen Bock auf Bullen.«

»Und was willst du jetzt?« Immerhin hatte er ihn noch nicht rausgeworfen. Morelli wertete das als ein gutes Zeichen. Und als einen Beweis dafür, dass sie sich bis jetzt die Zähne an Toto ausgebissen hatten, was ihn nicht wirklich wunderte. Egal, gegen was sie damals demonstriert hatten, die Polizei war als brutaler Arm der korrupten Regierung schon immer Totos Lieblingsgegner gewesen. Kein Wort würde er ihnen freiwillig sagen.

»Ich will mit ihm reden.«

Groß stand von seinem Platz hinter seinem Schreibtisch auf, lief einmal quer durch den Raum. Und dann aus Mangel an Alternativen wieder zurück hinter seinen Schreibtisch. »Du bist nicht mehr Teil des Teams.«

»Ich weiß.«

»Und das bleibt auch so. Selbst wenn er dir die Lösung auf dem Silbertablett serviert.«

Morelli triumphierte. Sie mussten verzweifelt sein. »Geht in Ordnung.«

»Fünf Minuten. Mehr nicht.«

Morelli hatte gewonnen.

Als er kurze Zeit später in den Vernehmungsraum trat, hatte er ein Schokocroissant und einen großen schwarzen Kaffee dabei. Eigentlich hätte auch noch eine Packung Pueblo Zigaretten zu den Bestechungsgaben gehört, aber Rauchen war im gesamten Präsidium verboten. Toto schaute ihn nur abfällig an.

»Ich dachte, sie haben dich gefeuert?«

»Ich hab bis auf Weiteres Urlaub«, korrigierte ihn Morelli.

»Das ist also ein privater Besuch?«

»Sozusagen. Nur das alles, was du sagst, gegen dich verwendet werden kann.« Er grinste Toto an und spürte, dass sich die Atmosphäre ein wenig entspannte. Toto griff nach dem Schokocroissant und biss herzhaft hinein. Offensichtlich hatten sich seine Vorlieben in den letzten zehn Jahren nicht verändert.

»Ich hab dich nicht verpfiffen.«

»Ich weiß. Sie haben es mir erzählt.«

»Tahire hat dich am Freitag angerufen.«

Toto schaute ihn an, überlegte kurz, nickte dann.

»Über was habt ihr geredet?«

»Das geht niemanden etwas an.«

Derselbe idealistische Sturkopf wie vor zehn Jahren. Er würde es noch schaffen, vor lauter Hass auf die Polizei zum zweiten Mal im Knast zu landen. »Mann Toto, wir kriegen es sowieso raus. Mach es nicht schlimmer, als es ohnehin schon ist.«

»Da gibt es nichts, was du rausfinden könntest. Ich war es nicht«, dann stockte er kurz. »Und Tahire auch nicht!«, fügte er hinzu.

»Dann arbeite mit uns zusammen, damit wir den wahren Mörder finden können.«

»Ich hab euch nichts zu sagen. Ich hab keine Ahnung, wer ihn umgelegt hat.«

»Wieso ist Tahire abgehauen?«

»Hat sie mir nicht gesagt.«

Er log!

»Du hast ihr einfach so ein Ticket gekauft, ohne dass sie dir eine Begründung geliefert hat?«, fragte Morelli, ohne die Ungläubigkeit in seiner Stimme zu verbergen.

»Sie hat das Ticket selber bezahlt.«

»Woher hatte sie das Geld?«

»Keine Ahnung. Gespart.«

»Blödsinn.«

»Morelli. Begreif es. Ich werde dir nichts sagen. Nur weil du die Seiten gewechselt hast, heißt das nicht, dass wir alle gleich umkippen.«

Morelli wurde langsam wütend. »Ich habe nicht die Seiten gewechselt. Ich arbeite für die Polizei. Ja. Aber das heißt noch lange nicht, dass ich das Arschloch bin, und ihr alle seid die reinsten Engel.«

»Wie du meinst.« Toto hatte das Schokocroissant verputzt und spülte die letzten Krümel mit seinem Kaffee hinunter. Sein Interesse, mit Morelli zu reden, nahm sichtbar ab.

»Ein junger Mann ist erschlagen worden. Ist dir das denn vollkommen egal?«, fragte Morelli – ein verzweifelter Versuch, an Totos Menschlichkeit zu appellieren. Toto rang mit sich. Entschied sich dann aber doch zu schweigen.

Er wandte sich an den uniformierten Wächter. »Ich will zurück in meine Zelle.« Er stand auf und ging zurück zur Tür.

»Hast du ihn umgebracht? Warst du eifersüchtig, weil er etwas mit Tahire hatte?«. Jetzt konnte nur noch ein Frontalangriff helfen.

»Sie hatten nichts miteinander.« Toto war stehen geblieben.

»Da bist du aber der Einzige, der so denkt.«

»Euer Problem«, zischte er, stockte und drehte sich um. »Aber haltet bloß die Fresse darüber.«

Morelli sah ihn fragend an. »Wie meinst du das?«

»Erzählt eure dreckigen kleinen Sexfantasien nicht der Presse.«

Morelli musste ein Lachen unterdrücken. »Dafür ist es wohl zu spät. Du hast es selbst in Israel aufs Titelblatt gebracht.«

Toto erstarrte. Dann kam er zurück und setzte sich wieder an seinen Platz.

»Was schreibt die Presse?«, fragte er plötzlich mit einer Dringlichkeit, die Morelli zusammenschrecken ließ.

»Na, dass du aus Eifersucht den Liebhaber deiner Freundin ermordet hast.«

»Mit ihrem Namen?« Toto hatte Mühe, sich zu beherrschen.

Morelli versuchte, sich an das Titelblatt der englischsprachigen *Haaretz* zu erinnern. »Nein. Ich glaub nicht.«

Toto atmete erleichtert auf.

»Aber sie hatten ein Foto von ihr.«

Toto lief rot an. Dann griff er den Tisch und schleuderte ihn beiseite. »Ihr Idioten, ihr dämlichen Idioten. Das ist ihr Todesurteil«, konnte er gerade noch hervorbringen, bevor der uniformierte Beamte ihn niedertaserte.

Groß, der durch die Spiegelwand zugeschaut hatte, und zwei weitere Beamte stürmten in den Raum.

»Sie ist Palästinenserin«, stöhnte Toto, als er langsam wieder die Kontrolle über seinen Körper zurückerlangte. »Wenn die Leute denken, dass sie etwas mit einem Juden hat, der Häuser für Siedler in den besetzten Gebieten baut, was glaubt ihr, was dann passiert?«

Er setzte sich auf, und Morelli half ihm, sich gegen die Wand zu lehnen.

»Du musst mir helfen. Morelli. Du musst sie warnen.« Toto hielt sich immer noch die schmerzende Schulter.

Morelli kniete vor ihm. »Aber wie soll ich das tun?«

»Ohne mich wärst du in den Knast gewandert.«

Morelli konnte Groß' fragenden Blick in seinem Rücken spüren. Aber jetzt ging es um Toto, nicht um seine Karriere. Er hätte alles getan, um endlich seine Schuld zu begleichen.

»Selbst wenn ich wollte, wie soll das aussehen? Die palästinensische Polizei arbeitet nicht mit uns zusammen. Ich kann ihr nicht helfen.«

»Du musst hinfahren.«

Was Toto von ihm verlangte, war unmöglich. »Sie wird kaum auf mich hören.«

»Es ist unsere einzige Chance.« Totos eindringlicher Blick hielt ihn gefangen. »Ich erzähl euch alles, was ich weiß.«

46.

2017

Immer wieder hatte Oz versucht, sich einzureden, dass Rothbaum nichts gesehen hatte. Beim Abendessen in der Kantine hatte sein Chef ihn ignoriert, was weder dafür noch dagegen sprach. Rothbaum hatte ihm noch nie viel Beachtung geschenkt. Während seine Kameraden schon längst schnarchten, wälzte sich Oz lange auf seiner Pritsche hin und her. Es war warm in der stickigen Kaserne. Er konnte nicht schlafen. Immer wieder spielte sein Kopf den Kuss vor seinem inneren Auge ab. Gefolgt von dem Bild Rothbaums, der ihn von der gegenüberliegenden Straßenseite aus beobachtete. Die Grillen, die ihn normalerweise zuverlässig in den Schlaf zirpten, schienen ihn heute vor einer undefinierbaren Gefahr zu warnen. Ein ungutes Gefühl breitete sich in seinem Bauch aus.

Er war gerade eingeschlafen, als die Tür aufgestoßen und das Licht eingeschaltet wurde. Rothbaum scheuchte seinen Trupp aus den Betten. Hinweise auf einen Terrorverdächtigen, heute Nacht würden sie endlich einmal etwas erleben, erklärte er kurz. Oz hatte den Eindruck, dass er ihn dabei anschaute. Spielte da ein Lächeln um seinen Mund? In weniger als einer Minute waren seine Kameraden und er einsatzbereit.

Sie sprangen auf zwei Jeeps. Allesamt bis an die Zähne bewaffnet. Oz sah, dass Jessica bereits in einem weiteren Wagen wartete. Warum war sie dabei? Was war hier los?

Zehn Minuten später hielten sie vor einem der letzten palästinensischen Häuser in Hebron 2. Mitten auf der al-Shuhada Straße, nur wenige Meter von Oz' Kontrollposten entfernt. Rothbaum wies zwei der Soldaten an, die Tür aufzubrechen. Sie stürmten in das Haus, rissen die verschreckten Bewohner aus ihren Betten und trieben sie im Wohnzimmer zusammen. Ängstlich kauerten sich die Töchter und die Ehefrau in ihren Nachthemden hinter den Vater. Die älteste Tochter hielt Abu auf dem Arm; Oz erkannte in ihr Abus große Schwester wieder. Das Mädchen mit den schönen Augen.

Rothbaum wies sie an, das Haus zu durchsuchen. Nach Sprengstoff, Waffen, Hinweise auf terroristische Aktivitäten. Oz und die anderen Soldaten zerrten Kleider aus Schubladen, drehten Matratzen um; nichts blieb dort stehen, wo es war. Innerhalb kürzester Zeit sah es aus, als hätte eine Bombe eingeschlagen. Es war das erste Mal, dass Oz in einem palästinensischen Haus war. Die Laken auf den Betten waren vom vielen Waschen zerschlissen, die Möbel ärmlich, und alles in dem Haus war sehr, sehr alt. Die Betten waren noch warm, und Oz fühlte sich unwohl, den Bewohnern so nahe zu kommen, ihren Atem noch in den Schlafzimmern zu riechen, durch die Unterwäsche der Frauen zu gehen. Sie hatten immer Witze darüber gerissen, was die Frauen wohl unter ihren langen Kleidern trugen. Jetzt hätte er sich gewünscht, es nicht zu wissen.

»Nichts gefunden«, berichteten sie ihrem Kommandanten.

»Gut. Dann durchsuchen wir die Familie.«

Jessica hatte in dem Jeep vor der Tür gewartet. Jetzt holte Rothbaum sie herein. Sie traten ins Wohnzimmer, in dem die Familie von zwei Soldaten bewacht wurde.

»Untersucht sie«, wies er seine Untergebenen an und verteilte Einweghandschuhe. »Gründlich.«

Jessica schaute ihn fragend an.

»Sie sollen sich ausziehen, schaut nach, kontrolliert, dass sie nichts versteckt haben. Nirgendwo. In dem Arsch von der Mutter könne man genügend Sprengstoff verstecken, um ganz Hebron in die Luft zu jagen«, erklärte Rothbaum mit einem gehässigen Blick auf Jessica, die ganz blass wurde.

Jetzt wusste Oz, dass Rothbaum Jessica und ihn in der Garage gesehen hatte. Jessica warf ihm einen verunsicherten Blick zu. Die Familie wurde unruhig. Sie hatten die Handschuhe gesehen und ahnten, was jetzt folgen würde. Rothbaum wies Oz an, die Frauen in den Nebenraum zu bringen. Aber der Vater stellte sich vor sie, schrie ihn an. Trotz der vielen Maschinenpistolen wollte er um jeden Preis verhindern, dass seine Frau und seine Töchter entehrt wurden.

Oz wandte sich an Rothbaum. »Das sind keine Terroristen.«

Aber das war Rothbaum völlig egal. »Willst du dich meinen Befehlen wiedersetzen?«

Oz versuchte, den Familienvater zu beruhigen, vergeblich. Ein anderer Soldat hatte sich die Mutter geschnappt und sie in den Nebenraum gezerrt. Eine der Töchter fing an zu schreien. Abu und seine kleine Schwester weinten.

Jessica versuchte, auf Rothbaum einzureden. »Sind wir hier, weil ich Schluss gemacht habe?«

Rothbaum grinste sie nur gehässig an. »Bild dir bloß nicht zu viel ein. Und jetzt mach endlich deinen verdammten Job.«

Oz war für einen Moment abgelenkt. Da spürte er, dass jemand an seiner Maschinenpistole zog. Es gab strikte Vorschriften dafür, was zu tun war, wenn ein Araber einem an die Waffen wollte. Direkt schießen. Oz wirbelte herum. Das Adrenalin pumpte durch seine Adern. Er stieß den Mann mit der Waffe von sich. Der stürzte. Wurde von seiner ältesten Tochter aufgefangen. Rappelte sich wieder auf. Oz versuchte, sich zu beruhigen. Ein Schrei drang aus dem Nebenraum, und der Vater stürzte wieder los. Wollte zu seiner Frau. Oz drängte ihn mit seiner Waffe zurück. Der Mann versuchte, die Maschinenpistole an der Seite zu greifen, um sich an Oz vorbeizudrängen. Da löste sich ein Schuss. Oz starrte in das entsetzte Gesicht der ältesten Tochter. Es war blutbespritzt. Tahire war gebadet in dem Blut ihres Vaters.

47.

Morelli schaltete den Audiorecorder ein. Zusammen mit Groß saß er Toto gegenüber. Der sah mit einem Mal sehr müde aus, als wäre irgendetwas in ihm zusammengebrochen. Voller Ungeduld wartete Morelli darauf, dass Groß die Namen der Anwesenden, Uhrzeit und Datum auf Band gesprochen hatte. Als er endlich fertig war, brauchte Toto noch einen Moment, um sich zu sammeln. Dann begann er widerstrebend zu erzählen.

»Tahire hat mich am Freitagnachmittag angerufen. Sie war völlig außer sich. Aber ich konnte einfach nicht aus ihr herausbekommen, was passiert war. Nur, dass sie zurück nach Hause wollte. Raus aus Deutschland. Ich habe ihr dabei geholfen, ein Ticket zu kaufen. Aber sie ist in den Flieger gestiegen, ohne mir zu erzählen, was passiert ist.«

Morelli sah Toto überrascht an. Das brachte sie keinen Zentimeter weiter. Aber wieso sah Toto trotzdem so aus, als hätte er den schwersten Gang seines Lebens angetreten? Groß' Finger hämmerten neben ihm bereits ungeduldig auf die Tischplatte.

»Das nennen Sie ein Geständnis?«, herrschte er ihn an.

Aber Toto machte ihm mit einer Geste klar zu schweigen.

»Sie hat mir nicht erzählt, was in der Stiftung passiert ist. Aber sie ist dorthin gefahren, um ihn zu töten.«

Morelli schnappte nach Luft. Groß fielen fast die Augen aus dem Kopf. Morelli war der Erste, der seine Sprache wieder fand. »Warum?«

»Weil Oz Silbermann ihren Vater ermordet hat. In seiner Zeit bei der Armee.«

»Warum erzählen Sie uns das? Sie kommt ins Gefängnis, wenn wir sie erwischen«, fragte Groß misstrauisch.

Aber Morelli wusste, warum Toto mit einem Mal die Frau belastete, die er in den letzten Tagen um jeden Preis zu schützen versucht hatte.

»Weil sie tot ist, wenn wir sie nicht kriegen«, antwortete Morelli für seinen Freund.

»Du bist nicht Teil der Ermittlung«, hatte Groß mehrfach wiederholt, dann allerdings keine Anstalten gemacht, Morelli aus seinem Büro zu werfen, in dem sie inzwischen saßen. Er hatte den Staatsanwalt einbestellt und telefonierte abwechselnd mit der israelischen Botschaft in Berlin, der deutschen Botschaft in Tel Aviv und den Kontaktbeamten bei der Mischteret Jisrael, der israelischen Polizei.

»Keine Zuständigkeit«, äffte Groß den deutschen Botschafter nach, als er wütend den Hörer auflegte. »Laut Oslo-Verträgen ist den israelischen Soldaten und Polizisten der Zutritt zu dem arabischen Teil Hebrons nur in Zusammenarbeit mit der Palästinenserpolizei oder bei Gefahr in Verzug gestattet.«

Tahires Familie hatte nach dem Tod des Vaters das Haus in dem jüdischen Teil der Stadt verkauft und war in die arabische Altstadt gezogen.

»Und die Palästinenserpolizei?«

»Die reden noch nicht mal mit uns.«

»Und wenn ich hinfahre? Wir wissen zumindest, wo sie sich aufhält. Naja, das heißt, wir haben die Adresse ihrer Mutter«, sagte Morelli.

»Du bist erst recht nicht zuständig«, bügelte Groß ihn ab.

»Wir wissen noch nicht einmal, ob die nette kleine Geschichte stimmt, die Herr Keller uns da erzählt hat. Vielleicht will dein Kumpel auch einfach nur die Schuld auf seine Freundin schieben. Schließlich ist es noch immer nicht ausgeschlossen, dass er der zweite Mann am Tatort war.«

Morelli schüttelte den Kopf. Er glaubte Toto. Er hatte gesehen, wie schwer es ihm gefallen war, seine Freundin zu verraten. Und auch Groß schien nicht mehr so felsenfest von seiner Schuld überzeugt zu sein, auch wenn er es nicht zugab.

Morellis Handy klingelte. Seine Mutter. Vermutlich wollte sie wissen, was er morgen essen wollte. Morelli ergriff die Gelegenheit. Er musste nachdenken. Allein. Er entschuldigte sich, trat vor die Bürotür, ging den Gang hinunter und immer weiter. Aus dem Präsidium hinaus zum Rhein. Sein Atem hing in weißen Wolken in der Luft. Die feuchte Kälte legte sich auf sein Gesicht, kroch unter seine Kleidung. Er setzte sich auf eine Mauer, betrachtete den dunklen Strom und blieb sitzen, bis er vor Kälte ganz steif war.

48.

Morelli hatte sich online ein Flugticket gekauft. Nach Tel Aviv. Flugzeit knapp vier Stunden. Von Tel Aviv aus würde er eine weitere Stunde mit dem Bus nach Jerusalem und dann über Bethlehem nach Hebron fahren. Er zog wahllos ein paar T-Shirts und Boxershorts aus seinem Schrank und stopfte sie in seine Sporttasche. Er hatte nicht vor, lange fortzubleiben. Er schaute auf die Uhr. Kurz vor elf. Am nächsten Morgen musste er früh am Flughafen sein, aber er hatte noch etwas zu erledigen.

Morelli ging zur Straßenbahn, an den Horden feiernder Studenten vorbei, die das Wochenende einläuteten. An der Haltestelle herrschte lebhafter Trubel, und ihn beschlich der Eindruck, dass er als Einziger nüchtern war. In Lindenthal stieg er aus und ging langsam durch das ruhige Villenviertel, dessen Bäume allmählich grüne Knospen bekamen. Hier war es wie ausgestorben. Die meisten Häuser lagen im Dunkeln, aber dort, wo er hin wollte, brannte noch Licht. Er klingelte bei der Stiftung, und Eliah Silbermann drückte ihm auf. Er war sichtbar unrasiert und machte einen ziemlich verwahrlosteren Eindruck. Langsam schlurfte er in das Büro. Seine Gebetsfäden trug er inzwischen offen über der Hose und fingerte immer wieder an ihnen herum. Dabei murmelte er hebräische Worte vor sich hin. Betete er? Morelli konnte mehrfach etwas verstehen, das wie »Awon« klang. Was bedeutete das wohl?

»Herr Silbermann. Ich wollte Ihnen mitteilen, dass sich inzwischen die Hinweise darauf verdichtet haben, dass es sich bei Tahire Jacir um die Mörderin ihres Enkels handelt.«

Eliah Silbermann schaute eine Weile durch ihn hindurch.

»Warum sollte sie das gemacht haben?«

»Ihr Vater ist bei einem Militäreinsatz der israelischen Armee ums Leben gekommen. Offensichtlich gab sie ihrem Enkel die Schuld dafür.«

Eliah starrte ihn an. Morelli war sich nicht sicher, ob er seine Worte verstanden hatte.

Silbermann schüttelte mit dem Kopf. »Das ist unmöglich«, erklärte er.

Groß hatte die Akten zu diesem Vorfall in Israel angefordert, aber ihr Kontaktmann bei Interpol hatte sie schon vorgewarnt: Er hielt es für äußerst unwahrscheinlich, dass die Israelis sie rausrücken würden. »Ich weiß selber nicht mehr. Ich wollte nur, dass Sie wissen, dass wir den Mord bald aufgeklärt haben.«

Eliah Silbermann seufzte. Und als Morelli schon fast dachte, er würde nichts mehr sagen, fügte er noch »das ist gut so« hinzu.

49.

1995

Auf die Intifada folgten die Friedensgespräche, die von Baruch Goldsteins Massaker in der Abrahamsmoschee in Hebron jäh unterbrochen wurden. Der jüdische Arzt war am frühen Morgen des 25. Februar 1994 mit einem Sturmgewehr und vier Magazinen in den muslimischen Teil der Grabstätte Abrahams gegangen, hatte das Feuer eröffnet, 29 Menschen getötet und über 150 verletzt, ehe er selbst getötet wurde. Die Gegenseite ließ sich nicht lange bitten. Autobomben, Selbstmordattentäter – die Zahl der Toten stieg unaufhaltsam. Jeden Tag fragte sich Eliah, in was für einer Welt sein Enkel aufwachsen musste. Er fuhr ihn persönlich zur Schule und holte ihn dort auch wieder ab. Selbst wenn das bedeutete, dass er zweimal am Tag den Weg von ihrem Vorort in die Altstadt unternehmen musste, in der sich sein Büro befand. Er hatte schon mit dem Gedanken gespielt, sein Ingenieurbüro näher an sein Zuhause zu verlegen. Aber die Lage im jüdischen Teil der Altstadt mit Blick auf die Klagemauer beeindruckte seine Kunden ein ums andere Mal. Er war sich sicher, dass er diesem Ausblick einen guten Teil seiner Aufträge zu verdanken hatte. Und so verließ er jeden Nachmittag pünktlich um fünf seinen Schreibtisch, um rechtzeitig wieder bei Oz zu sein. Das Abendessen mit dem Kleinen war ihm heilig. Abends, wenn er zurück in sein Büro musste, wartete Jael Breuer, Oz' Kindermädchen, bis er zurückkam. Eliah wusste, dass Jael in ihn verliebt war, aber er hatte damit abgeschlossen. Abgeschlossen mit persönlichen Beziehungen. Seine Frau war gestorben, sein Sohn, seine Eltern. Für ihn gab es nur noch seinen Enkel. Jede Nacht saß er auf seiner Terrasse und grübelte über die Frage, wie er das einzige Ziel, das ihm geblieben war, erreichen konnte: dafür zu sorgen, dass Oz ein gutes und vor allem friedliches Leben führen konnte. Er hatte oft darüber nachgedacht auszuwandern. Nach England oder auch nach Deutschland. Aber wenn er dann in der milden Abendbrise, begleitet vom Zirpen der Grillen und vom Duft der Zypressen auf die Heilige Stadt blickte, wusste er, dass Israel sein einzig mögliches Zuhause war.

Immer wieder kam er auf denselben Gedanken. Vielleicht gab es doch noch eine Chance auf einen dauerhaften Frieden in Israel. Seine große Hoffnung war Jitzchak Rabin, der sich mit Erfolg um gemäßigtere Töne bemühte. Zum ersten Mal rückte ein friedliches Zusammenleben zwischen Juden und Arabern in greifbare Nähe. Es schien, als hätten die Israelis genug von den Konflikten, die ständiger Begleiter ihres Alltags geworden waren.

Wie jeden Freitag hatten Oz, Jael und er den Beginn des Sabbats gefeiert. Der klägliche Rest einer Runde, die viel größer hätte sein sollen. Aber die Fröhlichkeit des kleinen Jungen vertrieb die düsteren Gedanken, die Eliah jedes Mal überfielen, wenn er den Kiddusch, den Segensspruch, über den Becher Wein aussprach, der den Feiertag einleitete.

Der Samstag war der Höhepunkt seiner Woche. Nur er und Oz und das Essen, das Jael für sie vorgekocht hatte. Es war ein sonniger Novembertag. Sie waren gemeinsam zum Spielplatz gegangen. Oz konnte klettern wie ein Weltmeister, und Eliah musste sich jedes Mal zusammenreißen, wenn er ihn hoch oben auf dem Gerüst sah. Ihm zog sich der Magen zusammen bei der Vorstellung, dass der Junge fallen könnte. Aber er wusste, dass es nicht gut für das Kind war, wenn er ihn zu ängstlich erzog. Viel zu spät brachte er den Kleinen ins Bett. Mit schlechtem Gewissen hatte er sich die zwei extra Stunden mit ihm an diesem Tag gegönnt, denn Oz war das einzige Mittel gegen die Leere, die sein ständiger Begleiter geworden war. Der Abend war frisch, deswegen zog Eliah sich mit einem Buch in seinen Lehnsessel zurück und genoss die Ruhe. An Tagen wie diesen gewann fast die Hoffnung die Oberhand. Die

Hoffnung, dass alles gut werden würde, dass endlich Frieden einkehren könnte. Doch dann klingelte um kurz nach zehn das Telefon.

»Mach den Fernseher an. Sie haben Rabin erschossen«, sagte ein Kollege, dann legte er auch schon wieder auf.

Eliah saß den ganzen Abend vor den Nachrichten. Jitzchak Rabin war tot, ermordet von einem ultra-orthodoxen Jurastudenten, für den Rabins Teilnahme am Friedensprozess einen Verrat am jüdischen Volk darstellte.

In den folgenden Wochen wurde Eliah bewusst, wie sehr er sich darauf verlassen hatte, dass Rabin das Land auf den richtigen Weg bringen würde. Wenn er jetzt an die Zukunft dachte, sah er sie einfach nur schwarz.

Es fiel ihm immer schwerer, zur Arbeit zu gehen. Immer häufiger blieb er abends einfach zu Hause und korrigierte die Protokolle und Baupläne seiner Mitarbeiter auf seiner Terrasse. Sein Blick schweifte dabei die Hälfte der Zeit gedankenverloren in die Ferne.

Dort saß er auch, als ihn ein Bekannter mit guten Kontakten in die Knesset anrief und darin einweihte, dass sich der Wind gedreht hatte. Der Ausbau der jüdischen Siedlungen in den palästinensischen Gebieten würde bald wieder offiziell weitergehen. Eliah wurde nachdenklich. Lange blieb er auf seiner Terrasse sitzen. Als die Morgenvögel ihren Gesang anstimmten, trat er an das Bett seines schlafenden Enkels. Er hatte einen Entschluss gefasst. Wenn die Politik nicht für seine Sicherheit sorgen konnte, dann musste er es eben selbst tun.

50.

Freitag

Früh morgens hatte Morelli die S-Bahn zum Flughafen genommen. Verschlafen fuhr er die Rolltreppe in die Abflugebene hinauf. Er hatte kaum ein Auge zugemacht. Am Bäckereistand kaufte er sich einen unverschämt teuren Milchkaffee, den er in der Schlange zur ersten Sicherheitskontrolle hinunterstürzte. Die kleine Sporttasche, sein einziges Gepäck, durfte anstandslos passieren. Auf einer Bank vor der großen Fensterfront wartete er darauf, dass sein Flug aufgerufen wurde. Die ständigen Sicherheitsdurchsagen schwirrten über seinen Kopf hinweg, ohne dass er sie bewusst wahrnahm. Sehnsüchtig schaute er den startenden Urlaubsfliegern nach. Wieso konnte er nicht einfach in eine von diesen Maschinen steigen? Wieso musste es Israel sein?

Pünktlich um neun Uhr hob sein Flugzeug ab. Morelli war noch nicht häufig geflogen. Der Moment, in dem die Räder den Boden verließen, löste ein Gefühl des Unwohlseins in seiner Magengegend aus, ein starkes Kribbeln, gegen das auch die rettende Schwimmweste unter seinem Sitz kein überzeugendes Gegenmittel war. Die Luft an Bord war trocken und stickig; er hatte schon nach wenigen Minuten nur noch das Bedürfnis, wieder auszusteigen. Er lehnte den Kaffee ab, den ihm die attraktive Stewardess anbot. Vielleicht würde es ihm gelingen, ein paar Stunden Schlaf nachzuholen. Aber die Großfamilie, mit der er eine Reihe teilte, machte ihm einen Strich durch die Rechnung. Die jungen Eltern taten ihr Bestes, die vier Kinder ruhig zu halten, doch leider ohne großen Erfolg. Das Jüngste saß noch auf dem Schoß der Mutter, der Älteste war maximal fünf, und als hätten sie sich abgesprochen, weinte immer mindestens eins der Kinder. Zweimal sogar alle vier gleichzeitig. Das Mittagessen war der erste Zeitpunkt, zu dem keins von ihnen schrie. Dafür kippte der Älteste Morelli seinen Couscous über die Hose. Der freundliche Vater entschuldigte sich vielmals, sodass seine Locken unter der Kippa wippten. Aber Morelli nickte nur müde. Die Hose war sein geringstes Problem.

Nachdem die Stewardessen abgeräumt hatten, lehnte Morelli den Kopf gegen die kühlende Scheibe des Fensters, und die Stimmen der Passagiere verschwammen im Lärm der Motoren zu einem einzigen Hintergrundrauschen.

Hypnotisiert betrachtete er die funkelnden Reflexionen der Sonne im blauen Meer. Wie wunderschön das war. Tausende von Diamanten im unendlichen Blau des Wassers. Viel zu früh kam das Ufer in Sicht, ein heller Streifen Land, der dem Schauspiel ein Ende setzte. Das Flugzeug drehte eine Runde über der Stadt. Tel Aviv schien ausschließlich aus weißen Gebäuden zu bestehen. Selbst aus der Luft wirkte die Stadt elegant, der Triumph der Baukunst über die Widrigkeiten der Umgebung. Sie landeten um kurz vor zwei Uhr Ortszeit. Offensichtlich hatten sie Rückenwind gehabt. Wäre es nach Morelli gegangen, hätten sie gerne noch länger in der Luft bleiben können. Aus der Maschine auszusteigen und israelischen Boden zu betreten, das würde sein vollkommen wahnsinniges Vorhaben mit einem Mal real machen.

Der helle Kalkstein und die großzügige Architektur des Flughafens erinnerten eher an ein exklusives Museum als an einen Flughafen. Morelli realisierte, dass er in seiner europäischen Ignoranz etwas Kleineres, Chaotischeres erwartet hatte. Er passierte die Passkontrollen und gab als Zweck seines Urlaubs »pleasure« – *Vergnügen* – an. Innerlich musste er fast selbst darüber lachen.

Er würde mit dem Zug zum Busbahnhof in Tel Aviv fahren müssen, aber zuerst einmal wollte er im Land ankommen, die Luft Israels einatmen. Er trat vor den Flughafen und genoss die warmen Sonnenstrahlen auf seiner Haut. Er war darauf vorbereitet gewesen, dass hier kein Winter herrschte, und hatte deshalb nur eine dünne Jacke angezogen. Aber selbst die konnte er jetzt getrost in seine Tasche packen. Er atmete tief ein. Es roch nach Sommer. Sein Blick blieb an einer Soldatin hängen, die einige Meter weiter auf dem Boden saß. Eine Maschinenpistole lag auf ihrem Schoß. Das Mädchen war maximal zwanzig Jahre alt. Ein ganzes Stück kleiner als Morelli selbst. Er musste zweimal hinschauen, bevor er glauben konnte, dass sie tatsächlich ein Hello Kitty Handy in der Hand hielt. Was war das nur für ein Land?

Der moderne Zug brachte ihn in Rekordgeschwindigkeit zum Tel Aviver Busbahnhof, und es tat ihm in der Seele weh, dass er keine Zeit hatte, um diese faszinierende Stadt zu besuchen.

Als er schließlich im Bus nach Jerusalem saß, zogen seine Mitreisenden allesamt die Vorhänge zum Schutz gegen die Sonne vor die Fenster. Die meisten beschäftigten sich mit ihren Handys oder schliefen, nur Morelli blickte gierig hinaus, um nichts zu verpassen. Der dichte Verkehr der Hauptstadt löste sich schnell auf. Die Autobahn führte sie an hügeligen Landschaften vorbei Richtung Osten. Die Natur erinnerte ihn an Italien. Nur irgendwie neuer, sauberer, künstlicher. Dunkles Grün auf hellem Boden, sorgfältig bewässert, um der kärglichen Erde so viel Leben wie möglich abzutrotzen. Er musste kurz eingenickt sein, denn als er das nächste Mal aus dem Fenster schaute, fuhr der Bus gerade einen Berg hinauf, und ein Straßenschild verkündete Jerusalem. Der Verkehr war wieder dichter geworden. Mehrgeschossige Wohnhäuser säumten die Straße. Ganz Israel schien aus hellem Stein erbaut zu sein. Alles sah frisch geputzt und freundlich aus.

Der Jerusalemer Busbahnhof war Teil eines riesigen Shoppingcenters, das, wenn man erst mal die Sicherheitskontrolle passiert hatte, auf mehreren Etagen alles bot, was man sich wünschen konnte. Morelli konnte den verlockenden Gerüchen nicht widerstehen und kaufte sich einen frisch gepressten Orangensaft und einige mit Käse gefüllte Teigtaschen. Als er vor die Tür des Einkaufszentrums trat, herrschte dort dichtes Gedränge. Ein Großteil der Menschen strömte zur nahe gelegenen Straßenbahn. »To the center«, fragte er einen jungen Mann, der ihn auf den gegenüberliegenden Bahnsteig verwies. Morelli verstand noch irgendetwas von wegen Sabbat und ging davon aus, dass der Mann ihm so etwas wie ein schönes Wochenende gewünscht hatte. Er bedankte sich höflich.

Die Sonne brannte inzwischen immer heißer auf seiner Haut. Fasziniert beobachtete er die Jerusalemer. Die meisten waren modern gekleidet und wirkten und geschäftig, mit Handy am Ohr und schicker Aktentasche unter dem Arm. Aber es gab auch viele orthodoxe Juden, die ihm in Tel Aviv gar nicht aufgefallen waren. Hier waren sie selbstverständlicher Teil des Stadtbilds, die Männer mit ihren schwarzen Hüten und gelockten Haarsträhnen, die Frauen mit blickdichten Strumpfhosen unter ihren langen Röcken, bedeckten Armen und Perücken auf den Köpfen. Auf seinem Weg hierher hatte er immer wieder uniformierte Soldaten mit umgehängten Maschinenpistolen gesehen, die offensichtlich zum Wochenende nach Hause fuhren, wie ihre Reisetaschen vermuten ließen. Aber anscheinend war Morelli der Einzige, der sich beim Anblick so vieler tödlicher Waffen unwohl fühlte. Die Israelis schienen an bewaffnete Teenager gewöhnt zu sein.

Die bereits gut gefüllte Straßenbahn fuhr ein, und die Menschen drängten sich hinein. Morelli beschloss, erst einmal in Ruhe zu Ende zu essen und die nächste Bahn zu nehmen. Aber zu seiner Überraschung leerte sich die Haltestelle, nachdem der Zug abgefahren war. Nur noch ein ultraorthodoxer Jude, der seltsame Tänze vor der Straßenbahn, die in die Gegenrichtung fuhr, aufgeführt hatte, blieb zurück. Auf der Anzeigetafel erschien kein Hinweis mehr auf eine Bahn. Als Morelli einen Passanten fragte, erklärte der ihm, dass der Sabbat begonnen hätte. Bahnen dürften am Sabbat nicht fahren. Morelli schaute ihn entgeistert an.

»And the buses?« *Und die Busse?*

»The same.« *Auch nicht.*

Morelli konnte nicht fassen, wie naiv er gewesen war. Kein Straßenverkehr am Sabbat! Hieß das, er würde hier festsitzen, bis der Sabbat vorbei war? Wie lange dauerte ein Sabbat? Konnte man an einem Sabbat ein Mietauto bekommen? Oder ein Taxi ins Westjordanland nehmen?

Zu Fuß, die Tasche geschultert, machte er sich den breiten Boulevard hinunter auf den Weg in die Innenstadt. Er brauchte eine Touristeninformation oder ein internationales Hotel oder irgendjemanden, der sich nicht an den Sabbat hielt und der ihm weiterhelfen konnte. Mit Beginn des Sabbats verwandelte sich die geschäftige Hektik der Stadt um ihn herum schlagartig in eine friedliche Sonntagsstimmung. Geschäfte schlossen, nur noch wenige Cafés hatten geöffnet. Die Straße, auf der normalerweise die Straßenbahn fuhr, wurde zu einer Fußgängerzone. Junge Pärchen mit Kindern wie Orgelpfeifen flanierten ins Wochenende, Touristen suchten nach offenen Restaurants, in der Angst, vielleicht über den Sabbat zu verhungern. Und auch Morelli freundete sich wohl oder übel mit dem Gedanken an, hier für vierundzwanzig Stunden gestrandet zu sein. Nach zwanzig Minuten strammen Fußmarschs machte die Straße eine Kurve, und Morelli blieb wie gebannt stehen. Vor ihm erhob sich die Stadtmauer der Jerusalemer Altstadt. In dem typischen hellen Stein sah sie aus wie eine zu groß geratene Spielzeugburg. Als hätte man sie gerade erst fertiggestellt. Völlig fasziniert, wurde er durch ihr Stadttor gesogen und verirrte sich sofort in ihren uralten engen Gassen, in denen die letzten offenen Stände einen Eindruck davon gaben, wie wuselig es sonst hier zuging. Morelli war auf Anhieb von den verwinkelten Sträßchen verzaubert. Der Geist der vergangenen Jahrtausende war in dieser Stadt lebendig geblieben, auch wenn heute hauptsächlich religiöse Devotionalien, Souvenirs und ohne Ende Süßigkeiten verkauft wurden. Er fragte ein paar deutsche Touristen nach einer Touristeninformation, und hilfsbereit zückten sie ihre Reiseführer. Gemeinsam suchten sie auf dem Plan den Weg zum Touristenbüro, aber Morelli hatte schon nach der zweiten Weggabelung wieder den Überblick verloren, obwohl er sein Bestes getan hatte, um sich den Weg einzuprägen. An einem der Stände, die er passierte, investierte er 200 israelische Schekel in bunte Leckereien. Und packte zur Vorsicht am nächsten Stand auch noch ein Fladenbrot ein. Schließlich konnte er nicht wissen, wann er wieder etwas zu essen finden würde. Auf seinem Weg durch das Gassengewirr platzte er mitten in eine nicht enden wollende Prozession von Gläubigen aus aller Welt. Fotoapparate und Filmkameras, wohin man blickte. Viel zu viele Menschen auf solch engem Raum. Er musste in ein Geschäft flüchten, das grobe Ledersandalen verkaufte, um nicht von den Gläubigen zerquetscht zu werden. Kein Einziger der Israelis, die er bis jetzt gesehen hatte, hätte solche Schuhe gekauft. Offensichtlich waren das sprichwörtliche Jesuslatschen, die extra für die Touristen hergestellt wurden. Eine der Prozessionsteilnehmerinnen trug eine Art Minikreuz über der Schulter, das gerade mal gereicht hätte, um einen Einjährigen daran zu nageln. Wenige Meter weiter liefen zwei Jesus Look-alikes mit langen Haaren und ebenso langen Bärten in weißen bodenlangen Gewändern barfuß über das Kopfsteinpflaster. Begleitet wurde der Menschenstrom von schwer bewaffneten Polizisten. Als ob diese in dem Gedränge irgendeine Chance gehabt hätten, einen Selbstmordattentäter aufzuhalten. Morelli beneidete sie nicht um ihren Job.

Er ließ die Gläubigen passieren. Und nachdem er weitere zwanzig Minuten durch das Gewirr der Gassen geirrt war, spuckte ihn die Altstadt wieder aus demselben Tor aus, durch das er hineingekommen war. Er sprach zwei deutsche Pilgerinnen an, und wieder wurden hilfsbereit die Reiseführer hervorgeholt. Die Touristeninformation befand sich nur zwei Minuten von hier, er musste bei seinem ersten Versuch direkt an ihr vorbeigelaufen sein. Jetzt hatte sie seit zehn Minuten geschlossen. Er sah hinter der Glastür noch eine Mitarbeiterin ihre Sachen zusammenpacken und klopfte, aber sie deutete nur bedauernd auf das Schild mit den Öffnungszeiten. Morgen Nachmittag würden sie wieder öffnen.

Morelli blieb nichts anderes übrig, als sich ein Hotel für die Nacht zu nehmen und den Abend in Jerusalem zu verbringen. Auf seinem Weg in die Altstadt hatte er ein kleines Hotel mit fröhlichen roten Markisen vor den Fenstern gesehen, das er jetzt ansteuerte.

Er hatte Glück und bekam noch ein Zimmer. Die Einrichtung war ein wenig heruntergekommen, aber für seine Zwecke mehr als ausreichend. Sein Magen knurrte. Es war zwar noch früh am Abend, aber vielleicht würde die Suche nach einem Restaurant heute länger dauern. Der amerikanische Portier, der wie ein Surfer aussah, erklärte ihm, dass zwar die meisten Restaurants geschlossen hatten, dass es aber auch Viertel in Jerusalem gab, in denen der Sabbat nicht so streng gesehen wurde. Er gab Morelli die Adresse eines beliebten Restaurants, und auf seinem Spaziergang über einen breiten Boulevard hin zu den kleinen Gassen des Ausgehviertels wünschte sich Morelli unweigerlich, er wäre auf Urlaub hierhergekommen. Er fühlte sich vom ersten Augenblick an einfach wohl in dieser fremden Stadt. Durch einen Hinterhof gelangte er in ein Restaurant, das im Nebenraum einer kleinen Buchhandlung untergebracht war. Pärchen saßen an wackeligen Tischen. Die meisten hatten zwar noch kein Essen bestellt, sondern hielten sich an ihren Getränken fest, aber aus der Küche roch es verdammt lecker. In den Regalen an den Wänden wurden gebrauchte Bücher angeboten; die Gäste konnten in ihnen schmökern, sie jedoch nicht kaufen. Kellner und Gäste kamen aus aller Herren Länder, trotzdem hatte Morelli den Eindruck, dass es sich nicht um Touristen, sondern um Einheimische handelte. Russen und Amerikaner friedlich vereint. Er überlegte, ob es wohl die gemeinsame Religion oder der gemeinsame Feind war, der die Menschen hier zusammenschweißte. Voller Vorfreude bestellte er die Spezialität des Hauses; sie bestand aus drei verschiedenen Eintöpfen, deren Namen er allesamt nicht kannte. Wenn er schon hierbleiben musste, konnte er wenigstens das Beste aus der Situation machen und das Land ein wenig kennenlernen. Morgen früh würde er bestimmt irgendeinen Weg finden, um nach Hebron zu kommen. Notfalls zu Fuß, schließlich lag Hebron nur dreißig Kilometer von Jerusalem entfernt.

Morelli konnte von seinem Platz aus durch die Durchreiche in die Küche spähen und sehen, wie sein Essen in mehreren kleinen Schüsseln angerichtet wurde. Das Wasser lief ihm im Mund zusammen. Dann erstarrte er, denn er hatte noch etwas gesehen. Tahires Gesicht, das ihn von dem Titelbild einer Zeitung entgegenprangte. Die Zeitung war zwischen zwei Töpfe auf einem Sideboard geklemmt, aber trotzdem konnte er einen Teil der Schlagzeile darüber erkennen. Die Schrift …

Der Koch sah ihn zunächst verständnislos an, als Morelli seinen Kopf durch die Durchreiche steckte. Es dauerte eine Weile, bis er begriff, dass Morelli die Zeitung sehen wollte. Sie hatten inzwischen auch die Aufmerksamkeit eines jungen Kellners erregt, der mit langen Haaren und gebatiktem T-Shirt wie ein Zeitreisender aus den Siebzigern aussah. Als Morelli die Zeitung endlich in den Händen hielt, ließ er sie auch schon wieder sinken. Das hier war eine arabische Zeitung. Tahire war auf dem Titelblatt. Er bat den arabischen Koch um eine Übersetzung. Mithilfe des israelischen Kellners und den Umweg über das Englische bekam Morelli endlich seine Antwort.

»Ist sie eine Verräterin? Arbeitet sie mit dem Feind?«, lautete die Überschrift.

Sabbat hin oder her – er konnte nicht bis morgen warten, er musste noch heute weiterreisen. In brüchigem Englisch versuchte Morelli dem Kellner und dem Koch klarzumachen, dass er nach Hebron müsse.

Warum er denn nicht einfach einen Bus nehme, fragte ihn der Koch.

»Na weil die doch am Sabbat nicht fahren.«

Der Koch musste lachen und grinste schief zum Kellner rüber. »Die von den Juden nicht.«

Die beiden erklärten ihm den Weg zum arabischen Busbahnhof im Norden der Stadt. Immer an der Mauer der Altstadt entlang, dann konnte er ihn nicht verfehlen. Morelli zahlte sein ungegessenes Essen und holte seine Tasche aus dem Hotel.

Anschließend lief er zurück zur Altstadt. Im Uhrzeigersinn eilte er an der Mauer vorbei und sah im ausklingenden Tageslicht, dass die Viertel von auf Hochglanz poliert zu ärmlich wechselten. Müll lag auf der Straße, die Leute waren deutlich einfacher gekleidet, und die Frauen trugen Kopftücher. Dafür war kein einziger ultraorthodoxer Jude mehr zu sehen. Was für eine verrückte Stadt! Im Gegensatz zum feiertäglichen jüdischen Westteil herrschte im arabischen Teil der Stadt normale Großstadthektik. Morelli erreichte den wuseligen Busbahnhof und war froh, als er endlich im Bus nach Bethlehem saß. Er war ganz außer Atem. Sein dummer Fehler hatte ihn mindestens zwei wertvolle Stunden gekostet. Aber das war nicht das Einzige, was seinen Puls höherschlagen ließ. Er war der einzige Europäer im Bus, außer ihm gab es nur arabische Passagiere, die ihn skeptisch betrachteten. In einer so fremden Welt zu sein, umgeben von Menschen, deren Sprache er nicht im Ansatz verstand, mit niemandem, der wusste, wo er sich aufhielt, bereitete ihm ein mulmiges Gefühl. Der Bus kurvte durch Jerusalems Vororte, und bald erblickte Morelli die berühmte, vier Meter hohe Betonmauer, die das Westjordanland umgab. Zu seiner Verwunderung konnten sie den Grenzübergang ohne jegliche Kontrollen passieren. Ein israelischer Soldat lehnte gelangweilt an einem der Grenzhäuschen und winkte sie durch. Morelli hatte Israel verlassen. Er fühlte sich wie ein Schmuggler, der es geschafft hatte, eine verbotene Grenze zu überschreiten. Jetzt war er wirklich mutterseelenallein.

Die Autobahn war leer. Nach weiteren zwanzig Minuten hielten sie in Bethlehem. Aus dem Internet wusste Morelli, dass er den Rest der Strecke mit einem Sammeltaxi zurücklegen musste. Und als er eine halbe Stunde später in Hebron an einem belebten Kreisverkehr, der von Falafel-, Obst- und Gemüseständen umrandet war, aus dem Fahrzeug ausstieg, war er endlich an seinem Ziel angekommen. Orientierungslos stand er am Rande des hektischen Feierabendverkehrs. Autos hupten, Händler hatten ihre Waren in einfachen Holzkarren am Straßenrand aufgebaut. Die Laternen sprangen in dem Moment an, als Morelli darüber nachdachte, wie er wohl in der zunehmenden Dunkelheit seinen Weg finden sollte. Sein Magen knurrte, und er überlegte, ob er sich eine weitere Verzögerung leisten konnte. Er entschied sich, dass er

Energie brauchte für das, was er vorhatte. Und so gönnte er sich an einem Straßenstand das beste Falafelsandwich, das er je gegessen hatte. Als das Sandwich kleiner wurde, kaute Morelli immer langsamer und nahm zunehmend kleinere Bissen. Wenn er aufgegessen hatte, würde er keine Ausreden mehr haben. Dann musste er in die Höhle des Löwen. Dabei hatte er nicht den geringsten Plan, wie er eine gesuchte Mörderin in Sicherheit bringen sollte.

51.

Hebron war eine große, schnell wachsende Stadt. Neubauten bedeckten die Hügel, die das Zentrum umgaben. Tahires Mutter wohnte mitten in der Altstadt, direkt an der Grenze zwischen den beiden Hebrons, an der jüdische Siedler und Palästinenser Wand an Wand lebten. Morelli ging durch die engen Gassen, in denen trotz der Abendstunden noch reges Leben herrschte. Aber im Gegensatz zu der schmucken Altstadt Jerusalems war Hebron vollkommen heruntergekommen. Grau und Braun waren die vorherrschenden Farben, die Gassen waren eng und die Markisen über den Geschäften krumm und schief. Auf einigen häufte sich der Müll. Es gab keine Straßenlaternen. Manche Ladenbesitzer hatten selbst Lampen aufgestellt, der Rest der Gassen verschwand bereits im Dunkel, und Morelli musste aufpassen, dass er nicht über die unebenen Straßenplatten stolperte. Die Gesänge der Muezzins riefen von den Minaretten zum Gebet. Ein Esel mit unglaublich freundlichen Augen zog einen Wagen mit Gemüse hinter sich her. Die Stände der Händler quollen über vor farbenfrohen Waren. Neben Obst und Gemüse gab es Haushaltsbedarf, Spielzeug und Kleidung. Vieles davon aus Plastik und Stoffen, die Morelli nur ungern auf der Haut getragen hätte. Die Händler packten langsam ein und trugen die Waren in ihre winzigen Ladenlokale. Alle Frauen, die er sah, waren in Kopftücher und bodenlange schwarze Gewänder gehüllt. Die wenigen jüngeren zum Teil auch in taillierte Mäntel mit Hosen darunter. Die männlichen Jugendlichen trugen Jeans und T-Shirts, die älteren Männer Hemden und Stoffhosen. Nur wenige hatten Bärte. Aber scheinbar war allen gemeinsam, dass sie auf den ersten Blick erkannten, dass Morelli trotz seines mediterranen Aussehens nicht hierher gehörte. Sie warfen ihm misstrauische Blicke zu. Ein paar Jugendliche zischten ihm irgendetwas zu, das er nicht verstand. Zu Hause wäre er dem Konflikt nicht aus dem Weg gegangen, aber hier beschloss er so zu tun, als hätte er nichts gehört. Bei einer Auseinandersetzung stände er vermutlich ziemlich allein da … Immer wieder musste er nach der Straße fragen, in der Tahires Mutter wohnte. Die meisten Ladenbesitzer schüttelten nur verständnislos mit dem Kopf. Einige erbarmten sich und versuchten, ihm trotz einer fehlenden gemeinsamen Sprache zu helfen. Aber Morelli wurde aus den fremden Wortschwallen und verwirrenden Gesten einfach nicht schlau. Ein kleiner Junge bot ihm schließlich an, ihn hinzubringen. Er konnte nicht älter als acht sein, aber trotzdem sprach er erstaunlich gutes Englisch. Morelli lief hinter dem plappernden Kind her und fühlte sich zunehmend unwohl. Je tiefer er in die Altstadt vordrang, desto enger wurden die Gassen. Auf was hatte er sich hier bloß eingelassen? Sie nahmen die nächste Abzweigung, und Morelli sah, dass ein Teil der Gasse mit stabilen Netzen überspannt worden war. Sie mussten sich ganz nah an der Grenze zum besetzten Hebron befinden. Er hatte diese Netze in den Nachrichten gesehen, sie schützten die Araber davor, aus den oberen Geschossen von ihren Siedlernachbarn beschmissen zu werden.

»That is your street«, erklärte der kleine Junge. *Das ist deine Straße.*

Morelli stellte zu seiner Überraschung fest, dass sich bereits eine ganze Menge Männer vor dem Haus von Tahires Familie versammelt hatte. Schnell drückte er dem Jungen mehrere Schekel-Scheine und den Rest seiner Süßigkeiten in die Hand und schickte ihn weg. Wenn er noch einen Beweis brauchte, dass dies hier die richtige Adresse war, musste er nur auf die Zeitungen schauen, die die Männer unter ihren Armen trugen. Es war die Ausgabe mit Tahires Bild auf dem Titelblatt …

52.

Morelli sah, dass zwei der Männer direkt vor der Tür von Tahires Haus saßen. Er überlegte noch, was er jetzt tun sollte, als er bereits die Aufmerksamkeit der Umstehenden erregte. Einer der Männer kam auf ihn zu und sprach ihn auf Arabisch an.

»I am sorry, I do not speak Arab«, antwortete er langsam und deutlich, um Zeit zu gewinnen. *Es tut mir leid, ich spreche kein Arabisch.*

Einer nach dem anderen kamen die Männer nun heran und umringten ihn. Sie tauschten schnelle Worte aus und stürmten von allen Seiten mit Fragen auf ihn ein.

»I am sorry, I do not understand.« *Es tut mir leid, ich verstehe Sie nicht.*

Die Stimmung der Männer wurde allmählich immer aggressiver.

Auf einmal stießen die Männer einen von ihnen nach vorn, und er stellte Morelli eine genauso unverständliche Frage. Aber es klang irgendwie anders. Außerdem sprach der Mann stockend, als fiele es ihm schwer, die Worte zu formulieren. War das Hebräisch? Dachten sie, einen Israeli vor sich zu haben?

»I am sorry, I do not understand you. Do you speak English?« *Es tut mir leid, ich verstehe Sie nicht. Sprechen Sie Englisch?*

Aber das taten sie anscheinend nicht. Einer von ihnen drückte ihn gegen die Häuserwand. Ein anderer nahm ihm seine Tasche ab und begann, sie zu durchsuchen.

Mit zitternden Fingern holte Morelli seinen Pass aus seiner Hosentasche. »I am German«, erklärte er und zeigte auf den Pass. *Ich bin Deutscher.* Der Rädelsführer nahm ihm das Dokument ab, und plötzlich schossen Morelli Visionen durch den Kopf, wie er ohne Ausweispapiere, mit südländischem Aussehen und ohne Arabisch- und Hebräischkenntnisse für immer im Westjordanland festsaß. Der Rädelsführer gab den Pass an einen jüngeren Mann weiter, der ihm anscheinend übersetzte, was darin stand. Der junge Mann reichte Morelli den Pass zurück, und der Ältere wies die anderen an, Morelli seine Tasche zurückzugeben.

»What do you want?«, fragte er ihn mit einem schweren arabischen Akzent. *Was willst du?*

Jetzt musste er sich entscheiden. Noch hatte er die Möglichkeit, sich als naiver Tourist auszugeben und den Weg zu Abrahams Grab zu erfragen, der wichtigsten Sehenswürdigkeit Hebrons. Vielleicht ein wenig unglaubwürdig um diese Uhrzeit, aber Touristen waren schließlich nicht für ihre Intelligenz bekannt. Allerdings war ihm damit jegliche Chance darauf genommen, Tahire zu Gesicht zu bekommen. Aber wem brachte es schon etwas, wenn es am Ende zwei Tote gab? Nur weg hier, schrie alles in ihm.

»I am looking for Tahire Jacir«, hörte er sich selbst sagen. *Ich suche Tahire Jacir.*

»You are a jew?«, fragte ihn der junge Araber auf Drängen der Umstehenden. *Bist du Jude?*

»No, no, I am catholic«, antwortete Morelli schnell. *Nein, ich bin katholisch.*

»You want to buy her house?« *Willst du ihr Haus kaufen?*

Morelli musste zweimal nachfragen, bis er die Frage verstand.

»No, I don't«, sagte er. Warum sollte er Tahires Haus kaufen wollen? *Nein, will ich nicht.*

»What you want?« *Was willst du?*

Wie würden sie wohl reagieren, wenn er ihnen verriet, dass er für die Polizei arbeitete? Vermutlich nicht positiv überlegte Morelli. Also musste er improvisieren. Er mache Urlaub in Israel, und eine Freundin von Tahire habe ihn gebeten, bei ihr vorbeizuschauen, weil sie sich Sorgen mache, erklärte er. Die pro-jüdischen Zeitungen hätten lauter Lügen über sie verbreitet. Dass sie eine Mörderin sei und dass sie eine Affäre mit dem Mordopfer hatte. Was aber alles nicht stimme. Der jüngere Araber übersetzte für die anderen Männer, und anhand der Nachfragen merkte er, dass doch mehr von ihnen Englisch verstanden, als er anfangs gedacht hatte. Morelli registrierte, wie sein Dolmetscher langsam nachdenklich wurde und wie sich die aggressive Stimmung etwas entspannte. Seine Strategie fruchtete. Aber auf die Frage, ob er Tahire sehen könne, bekam er nur vehementes Kopfschütteln.

»I am her uncle«, erklärte der Rädelsführer, und Morelli zuckte vor seinem durchdringenden Mundgeruch zurück. »You go now.« *Ich bin ihr Onkel. Du gehst jetzt.*

Aber Morelli konnte nicht einfach gehen. Ihr eigener Onkel, Anführer des Mobs – wenn ihre eigene Familie sie nicht beschützte! Morelli fiel es schwer, seine Abscheu zu verbergen.

»You really better go now«, erklärte ihm auch der Übersetzer, der offensichtlich langsam Angst um Morelli bekam. »You get trouble.« *Du gehst jetzt wirklich besser. Du kriegst Ärger.*

Die Männer begannen, Morelli von Tahires Haus wegzudrängen. Morelli wehrte sich, hatte aber keine Chance gegen die Überzahl. »Do not hurt her, she is innocent«, versuchte er verzweifelt, auf die Männer einzureden. *Tut ihr nichts, sie ist unschuldig.* Aber ohne Erfolg. Zwei der Männer begannen, ihn immer gröber zu schubsen. Er wusste, dass es nur noch eine Frage der Zeit war, bis er eins auf die Nase bekommen würde, als die Männer plötzlich stoppten und hinter ihn blickten. Eine Gruppe israelischer Soldaten kam die Gasse entlang. Zwölf Mann, mindestens, schwer bewaffnet und in Schutzkleidung. Morelli stand zwischen den Fronten. Dann sah er, dass die Soldaten stehen blieben, und entdeckte in ihrer Mitte eine Gruppe israelischer Siedler, die offensichtlich an einer Art Stadtführung teilnahmen. »We reached the end of our tour. This house was taken from us in 1929«, hörte Morelli eine Frau in Siedlerkleidung erklären. *Wir haben das Ende unserer Tour erreicht. Dieses Haus wurde uns 1929 gestohlen.* Die Soldaten waren offensichtlich für den Schutz der Führung abgestellt worden. War das vielleicht seine Chance?

Die Palästinenser waren ein Stück zurückgewichen und starrten in ohnmächtigem Hass auf die Soldaten.

Morelli machte ein paar Schritte auf die Soldaten zu. »Please, help me. There is a young women in danger.« *Bitte helfen Sie mir. Eine junge Frau ist in Gefahr.*

Der Soldat sah aus wie ein Teenager. Lange Haare, freundlich, überfordert. »Sorry, we can not help you.« *Es tut mir leid, wir können Ihnen nicht helfen.*

»But they will kill her, if we do not stop them.« *Sie werden sie töten, wenn wir sie nicht stoppen.*

Morelli sah, dass sich der Soldat zunehmend unwohl fühlte. Dann rief er offensichtlich seinen Chef, einen großen, klobigen Kerl mit kahlrasiertem Schädel. Nachdem Morelli sein Anliegen wiederholt hatte, zuckte der nur mit den Schultern. »Not our jurisdiction.« *Nicht unsere Zuständigkeit.*

»Then call the local police.« *Dann rufen Sie die Polizei.*

»What is her nationality?« *Was ist ihre Nationalität?*

»Palestinian.«

Der Soldat schüttelte den Kopf. »I am sorry.« *Es tut mir leid.* Die Führung ging weiter, und er hatte andere Aufgaben zu erledigen. Morelli sah zu den Palästinensern hinüber. Er war sich bewusst, dass er durch sein Gespräch mit den Soldaten in ihrem Ansehen nicht gerade gestiegen war. Mürrisch traten die Männer zur Seite, als die Soldaten den Weg für die Siedler freimachten.

»I am working for the German police, she is a suspect in a murder case«, versuchte Morelli einen anderen Ansatz. *Ich arbeite für die deutsche Polizei. Sie ist eine Verdächtige in einem Mordfall.* Aber der Soldat schüttelte nur mit dem Kopf und drängte ihn zu Seite, um Platz für die Gruppe zu machen. Die Araber hatten sich ein Stück weiter in eine andere Gasse verzogen. Morelli überlegte kurz, ob er den Moment, in dem sich die Israelis zwischen ihm und den Palästinensern befanden, dazu nutzen sollte, um aus der Gasse abzuhauen, als sich hinter ihm eine Tür öffnete. Eine schwarz verhüllte Frau zog ihn in das Haus direkt neben dem der Jacirs und verschloss die Tür schnell wieder hinter ihnen, bevor irgendjemand etwas davon mitbekommen hatte.

»They will kill her«, erklärte sie. *Sie werden sie töten.*

»I know«, antwortete Morelli. *Ich weiß.* Das Adrenalin brannte schmerzhaft in seinen Adern. »We need to call the police.« *Wir müssen die Polizei rufen.* Er drückte der Frau sein Handy in die Hand, aber sie schüttelte mit dem Kopf.

»No help«, seufzte sie. »You go to the roof, you get her out.« *Keine Hilfe. Du gehst auf das Dach und holst sie raus.* Sie zeigte auf eine schmale Treppe, die nach oben führte. Morellis Augen gewöhnten sich allmählich an die Dunkelheit in dem Flur. Der Raum hatte einen Steinfußboden und notdürftig verputzte Wände, die viele Risse aufwiesen. Die Decke bestand aus einem runden Gewölbe, und Morelli fragte sich, wie alt das Haus wohl war. Eine Tür gab den Blick auf ein Zimmer frei, in dem mehrere Sofas und zumindest ein Bett an den Wänden aufgestellt waren. Der Boden war mit Teppichen abgedeckt, eine große Gardine hing vermutlich vor einem Wandschrank. Auch hier gingen die Wände in ein Deckengewölbe über, die tiefen Fensternischen lieferten einen Hinweis darauf, wie dick die Mauern waren.

»You go over the roof, you bring her out«, wiederholte die Frau und humpelte zu der abgetretenen Steintreppe. *Du gehst über das Dach und bringst sie raus.* Langsam verstand Morelli, was sie von ihm wollte. Sie bot ihm die Möglichkeit an, über das Dach ins Nachbarhaus zu gelangen.

»Thank you«, erklärte er. Er war schon halb die Treppe hinauf, bevor er darüber nachdachte, ob er überhaupt eine Chance hatte, Tahire heil aus dem Haus zu bringen. Trotzdem lief er wie ferngesteuert weiter.

Er musste sich bücken, um durch eine kleine Holztür auf das Flachdach zu gelangen. Inzwischen war es völlig dunkel. Von den Hügeln der Vororte leuchteten die hellen Straßenlaternen, die Altstadt dagegen lag fast vollkommen im Dunkeln, nur einzelne Lichter drangen aus den Fenstern der Steinhäuser. Vorsichtig kroch Morelli zum Nachbarhaus; er achtete darauf, von unten nicht gesehen zu werden. Im Schutze eines Wassertanks riskierte er einen Blick über die kleine Mauer, die das Dach umrandete, und sah, dass sich der Mob wieder vor Tahires Haustür versammelt hatte.

Inzwischen waren es knapp dreißig Männer und Jugendliche. Das Dach des Nachbarhauses lag einen halben Meter tiefer. Vorsichtig ließ er sich hinuntergleiten und kroch auf allen vieren zu der kleinen Hütte auf dem Dach, durch die man ins Innere gelangte. Er zog an der Tür. Verschlossen. Konnte er es wagen, zu klopfen und damit zu riskieren, dass man ihn unten auf der Straße hörte? Er lauschte, und das erregte Gespräch der Männer drang zu ihm herauf. Unwahrscheinlich, dass sie ihn hören würden. Trotzdem fuhr er erst einmal mit einem Draht, den er auf dem Dach fand, an der Tür entlang. Und tatsächlich. Es gelang ihm, den Riegel, der die Tür von innen verschloss, damit zu öffnen. Leise öffnete er die Tür, gerade so weit, dass er sich hindurchquetschen konnte. Auch hier führte eine schmale, geländerlose Steintreppe in die unteren Etagen. Wie würde Tahire auf ihn reagieren? Er konnte einen schwachen Lichtschein sehen, der aus einem der Zimmer drang. Dort wartete sie vermutlich auf ihr Schicksal. Er hörte eine Bewegung neben sich und fuhr herum … dann wurde es schwarz.

Als Morelli aufwachte, lag er auf einem Sofa in einem Wohnzimmer, das große Ähnlichkeit mit dem der Nachbarin hatte. Die Fensterläden waren geschlossen. Und die Umstehenden flüsterten. Er konnte Tahire erkennen, die in seinem Pass blätterte, und zwei ältere Frauen, die vermutlich ihre Mutter und Großmutter waren. Außerdem waren noch drei jüngere Mädchen und ein kleiner Junge in dem Raum.

»Was wollen Sie hier?«, fragte Tahire.

»Ich bin ein Freund von Toto.«

Tahire stockte einen Moment. Dann fasst sie sich wieder. »Sie lügen. Ich hab die Zeitung gelesen. Sie sind Polizist.«

»Ja, das bin ich auch. Aber ich bin mit Toto zur Schule gegangen. Er will, dass ich Sie warne. Sie sind in Gefahr.« Morelli war sich nicht sicher, ob sie ihm glaubte.

»Den Weg hätten Sie sich sparen können«, sagte sie mit einem ironischen Nicken zur Straße hin, von der die Rufe der Männer hereindrangen.

»Wir haben noch eine Chance, wir müssen fliehen. Über das Dach.« Morelli versuchte sich aufzurichten, aber sein brummender Schädel zwang ihn zurück auf das Sofa.

»Ich werde meine Familie nicht in Gefahr bringen«, erklärte Tahire bestimmt.

»Sie bringen Ihre Familie in Gefahr, wenn Sie bleiben.«

Das Argument schien zu ziehen. Tahire schaute zu ihrer Mutter und ihren kleinen Geschwistern. Aber noch hatte er sie nicht überzeugt.

»Tahire, wir haben nicht viel Zeit.« Ganz vorsichtig richtete er sich langsam auf. Er würde Tahire keine große Hilfe sein, wenn es zu einem Kampf kam.

»Wir haben gedacht, du gehörst zu ihnen«, erklärte Tahire mit einem Blick auf die eiserne Pfanne, die neben der Tür lag. Die Männer auf der Straße begannen, gegen die Wohnungstür zu schlagen und laut zu rufen. Jeder Schlag dröhnte schmerzhaft in Morellis Kopf.

»Wir müssen los.«

Tahires Mutter fragte etwas auf Arabisch. Wahrscheinlich wollte sie wissen, was die beiden besprachen. Aber Tahires Blick war auf Morelli gerichtet.

»Was machen wir?«

»Wir klettern über das Dach zu eurer Nachbarin und fliehen von dort aus.«

»Wie?«

Morelli geriet ins Stocken. »Das weiß ich noch nicht. Das sehen wir dann.«

»Du hast also keinen Plan?«

»Noch nicht«, gab er zu. Sie schaute ihn an, und als Morelli ihre ernsten braunen Augen sah, wusste er sofort, warum Toto sich in sie verliebt hatte. Tahire hatte etwas an sich, eine Tiefe, eine Verletzlichkeit, die einen Beschützerinstinkt bei ihm weckte. Vermutlich war es Toto ähnlich gegangen. Tahire wäre der letzte Mensch, dem er einen Mord zugetraut hätte, aber offenbar war jeder dazu in der Lage, zum Mörder zu werden, wenn die Umstände stimmten.

»Gut.«

Er war ein wenig überrascht, dass sie sich so schnell auf seinen mehr als wackeligen Plan einließ.

Tahire umarmte ihre Mutter. Dann ihre Großmutter. Ihr kleiner Bruder und ihre kleinste Schwester hingen währenddessen an ihren Beinen. Sie sprach mit ihren mittleren Schwestern, Morelli schätze sie auf zwölf und fünfzehn, und er hatte den Eindruck, dass Tahire sie beschwor, stark zu sein und auf die anderen aufzupassen. Tränen rannen den Frauen über die Gesichter. Nur Tahire wirkte wie versteinert.

»Wir können jetzt gehen«, erklärte sie an Morelli gewandt.

Gemeinsam stiegen sie die Treppe zum Dach hoch. Das Wummern an der Tür war immer stärker geworden. In Sprechchören forderten die Männer Tahire auf, herauszukommen.

»Warum hast du deine Meinung geändert?«, fragte er, während sie über das Dach robbten.

»Weil meine Mutter so nicht sehen muss, wie sie mich kriegen«, sagte sie gefasst.

Sie gab ihrem Fluchtversuch also noch weniger Chancen als er selbst. Schweigend krochen sie über die Dächer. Tahire trug ein Kopftuch und einen bodenlangen dunklen Mantel, der das Klettern nicht gerade leichter machte. Morelli half ihr, auf das Dach der Nachbarin zu kommen. Sie war sehr leicht, und für einen Moment überlegte er, ob sie es wohl war, die Oz erschlagen hatte, oder ihr weiterhin unbekannter Begleiter.

Selbst auf dem Dach konnten sie hören, wie die Haustür langsam unter den Schlägen der Männer ächzte. Und als sie schließlich die rettende Dachluke der Nachbarin erreichten, gab die Haustür endgültig nach. Schreie drangen aus dem Haus, und Tahire zuckte zusammen.

Die Nachbarin erwartete sie bereits und nahm Tahire mit Tränen in den Augen in die Arme.

»Wir müssen die Polizei rufen«, erklärte Morelli ein weiteres Mal.

Tahire schüttelte den Kopf. »Einige der Männer da unten sind Polizisten.«

»Dann das israelische Militär.« Verdammt noch mal, irgendwer musste ihnen doch helfen.

»Ich bin kein Israeli. Und du auch nicht. Die haben keine Befugnis.«

»Ich dachte, die verhaften ständig Araber.«

»Nur wenn sie sich langweilen«, erklärte Tahire zynisch.

Laute Rufe drangen aus dem Nebenhaus. Die Nachbarin griff tröstend nach Tahires Hand. Tahire begann auf sie einzureden. Anscheinend hatten sie eine Meinungsverschiedenheit. Nach fünf Minuten erbitterter Diskussion verließ die Nachbarin schließlich weinend das Haus.

»Was hast du ihr gesagt?«

»Dass sie gehen muss. Dass sie hier nicht sicher ist. Das gilt auch für dich.« Wieder schaute sie ihn mit ihren ernsten Augen an, die viel zu alt für sie wirkten. »Früher oder später werden sie dahinterkommen, wo ich bin.«

»Ich lass dich nicht allein. Ich bring dich hier raus.«

Tahire lächelte traurig. »Ich werde das nicht überleben. Aber du hast noch die Chance, zu gehen.«

Die Schreie aus dem Nebenhaus verstummten, dafür wurde das Gebrüll auf der Straße wieder lauter. Tahire hatte recht. Jetzt kamen die Männer zu ihnen. Irgendjemand hämmerte bereits gegen ihre Tür. Da fielen auf einmal Schüsse. Morelli lief in die erste Etage und kroch über den Boden zum Schlafzimmerfenster. Von hier aus hatte er einen guten Überblick über die Straße. Er sah, dass das Militär eingetroffen war und die Menge auseinandertrieb. Er rannte zurück ins Wohnzimmer.

»Das ist unsere Chance. Wir müssen raus.«

Tahire schüttelte den Kopf. »Bist du wahnsinnig?«

»Sie können uns nicht im Stich lassen.« Morelli spürte, wie sein Körper neue Kräfte mobilisierte.

Aber Tahire hatte offenbar andere Erfahrungen gemacht. »Doch. Das können Sie. Israelis helfen keinen Arabern.«

Morelli sah, wie die Soldaten ABC-Schutzmasken aufsetzten und erste Tränengasgranaten abfeuerten. Eine Nebelwolke breitete sich in der Gasse aus. Beißendes Gas drang durch die schlecht abgedichteten Fenster. Morelli griff Tahire.

»Raus, jetzt.« Er zerrte sie hinter sich her und stieß die Haustür auf. Die Soldaten befanden sich inzwischen fast vor ihrem Haus, der Mob hatte sich hinter der nächsten Straßenecke in Sicherheit gebracht. Sobald die Männer jedoch Morelli und Tahire erblickten, kamen sie trotz des Tränengases wieder näher. Morelli hielt Tahire an der Hand und lief auf die Soldaten zu.

»Help us!«, rief er, bis das Tränengas seine Lungen lähmte. *Helft uns.* Aber die Soldaten richteten ihre Gewehre auf sie.

»Don't move«, brüllten sie dumpf unter ihren Masken. *Stehen bleiben.*

Die ersten Männer hatten Tahire und Morelli erreicht. Sie hatten Tücher vor ihre Gesichter geschlagen und griffen nach Tahire. Das Gas brannte in Morellis Lungen, in seinen Augen, in seiner Nase. Er konnte kaum noch etwas sehen, sein Kopf dröhnte. Mehr aus Reflex als geplant wehrte er die Angreifer ab. Er hörte Tahire hinter sich schreien und sah, dass zwei der Männer sie geschnappt hatten und mit sich zerrten. Er warf sich in ihre Richtung und bekam gerade noch Tahires Füße zu packen. Schüsse ertönten hinter ihnen, und die Männer ließen für einen Moment los und wichen ein Stück zurück. Morelli robbte zu Tahire, deren Nase blutete. Die Soldaten rückten auf, aber die Männer hatten sich neu formiert und waren im Begriff, einen erneuten Vorstoß zu wagen. Morelli fühlte einen losen Pflasterstein unter seinen Fingern. Und ein alter Spruch aus seinen Zeiten bei der Antifa kam ihm in den Sinn: »Unter den Pflastersteinen der Straße liegt die Freiheit.« Er brach den Stein heraus und drückte ihn Tahire in die Hand.

53.

2008

Toto und Morelli waren bis auf die Haut durchnässt.

»Die Schweine, das ist eine genehmigte Demo, die dürfen das nicht.« Totos Haar hing ihm in nassen Strähnen ins Gesicht.

Gemeinsam mit einem Dutzend anderer schwarz vermummter Demonstranten rannten sie, um vor den Wasserwerfern der Polizei hinter der nächsten Häuserecke in Deckung zu gehen.

»Sie haben Schrulli«, gellte ein Schrei zu ihnen herüber.

Sie sahen, dass einer ihrer Freunde von zwei Polizisten festgehalten wurde. Die Beamten rissen seine Kapuze herunter und zwangen ihn auf den Boden.

»Wir müssen zu ihm.« Toto war schon auf dem Weg zurück zu den Wasserwerfern, zurück zu ihrem Freund. Bis jetzt hatten sich nur zwei Polizisten in schwerer Schutzmontur vorgewagt, aber zwei gute Dutzend warteten noch hinter den Wasserwerfern darauf, dass der Regen aufhörte. Sie hielten ihre Schutzschilde wie einen gemeinsamen Panzer vor sich, was Morelli normalerweise immer an die Römer bei Asterix und Obelix erinnerte. Jetzt machte es ihm einfach nur Angst.

Er lief hinter Toto her und versuchte, ihn zurückzuhalten. »Wir haben keine Chance, es sind zu viele.« Inzwischen hatte sich der Rest ihrer Truppe verzogen. Toto und er waren allein, wenn man von Schrulli absah, dessen Gesicht von den beiden Polizisten gegen den Asphalt gedrückt wurde. Aber Toto rannte unbeirrt auf die beiden Polizisten zu. Der Strahl des Wasserwerfers fegte ihn von den Beinen. Morelli folgte ihm Sekunden später zu Boden.

»Augen zu«, brüllte Toto, aber das war nicht nötig. Morelli wusste, wie man sich in solch einem Fall zu verhalten hatte. Mit seinen Armen versuchte er, Ohren und Augen vor dem harten Strahl zu schützen, während er zu seinem Freund hinüberkroch.

»Lass uns abhauen«, bat er Toto.

Schrullis Schreien übertönte den Wasserwerfer, die beiden Beamten trugen ihn an Händen und Beinen in ihre eigenen Reihen. Keine zehn Meter von Morelli und Toto entfernt. Der Wasserwerfer setzte einen Moment aus, um den Polizisten den Weg frei zu machen.

Morelli schmeckte Blut, er musste sich auf die Zunge gebissen haben, ohne es zu merken. »Lass uns abhauen.« Morelli war schon auf den Knien, da drückte Toto ihm einen Pflasterstein in die Hand, den er aus seinem Rucksack geholt hatte.

»Auf mein Kommando. Auf den Typen, der seine Beine hat. Jetzt«, brüllte er, dann warf er den Stein. Morelli zögerte, tat es ihm dann aber gleich. Sie sahen nicht mehr, wie der Polizist getroffen zu Boden ging. Sie liefen, was das Zeug hielt, hörten die Rufe hinter sich, hörten, dass Schrulli es geschafft hatte, sich zu befreien und hinter ihnen her rannte. An der nächsten Ecke trennten sie sich. Morelli lief unter eine Rheinbrücke, Toto auf die Straße auf der Brücke darüber. Schrulli ihm hinterher. Morellis Lungen schmerzten. Er war fast am anderen Ende der Brücke angekommen, als er Polizeisirenen hörte. Er blieb wie angewurzelt stehen und konnte nur hilflos dabei zuhören, wie seine beiden Freunde über ihm festgenommen wurden. An die nach Urin stinkende Wand gedrückt, wartete er, dass die Polizisten kommen würden, um auch ihn zu holen. Aber als eine halbe Stunde später noch immer niemand aufgetaucht war, wagte er sich langsam hervor.

Seine Eltern waren vollkommen außer sich, als er vollkommen durchnässt zu Hause ankam. Aber er ging ohne ein Wort der Erklärung in sein Zimmer und legte sich ins Bett. Seine Eltern waren ihm gefolgt, wollten wissen, wo er gewesen war. Aber er starrte einfach nur gegen die Wand, so lange, bis sie schließlich gingen.

Am nächsten Morgen stand er auf und schrieb seine Abiklausur. Nicht gut, aber es würde reichen. Den ganzen Tag wartete er darauf, dass die Polizei ihn festnehmen würde. Aber sie kamen nicht.

Später, bei Totos Gerichtsverhandlung, erfuhr Morelli, dass der erste Stein das Visier durchschlagen und der zweite dem Polizisten das rechte Auge gekostet hatte.

Toto bekam drei Jahre Jugendarrest. Der Richter betonte bei seiner Urteilsverkündung, dass die Tatsache, dass Torsten Keller keine Einsicht zeigte und sich weigerte, den Namen seines Mittäters preiszugeben, es ihm verboten hatte, Milde walten zu lassen. Während der ganzen Verhandlung schaute Toto kein einziges Mal ins Publikum.

Morelli saß wie angewurzelt im Gerichtssaal, als alle anderen ihn längst verlassen hatten. Er hatte den zweiten Stein geworfen.

54.

Morelli brach sich drei Fingernägel ab bei dem Versuch, einen weiteren Stein aus dem Straßenbelag zu lösen. Er sah seine Umgebung durch einen brennenden Schleier. Nase und Lungen völlig verschleimt im Kampf gegen das Tränengas, waren sie zwischen Armee und Mob eingekesselt.

»Wirf. Den Stein. Wirf ihn«, keuchte er.

Tahire holte aus.

»Nein«, er hielt ihren Arm fest, »nicht in die Richtung. In die andere. Auf mein Kommando.« Endlich hatte er einen zweiten Stein freigekratzt und schleuderte ihn mit letzter Kraft gegen die herannahenden Soldaten. Zielte niedrig. Weit weg vom Kopf, weit weg von den Augen. Der Stein prallte von der Sicherheitsausrüstung des Mannes ab. Ebenso wie der zweite Stein, den Tahire nur Sekunden später warf. Dann ging alles sehr schnell. Innerhalb von Sekunden wurden die beiden verhaftet, erst brutal hochgerissen, dann wieder auf den Boden gedrückt, um ihnen Handschlingen anzulegen. Morellis Kopf knallte schmerzhaft auf den Boden, aber er hätte vor Erleichterung heulen können. Ihre Augen tränten, ihre Nasen bluteten – doch sie waren in Sicherheit.

In Morellis Kopf hämmerte es wie wild. Die Kabelbinder schnitten tief in seine Handgelenke, und er konnte kaum etwas sehen, als ihn die Soldaten durch die Altstadtgassen zu einem der Kontrollposten zerrten. Der wütende Mob wagte es nicht, sich mit den Maschinenpistolen der Israelis anzulegen. Bald hatten sie die Militärbasis im besetzten Teil Hebrons erreicht. Ein metallenes Tor, mit hebräischen Schriftzeichen darauf, ging auf und hinter ihnen wieder zu. Bunte Wappen zierten die Außenmauer, über der sich ein grüner Ausguck erhob. Alles sah irgendwie provisorisch und alles andere als wehrhaft aus. Eher recht wackelig. Morelli konnte gar nicht glauben, dass es sich bei dem Ort um eine offizielle Militärbasis handeln sollte. Aber die ausschließliche Anwesenheit Uniformierter und die Tarnnetze, die sich über die Bürocontainer spannten, überzeugten ihn schließlich. Die ganze Militärbasis schien aus Fertigbauteilen zu bestehen. Dünnes Blech und Plastik. Hinter sich hörte er Tahire etwas sagen, aber als er sich umdrehte, war sie nicht mehr da. Er sah nur noch aus dem Augenwinkel, wie sich die Tür zu einem der Container schloss, dann wurde er schon von den Männern weitergezerrt. Als Letztes erblickte er den überwältigenden Sternenhimmel über Hebron, bevor auch er in einen der Container geschoben wurde. Und dann herrschte Ruhe. So still war es mit einem Mal, dass er glaubte, der Soldat, der ihn bewachte, müsse das Scheppern zwischen seinen Ohren hören können.

Morelli saß in einem fensterlosen engen Raum; ein Tisch, drei weiße Plastikstühle, ansonsten war der Raum leer. Bis auf den Angstschweiß seiner Vorgänger, der sich penetrant in der Luft hielt.

Immer wieder musste er immer neuen israelischen Militärs seine Geschichte erklären, die trotz der späten Stunde von Mal zu Mal älter und ranghöher wurden. Er hatte den Eindruck, dass sie Schwierigkeiten hatten, ihm zu glauben. Sie hatten ihm seinen Ausweis abgenommen und sich geweigert, ihn telefonieren zu lassen. Morelli wusste, dass ihn das hätte beunruhigen sollen, aber erst einmal fühlte er sich hier sicher. Irgendwann traf ein Konsul der deutschen Vertretung in Ramallah ein. Ein Mann Mitte vierzig, Anzug, Brille, tendenziell hager und erstaunlich blass dafür, dass er im Westjordanland wohnte.

»Sie haben keine Befugnis, auf eigene Faust durch Hebron zu laufen und Verdächtige zu jagen«, erklärte er ihm sachlich, und Morelli konnte deutlich spüren, dass es ihn ärgerte, mitten in der Nacht rausgerufen worden zu sein.

Er seufzte. »Das ist mir durchaus bewusst. Aber es ist nun einmal geschehen. Was machen wir jetzt?«, fragte er den Konsul.

Der zuckte mit den Schultern und verließ den Raum. Morelli begann gerade darüber nachzudenken, ob der Konsul vielleicht einfach zurück nach Ramallah in sein Bett gefahren war, als dieser mit einem Stapel ausgefüllter Formulare zurückkam.

»Es gibt noch ein wenig Papierkram, den die hier erledigen müssen. Das kann eine Weile dauern. Am Sabbat hat niemand Lust, zu arbeiten«, erklärte der Konsul. »Aber ich gehe davon aus, dass man Sie morgen laufen lässt.«

Damit hatte er nicht gerechnet. »Und das Mädchen?«, fragte Morelli.

»Die werden sie wohl auch freilassen.«

Das durfte nicht wahr sein! Dann wäre alles umsonst gewesen! »Nein, das geht nicht. Das wäre ihr Todesurteil!«, schrie Morelli und sprang von seinem Stuhl auf, der daraufhin durch den halben Raum flog. Sofort bereute er es, weil sein Kopf wieder dröhnend anfing zu schmerzen.

»Sie fällt nicht in unseren Zuständigkeitsbereich.«

Er hatte gewusst, dass dieses Argument kommen würde. »Doch, das tut sie. Gegen Frau Jacir liegt ein internationaler Haftbefehl vor. Das hier ist ein israelischer Stützpunkt. Damit sind wir auf israelischem Hoheitsgebiet. Zwischen Israel und Deutschland besteht ein Auslieferungsabkommen. Ich beantrage hiermit, Frau Tahire Jacir wegen Mordes festzunehmen und schnellstmöglich nach Deutschland ausliefern zu lassen.«

Der Konsul lachte nur ungläubig. »Das hier ist Israel. Die tun nicht einfach, was Sie ihnen sagen.«

Morelli seufzte. Der Konsul hatte recht. Alleine würde er nicht weiter kommen. »Geben Sie mir Ihr Handy. Bitte.«

Selbst mit einer Stunde Zeitverschiebung war Morelli sich bewusst, dass er seinen Chef aus dem Schlaf klingeln würde.

»Wenn du besoffen anrufst und mir einen vorjammerst, bist du tot, Morelli«, erklärte Groß zur Begrüßung. Offensichtlich hatte er seine Nummer gespeichert.

Nein, besoffen war er nicht. Aber Morelli fragte sich, ob das

Westjordanland wohl so viel besser war in den Augen seines Chefs. Er legte los, berichtete einfach von Anfang an und fragte mehrfach nach, ob Groß noch am Telefon sei, so seltsam erschien ihm das Schweigen, das ihm entgegenhallte, nachdem er seine Geschichte erzählt hatte.

»Du erwartest ernsthaft, dass ich meine Kontakte im Innenministerium anrufe und denen erzähle, dass einer meiner Beamten im Alleingang ins Westjordanland gefahren ist und jetzt Hilfe braucht?«, fragte Groß schließlich. Er klang, als hielte er den Atem an.

Ja, genau das war es eigentlich, was er wollte. »Es ist unsere einzige Chance, den Fall jemals vor Gericht zu bekommen«, antwortete Morelli stattdessen.

»Du verdammter Klugscheißer! Wage es ja nicht, dein unverantwortliches Verhalten so darzustellen, als hättest du im Sinne der Justiz gearbeitet!« Groß' Stimme nahm langsam die Lautstärke an, die Morelli von ihm gewohnt war. Morelli ließ die Beschimpfungen, die jetzt folgten, über sich ergehen. Er würde sowieso nicht mehr zu Wort kommen. Dann war die Leitung mit einem Mal unterbrochen. Morelli war sich nicht sicher, ob es sich um ein technisches Problem handelte, ging aber davon aus, dass Groß einfach aufgelegt hatte. Mit einem Mal fühlte er sich völlig kraftlos. Das war sein letzter Joker gewesen. Er hatte versagt. Es gab nichts, was er noch hätte tun können. Tahire würde am nächsten Tag dem skrupellosen Mob ausgeliefert werden.

Der Konsul sah ihn jetzt ein wenig mitleidig an, vermutlich hatte er jedes Wort mitbekommen, das Groß ihm aus Deutschland entgegengebrüllt hatte. Er steckte sein Handy wieder ein.

»Tut mir leid«, erklärte er mitfühlend. »Wir sehen uns dann morgen früh. Versuchen Sie, ein wenig Schlaf zu bekommen.«

55.

Samstag

An Schlaf war jedoch nicht zu denken gewesen. Morelli hatte die Nacht auf seinem Plastikstuhl verbracht. Mit dröhnendem Schädel und in Gedanken an Tahires traurige Augen. In regelmäßigen Abständen war er aufgesprungen und eine Weile durch den kleinen Raum getigert, dann blieb ihm aber jedes Mal nichts anderes übrig, als sich ergebnislos wieder hinzusetzen.

Der Morgen kam, und mit der Sonne wurde es spürbar wärmer in Morellis Container. Einer der Soldaten, der Morelli irgendwie an seinen kleinen Bruder Antonio erinnerte, brachte ihm Frühstück, Kaffee und Toastbrot mit Marmelade, und ließ ihn dann wieder allein. Aber Morelli fühlte sich, als ob er nie wieder etwas würde essen können. Seine Augen brannten, seine Gliedmaßen waren bleischwer. Da hörte er Schritte vor der Tür.

»A visitor«, erklärte der junge Soldat. *Ein Besucher.* Hinter ihm trat ein kleiner Mann mit schütterem blondem Haar und deutlichem Ansatz zum Bierbauch in den Container. Auf seinen Lippen lag ein entspanntes Lächeln.

»Guten Morgen, mein Name ist Dr. Preuß, ich bin der deutsche Botschafter in Tel Aviv. Ihr Chef muss ein paar sehr einflussreiche Freunde haben«, erklärte er zur Begrüßung. »Wir werden uns jetzt um die Auslieferung der jungen Palästinenserin kümmern.«

Morelli sprang von seinem Plastikstuhl auf. Er hätte den Mann umarmen können. Preuß lächelt ihn an, klopfte ihm freundschaftlich auf die Schulter und ließ ihn dann wieder allein. Jetzt würde alles gut werden. Gierig verschlang Morelli das Frühstück, das immer noch auf dem Tablett auf ihn wartete. Und schloss dann die Augen. Jetzt konnte er ebenso gut eine Runde schlafen, während andere sich um den Rest kümmerten. Morelli war gerade auf seinem Plastikstuhl eingenickt, als die Tür aufgestoßen wurde.

»Sie sind frei zu gehen. Wir nehmen Sie am besten direkt mit«, erklärte Preuß. »Sie kriegen einen Platz im nächsten Flieger nach Deutschland.« Der Botschafter war schon wieder auf dem Weg nach draußen, und Morelli folgte ihm. Die helle Sonne über Hebron blendete ihn, als er vor den Container trat. »Frau Jacir wird im Laufe der nächsten Woche offiziell nach Deutschland ausgeliefert«, fuhr der Botschafter fort.

Er hatte es geschafft. Aber irgendwie wollte sich kein Gefühl der Erleichterung einstellen. »Einen Moment«, erklärte Morelli. Preuß stoppte auf dem Weg zu seinem Wagen und sah ihn fragend an.

»Ich muss vorher noch einmal mit ihr sprechen.«

Der Botschafter schaute auf seine Armbanduhr. »Meine Tochter hat um zwölf ein Hockeyturnier. Beeilen Sie sich.« Dann ging er zu seinem gepanzerten schwarzen Mercedes, der inmitten der staubigen Tarnfarben des Camps völlig fehl am Platz war. Sein Fahrer hielt ihm die Tür auf, und er hatte das Smartphone schon am Ohr, noch bevor er auf dem Rücksitz Platz genommen hatte. Morelli schaute sich suchend um. Sein Frühstückssoldat zeigte ihm schließlich zögernd den Weg zu der palästinensischen Gefangenen.

Tahire befand sich in einer übel riechenden Zelle, in der normalerweise arabische Unruhestifter untergebracht wurden. Zusammengesunken kauerte sie auf einer Metallpritsche. Sie wirkte jetzt noch kleiner als gestern Nacht. Ihre Augen waren gerötet, das Kinn noch fleckig vom Nasenbluten.

»Du wirst, sobald alles Formale erledigt ist, nach Deutschland ausgeliefert«, brachte Morelli sie auf den neuesten Stand der Dinge.

Tahire schaute kaum auf. Es schien sie nicht weiter zu interessieren, was mit ihr passieren würde. »Ich werde meine Familie nie wiedersehen«, sagte sie leise.

Sie tat ihm unendlich leid. »Ich werde mich dafür einsetzen, dass du deine Haftstrafe in Deutschland absitzt, weil eine Auslieferung zu gefährlich wäre. Bei guter Führung bist du gerade mal Anfang dreißig, wenn sie dich wieder rauslassen. Vielleicht auch früher, wenn du nur wegen Beihilfe angeklagt wirst …«

Eine unausgesprochene Frage klang in dieser Aussage mit.

Tahire schaute ihn überrascht an. »Du glaubst, ich habe ihn ermordet?«

»Naja. Du oder dein … Mittäter.« Morellis Herz klopfte ihm bis zum Hals. Die Frage, wer die zweite Person am Tatort gewesen war, war immer noch ungeklärt. Er hatte Angst vor dem, was Tahire sage könnte.

»Du glaubst, ich bin an dem Mord beteiligt, und trotzdem riskierst du dein Leben, um mich zu retten?« Tahire schaute ihn ungläubig an.

Morelli wurde auf einmal unsicher. Damit hatte er nicht gerechnet. »Du bist mit dem Geld aus dem Safe abgehauen.«

»Ja. Das bin ich. Aber ich habe das Geld nicht gestohlen.«

56.

2017–2018

Später hatte Oz erfahren, dass es nie einen Hinweis auf Terroristen gegeben hatte. Das Ganze war eine Übung gewesen. Rothbaum hatte sie kurzfristig angesetzt, um sich an Jessica, die ihn abgewiesen hatte, zu rächen. Es war nicht unüblich, Häuser oder auch ganze Dörfer in Übungen einzunehmen, um für den Ernstfall zu trainieren. Es war auch nicht unüblich, dass die beteiligten Soldaten nicht wussten, dass sie sich nur in einer Übung befanden. Die beteiligten Araber sowieso nicht. Der Vorfall wurde unter den Teppich gekehrt, eine Untersuchung im Keim erstickt. Rothbaum schien einen guten Stand in der israelischen Armee zu haben. Jessica und Oz wurden in verschiedene Einheiten versetzt. Jessica nach Haifa, im Norden des Landes, und Oz nach Be'er Sheva, eine aus dem Boden gestampfte Stadt am Rande der Wüste. Keiner von beiden hatte je wieder versucht, Kontakt zum anderen aufzunehmen.

Oz hatte mit niemandem über das, was er getan hatte, gesprochen. Er konnte es einfach nicht. Er hatte versucht, sich zu betrinken, in die Disco zu gehen – sich von der Musik berauschen und vom Alkohol das Gehirn wegpusten zu lassen. Aber es hatte nicht funktioniert. Er empfand nur noch eine stumpfe Leere, war wie gelähmt.

Tel Aviv, seine Freunde – das war nicht mehr sein Leben. Aber was war sein Leben? Oz wusste es nicht. Er hoffte, dass ein Neuanfang in Deutschland ihn die Vergangenheit vergessen lassen würde. Aber er hätte noch so weit fliehen können, seine Schuld wäre ihm überallhin gefolgt. Tagsüber arbeitete er in der Stiftung seines Großvaters. Nachts lag er im Bett und hatte Angst davor, einzuschlafen. Angst davor, das blutgesprenkelte Gesicht der Tochter des Mannes zu sehen, den er ermordet hatte.

Als er nach einem Jahr in Deutschland die Tür der Stiftung öffnete und wieder in dieses Gesicht schaute, glaubte er im ersten Moment, zu träumen. Er sah das Messer, das Tahire in der Hand hielt, erst, als es schon unmittelbar vor seinen Hals war. Dann begriff er, dass er nicht träumte. Dass die junge Palästinenserin es irgendwie geschafft hatte, nach Deutschland zu kommen und ihn zu finden. Aber es war ihm egal. Sollte sie doch zustechen. Regungslos blieb er stehen. Aber sie hatte nicht zugestochen. Nein. Sie hatte das Messer sinken lassen und begonnen zu weinen. Und auch er hatte geweint. Lange. Gründlich. Befreiend. Er hatte sich bei Tahire entschuldigt. Er hätte sie um Vergebung angefleht, aber er wusste, dass man so etwas nicht vergeben konnte. Er hatte sie gebeten, ins Haus zukommen, sich zu setzen. Aber sie wollte nicht. Schließlich waren sie gemeinsam an den Kanal gegangen und eine ganze Weile schweigend nebeneinander hergelaufen.

Sie hatten kaum gesprochen, aber sie konnten sich einfach nicht voneinander trennen. Erst am späten Abend hatte er sie nach Hause gefahren.

Er fühlte sich seltsam erleichtert. Er war eingeschlafen und hatte zum ersten Mal seit »dem Vorfall« wieder durchgeschlafen. Er war wie befreit. Konnte wieder atmen. Nach dem Gespräch mit seinem Anwalt war ihm dann eine Idee gekommen, wie er zumindest einen Teil seiner Schuld wiedergutmachen konnte. Er hatte vor der Universität auf Tahire gewartet, damit sie dabei sein konnte, wenn er der Welt erklärte, dass die Silbermann-Stiftung ab heute ihre Häuser an Palästinenser verkaufen würde.

57.

Morelli saß auf dem Beifahrersitz in dem mit Panzerglas gesicherten Mercedes des Botschafters. Während der Botschafter auf dem Rücksitz an seinem Laptop arbeitete, kontrollierte er die Nachrichten auf seinem Handy, das ihm ein israelischer Offizier mit düsterem Blick zurückgegeben hatte. Knapp 200 ungelesene WhatsApp-Nachrichten zeigte sein Display an. Als er das Programm öffnete, sah er allerdings, dass sie alle aus seiner Geschwistergruppe stammten und sich mitnichten um ihn, sondern um die Menüfrage für das Essen am Sonntag und eine Reihe von albernen Internetvideos drehten. Niemand hatte mitbekommen, dass er das Land verlassen hatte. Die Welt hatte sich einfach weitergedreht.

Morelli schaute aus dem Fenster. Es gab kaum Verkehr, problemlos passierten sie die Grenzkontrolle. An dem vergitterten Fußgängerübergang herrschte dagegen dichter Andrang. Die Palästinenser hatten es offensichtlich nicht so leicht, die Grenze nach Israel zu überschreiten. Aber das hatte er schon gewusst.

»Ich habe es mir schlimmer vorgestellt«, erklärte er. Wohl laut, weil der Fahrer jetzt seinem Blick folgte.

»Es ist auch schlimmer. Aber heute ist Sabbat. Da steht alles still. Sie sollten mal an einem Werktag wiederkommen.«

»Unwahrscheinlich«, meinte der Botschafter vom Rücksitz aus. »Kann mir kaum vorstellen, dass die Sie noch mal einreisen lassen …«

Die Worte des Botschafters trafen Morelli. Er hatte noch nicht viel von dem Land gesehen, aber Israel faszinierte ihn. Die Landschaft, die Architektur, die historische Bedeutung – die Vorstellung, hier nicht mehr willkommen zu sein, machte ihn mit einem Mal sehr traurig. Hatte er nicht ein Recht, den Ort zu besuchen, an dem der Sohn seines Gottes geboren worden war? Aber das war vermutlich genau das Problem dieses Landes ... Sein Handy klingelte.

»Hey, wie geht's? Groß hat mir erzählt, dass sie dich haben laufen lassen.«

Morelli freute sich, Inas Stimme zu hören. »Alles bestens. Jetzt noch eine Dusche, dann bin ich wie neu.« Er schaute an sich herunter: Tahires Blut auf seinem T-Shirt, Couscousflecken auf der Jeans.

»Soll ich dich vom Flughafen abholen?«

Eine schöne Vorstellung. »Gerne.« Er zögerte. »Magst du Saltimbocca alla Romana?«

»Ich bin Vegetarierin.«

»Das ist nicht schlimm«, erklärte Morelli nachsichtig.

Er hörte Inas Lachen, sie nahm vermutlich zu Recht an, dass sein Zusammenprall mit der israelischen Armee seine Spuren hinterlassen hatte. »Ach übrigens. Wir haben den Nazi.«

Morelli musste einen Moment überlegen, er hatte den Angriff auf Eliah Silbermann schon wieder völlig vergessen. Der Blick aus dem Fenster war atemberaubend; er konnte über den Ölberg auf Jerusalem und den blauen Felsendom schauen, dessen goldene Kuppel in der Mittagssonne glänzte. »Gut.«

»Lächerliche Gestalt. Seit sie ihn aus dem Ferienhaus seiner Oma gezogen haben, ist er nur am Jammern. Stell dir vor, er behauptet, der Alte hätte den Streit angefangen. Keinen Funken Ehrgefühl, der Arsch.«

Morelli nickte. »Habt ihr die Ergebnisse der DNA-Untersuchung des Stocks?«

»Die brauchen wir nicht mehr. Er hat gestanden.«

»Besorg sie trotzdem. Lass sie auf das Blut des Enkels testen. Ich erklär dir alles, wenn ich da bin«, sagte er und legte auf. Ja, jeder konnte zum Mörder werden, wenn die Umstände richtig waren. Er lehnte sich zurück. Schaute durch halb geöffnete Augen aus dem Fenster. Nahm den Wechsel zwischen Stadt und mediterraner Landschaft aber kaum wahr. Dann fiel ihm etwas ein, und er richtete sich auf.

»Sprechen Sie Hebräisch?«, wandte er sich an den Fahrer. Der Botschafter hatte nämlich inzwischen auf dem Rücksitz angefangen, friedlich zu schnarchen.

»Ein wenig. Wieso?«

»Was bedeutet Awon?«

»Awon?« Der Fahrer überlegte. »Das heißt so etwas wie Schuld. Erbschuld, um genau zu sein.«

Morelli nickte.

58.

Morelli hatte den Flug vollkommen verschlafen. Ina wartete mit den Angehörigen der anderen Fluggäste am Ausgang. Sie hatte ihm ein frisches T-Shirt mitgebracht. Morelli wusste, dass er einen üblen Anblick bieten musste, aber das war ihm egal. Er nahm seine Kollegin in die Arme und drückte ihr einen festen Kuss auf jede Wange.

»Nach Hause?«, fragte Ina, und Morelli wünschte sich für einen Moment, »nach Hause« impliziere einen Ort, an dem Ina und er ein gemeinsames Leben hatten.

»Nein, erst nach Lindenthal«, antwortete er. »Ich erklär dir alles auf dem Weg.«

Eine halbe Stunde später hielten sie vor der Silbermann-Stiftung. Morelli sammelte sich einen Moment. Dann wandte er sich an Ina. »Lass mich mit ihm reden.«

Jael Breuer hatte sie reingelassen. »Es geht ihm nicht gut. Es geht ihm überhaupt nicht gut. Er hat gesagt, ich soll nach Hause gehen, aber ich kann ihn einfach nicht alleine lassen.«

»Danke. Wir sind jetzt bei ihm«, erklärte Morelli.

Ina hielt sich im Hintergrund. Eliah Silbermann saß im Halbdunkel am Schreibtisch seines Enkels. Morelli war sich nicht sicher, ob Silbermann seit ihrem letzten Gespräch vor zwei Tagen überhaupt seinen Platz verlassen hatte.

»Erzählen Sie, was passiert ist«, forderte Morelli ihn sanft auf.

Silbermann schaute ihn lange an. Dann begann er zu reden. »Ich hätte ihm nie etwas angetan.« Silbermanns Stimme klang rau. »Er war alles, was ich hatte. Meine Zukunft.«

»Erzählen Sie«, wiederholte Morelli sanft, aber bestimmt.

Tränen rannen über Silbermanns Gesicht. »Ich hatte mich zum Mittagessen mit einem Freund getroffen, der gerade in der Stadt war. Er hatte Interesse an einem unserer neuen Apartments. Für seine Enkelin.« Er stockte. »Ich bin nach Hause gegangen, um das Oz zu sagen. Aber er war nicht allein. Da war dieses Mädchen. Ich wollte nicht stören. Hab ihm nur kurz Bescheid gesagt. Aber dann hat er erklärt, dass das nicht geht. Dass wir nur noch an Palästinenser verkaufen«, sprudelte es jetzt richtiggehend aus dem alten Mann heraus. Er atmete ein paar Mal tief durch. »Ich hab ihn nicht verstanden. Er hat es wiederholt. Hat erklärt, dass es ein Fehler ist, den Palästinensern ihr Land wegzunehmen. Dass sie ein Recht haben, dort zu leben. Ein Recht auf ein eigenes Land. Und dass er damit anfangen wird, diesen Fehler wiedergutzumachen.«

Silbermann verstummte.

»Und dann haben Sie zugeschlagen?«, fragte Morelli.

Silbermann nickte. »Ich wollte es nicht. Aber ich hatte den Stock in meiner Hand.« Er schluchzte schmerzhaft auf bei der Erinnerung. »Er ist direkt liegen geblieben. Blut kam aus seinem Kopf.«

»Und das Mädchen?«

»Sie ist hysterisch geworden, wollte die Polizei rufen. Ich hab ihr gesagt, dass sie das Geld haben kann. Aus dem Tresor. Wenn sie einfach nur endlich leise ist und verschwindet.«

»Und dann?«

»Ich bin bei ihm geblieben. Bis ich es nicht mehr ausgehalten habe. Ich musste raus. Bin einfach immer weitergelaufen. Bis ich in der Altstadt war. Ich musste mich übergeben. Deswegen bin ich in die Kneipe gegangen. Auf die Toilette. Als ich den Nazi gesehen habe, habe ich ihm gesagt, dass sie gewonnen haben. Dass er es zu Ende bringen soll. Wenn er sich traut. Ich wollte nicht mehr leben.«

»Sie haben ihn aufgefordert, Sie umzubringen?« Morelli ließ das sacken.

Silbermann zuckte mit den Schultern. Und verfiel in ein tiefes Schweigen.

»Sie wissen, dass er noch gelebt hat, als Sie ihn verlassen haben?«, schaltete sich Ina in das Gespräch ein.

Silbermann schüttelte schwach den Kopf. »Er hat sich nicht mehr bewegt. Ich konnte keinen Puls fühlen. Wenn ich gewusst hätte, dass er noch lebt, hätte ich ihn nie allein gelassen.« Krämpfe schüttelten seinen Körper. »Ich habe ihn mehr geliebt als mein eigenes Leben.«

Morelli war mit einem Mal sehr, sehr müde. »Herr Silbermann, Sie wussten, dass alles herauskommen würde, sobald wir mit Frau Jacir reden würden. Warum sind Sie nicht geflohen?«

Silbermann nickte. »Ich wollte, dass es endlich vorbei ist.« Seine blutunterlaufenen Augen richteten sich jetzt auf Morelli. Zwei längst erloschene helle Flecken in einem verlebten Gesicht, das schon so viel gesehen hatte. Morelli wusste nicht, was er noch hätte sagen sollen.

»Ich muss Sie bitten, mit uns zu kommen«, unterbrach Ina schließlich die Stille.

59.

Ina hatte die Kollegen verständigt, die den gebrochenen Mann zu ihrem Wagen führten und auf die Rückbank setzten. Sie hatten Jael Breuer buchstäblich von Silbermann loseisen müssen. Wäre die Frau ein paar Jahre jünger gewesen, hätte sie es vermutlich mit einer ganzen Kompanie aufgenommen, um ihren Chef zu beschützen.

»Haben Sie uns nicht genug angetan?!«, schrie sie die Beamten an.

Aber Silbermann schien gar nichts davon mitzubekommen. Als sich die Wagentür hinter ihm schloss, ließen Morelli und Ina Frau Breuer endlich los. Eine Nachbarin war herbeigeeilt und kümmerte sich um die weinende Frau. Morellis Schutzschicht war aufgebraucht. Ihr Schluchzen traf ihn mitten im Herz. Und auch Ina war es anzusehen, dass es ihr alles andere als leicht fiel, der alten Frau so wehzutun.

Sie ging zu ihrem Wagen, wandte sich dann aber zu Morelli um, der vor der Stiftung stehen geblieben war.

»Kommst du mit?«

Morelli schüttelte den Kopf.

»Das ist nicht mehr mein Fall«, erklärte er. Die Vorstellung, das lange Verhör mit Eliah Silbermann durchstehen zu müssen, war einfach zu viel für ihn.

Seine Kollegen fuhren langsam los, und Morelli blieb in den kalten Strahlen der späten Wintersonne stehen. Seine Jacke war irgendwo in Hebron geblieben. Er trug nur das T-Shirt, das Ina ihm mitgebracht hatte. Aber er spürte die Kälte nicht.

Die völlig aufgelöste Jael Breuer eilte mit der Ankündigung, die besten Anwälte Deutschlands zu verständigen, zurück in die Stiftung.

Morelli schaute lange hinter den beiden Fahrzeugen her. Jael Breuer kam zurück und fuhr ihn wütend an.

»Runter da.«

Morelli blickte sie verwundert an.

»Runter von den Stolpersteinen!«

Morelli trat einen Schritt zurück und sah, dass er tatsächlich auf zwei Stolpersteinen gestanden hatte.

Hier wohnte
Jakob Silbermann
JG. 1892
deportiert 1941
Łódź
ermordet 1944

... war dort in eine kleine quadratische Messingtafel zwischen den Pflastersteinen eingraviert. Daneben eine weitere Tafel für Eliah Silbermanns Großmutter Esther, die dasselbe Schicksal erlitten hatte wie ihr Ehemann. Die Steine waren ihm noch nie aufgefallen.

60.

Morelli war nach einer heißen Dusche schließlich doch noch zum Präsidium gefahren. Er wollte dabei sein, wenn Toto aus der Haft entlassen wurde. Allerdings hatte er keine Lust auf ein Zusammentreffen mit Groß. Das hatte Zeit bis Montag. Deswegen wartete er auf dem Bürgersteig vor dem Präsidium, bis Toto herauskam.

»Hey.«

»Du hast sie rausgeholt.«

Die beiden Freunde sahen sich lange an.

Morelli nickte. Toto lächelte.

»Meine Kollegin sorgt dafür, dass der Haftbefehl erst zurückgezogen wird, wenn sie in Deutschland ist.«

Toto reichte ihm die Hand.

Morelli ergriff sie. Er spürte, wie eine zehn Jahre alte, schwere Schuld von ihm abfiel.

»Lust auf ein Bier?«

Für einen kurzen Moment trafen sich ihre Blicke, und es schien, als wäre eine vor langer Zeit geschlagene Wunde endlich geheilt. »Und wie«, erklärte er. Dann schloss er Toto in die Arme.